문단 풍속, 문인 풍경

• 풍속사로 본 한국문단 •

문단 풍속, 문인 풍경

풍속사로 본 한국문단

초판 인쇄 · 2016년 10월 15일
초판 발행 · 2016년 10월 25일

지은이 · 이유식
펴낸이 · 한봉숙
펴낸곳 · 푸른사상사

주간 · 맹문재 | 편집 · 지순이, 김선도 | 교정 · 김수란
등록 · 1999년 7월 8일 제2-2876호
주소 · 경기도 파주시 회동길 337-16 푸른사상사
대표전화 · 031) 955-9111(2) | 팩시밀리 · 031) 955-9114
이메일 · prun21c@hanmail.net / prunsasang@naver.com
홈페이지 · http://www.prun21c.com

ISBN 979-11-308-1051-5 03810
값 18,000원

이 도서의 국립중앙도서관 출판예정도서목록(CIP)은 서지정보유통지원시스템 홈페이지(http://seoji.nl.go.kr)와 국가자료공동목록시스템(http://www.nl.go.kr/kolisnet)에서 이용하실 수 있습니다.(CIP제어번호: CIP2016024155)

문단 풍속, 문인 풍경

풍속사로 본 한국문단

이유식 에세이

무형의 '문단풍속박물관'을 하나 지으며

그동안 나는 반세기가 넘은 문단 생활에서 세월도 세월이겠지만 참 많은 것을 듣고, 보고 또 다양한 경험도 했다. 특히 조용히 오로지 글쓰기에만 매달린 것이 아니라 비록 길지 않은 기간이긴 하지만, 한국문협의 주요 임원으로서 문단 일선에 서기도 했기에 상대적으로 남다른 경험도 해보았다고나 할까. 그래서 2011년에는 나의 문단 생활을 일단 정리해본다는 뜻에서 '작고 문인 61인 숨은 이야기'를 부제로『이유식의 문단수첩 엿보기』를 펴내보기도 했다.

이번에는 그 연장선에서『문단 풍속, 문인 풍경—풍속사로 본 한국문단』을 내보낸다. 전작이 '문학인 이면사' 내지 '문단 이면사'였다면, 이 책에서는 문학인이나 문단을 거시적으로 바라다보며 풍속사적 접근을 해보았다. 그간 이런 유의 글들이 전혀 없었던 것은 아니지만 다양한 50가지 주제로 나누어 한 권의 책을 묶은 것은 이번이 처음이 아닌가 싶다.

여기서 언급되고 있는 모든 이야기는 시기적으로 약 1920년대부터 2000년대, 즉 80년 사이에 있었거나 일어났던 이야기다. 전체 50편을 네 마당으로 나누어보았다.

첫째 마당은 극히 개인적인 일들이다. 자기 상징기호로서 필명이나 아호를 사용하는 풍속, 별명 이야기, 자기 드러내기의 일환으로 예술가다운 멋을 부리는 사례와 화제를 모았던 이른바 '노이즈 마케팅'의 사례, 애창곡, 육필 솜씨, 집필할 때의 묘한 버릇 등을 소개하고 있다.

둘째 마당은 주로 민족사나 정치사와 연관 있는 내용이다. 월남과 월북 문인 이야기를 비롯하여, 문총 구국대의 활동, 좌익 아버지를 둔 작가 이야기, 부산 피난 시절 이야기, 국회의원이 된 문인이나 정치권력에 동조했던 문인들의 이야기 등으로 구성되어 있다.

셋째 마당은 주로 문필과 문단 활동과 관련되어 있다. 문단 선거, 베스트셀러, 외설 시비, 필화 사건, 신춘문예 등에 관한 이야기요, 그 풍속이다.

넷째 마당은 주로 취미생활이나 여가생활에 관한 이야기다. 바둑, 낚시, 수석, 섯다판과 포커판 어울리기, 묘한 술버릇, 연애 사건, 세배 다니기 등에 관한 내용이다.

대충 이런 소개에서 짐작할 수 있듯 이 책은 대체로 문단 생활이나 문필 활동 그리고 문인들 일상생활의 풍속에 초점을 맞추어본 것이다.

끝으로 이 책을 쓰는 과정에서 언뜻 느낀 점이 있다. 그동안 더러 나온 '문단 이면사'와는 달리, 그렇게 흔치 않은 '문단풍속박물관'을 하나 짓는구나 싶었고 또 곁들여 '풍속사 인명 사전' 구실도 하겠다 싶었다. 비록 진열 내용이 미비하고 부족한 점이 있더라도 응분의 관심을 가져준다면, 약간의 보람도 느끼면서 매우 고맙게 여기겠다.

2016년 9월 대치동 청다헌에서

청다 이유식 글 남기다

차례

둘째 마당 민족사와 생활사의 뒤안길

셋째 마당 문단 활동과 문필 활동

넷째 마당

생활의 여백

첫째 마당

문인들의 자기 분신

본명을 버린 문사들

동서양을 막론하고 다른 직종의 사람들에 비해 문인들은 필명이란 또 다른 이름을 쓰길 좋아한다. 지금껏 부모에게서 물려받은 이름으로 생활해왔기에 이제부터는 문인으로 새로 태어난다는 뜻에서 선호했다.

우선 참고도 할 겸 외국의 예를 한번 보자. 『톰 소여의 모험』으로 유명한 미국 작가 마크 트웨인의 본명은 새뮤얼 랭혼 클레멘스다. 그는 젊은 시절 한때 미시시피강의 수로 안내인으로 일했는데 이때의 경험에서 트웨인이라는 필명을 따왔다. 그 뜻은 강 깊이의 안전 수역을 재는 단위로 '두 길'(한 길은 6피트)이란 뜻이다. 『동물농장』의 영국 작가 조지 오웰은 에릭 아서 블레어가 본명이다. 프랑스의 작가 스탕달의 본명은 마리 앙리 베일인데 그의 100개가 넘는 많은 필명 중에서 널리 통용되어왔던 이름이 바로 스탕달이다. 러시아 작가 막심 고리키의 필명의 뜻은 '가장 큰 슬픔'인데 본명은 알렉세이 막시모비치 페슈코프이다. 중국 작가 루쉰(魯迅)의 본명은 저우수런(周樹人)이다. 또 중국의 노벨 문학상 수상 작가 모옌(莫言)의 필명은 '말이 없다'는 뜻인데 본명은 관모예(管謨)다. '謨'자를 풀어서 필명으로 삼았다. 1971년도에 노벨 문학상을 수상한 칠레의 시인 파블로 네루다의 본명은 네프탈리 리카르도 레예스 바수알토인데 읽기가 좀 숨이 찰 정도다.

필명에 얽힌 사연들

그럼 이제부터는 우리나라 문인들로 넘어가자. 이미 이름을 남겼거나 좀 이름 있는 문인만 대충 추려보아도 아마 몇십 명은 훨씬 넘으리라 본다. 대표적인 문인 일부만 살펴보면서 필명과 본명을 비교해본다는 뜻에서 필명을 먼저 적고 괄호 속에 본명을 넣겠다. 우선 읽으면서 그 음이나 뜻을 대충 짐작해보면 왜 필명을 굳이 사용했는지 그 이유가 이해되리라 본다.

첫 번째가 아예 성과 이름을 바꾼 경우다. 시인 이상(김해경), 시인 이탄(김형필), 시인 임보(강홍기), 시인 류시화(안재찬), 시인 유하(김영준), 시조시인 기청(정재승), 임화의 아내요 소설가인 지하련(이현욱), 평론가 성민엽(전형준), 소설가 전경린(안애금) 등이다.

이 경우는 웃지 못할 해프닝이 일어날 가능성이 높았고 높을 수도 있다. 멋모르고 앞 글자가 바로 성인 줄만 알고 '이 형'이니 '임 형'이니 '성 형'이니 할 개연성은 100퍼센트다. 나도 1960년대 중반쯤에 이탄 시인을 어느 자리에서 만났는데 성이 이씨인 줄만 하고 이 형, 이 형 하다가 헤어지는 자리에서 사실은 성이 이가 아니라 김이라고 밝혀주어 함께 한바탕 웃은 적이 있다. 무지에서 온 애교 어린 실수라고나 할까.

필명을 사용하는 문인들에게는 본명을 과감히 버린 사연도 가지각색이다. 익히 알다시피 시인 이상의 필명은 조선총독부 내무부 건축과에서 잠시 일할 때 인부들이 '리상'이라고 부른 것에서 연유되었다는 설이 있다. 시인 임보는 문학청년 시절에 프랑스 천재 시인 랭보를 너무 좋아해 그 발음을 한자로 옮긴 임보를 필명으로 삼았다. 소설가 전경린은 수필가 전혜린을 너무 좋아해 그를 롤모델로 삼아야겠다는 생각에서 본명 안애금을 버리고 전경린으로 바꾸었다 한다.

두 번째, 본명의 글자 중 한 자를 떼어내버리거나 한 자를 더 붙인 경우다. 백철(백세철), 고은(고은태), 이문열(이열) 등.

세 번째, 이름자 두 자 중 한 자를 다른 글자로 바꾼 경우다. 소설가 서정인(서정택), 황석영(황수영), 조해일(조해룡), 황지우(황재우), 시인 최은하(최은규), 김여정(김정순) 등.

네 번째, 성은 그대로 두지만 이름을 아예 갈아치운 경우다. 이는 가장 일반화되어 있는 필명의 취택법이다. 남자 문인부터 장르별로 한번 보자. 시에서는 이미 필명이란 것이 알려질 대로 알려진 이육사(이원록)를 비롯해 백석(백기행), 신석초(신응식), 조지훈(조동탁), 박목월(박영종), 김구용(김영탁), 조향(조섭제), 황명(황복동), 신동문(신건호), 신경림(신응식), 허소라(허형석[許衡錫]), 김지하(김영일) 등이다. 소설에는 나빈(나경손), 최서해(최학송), 김남천(김효식), 심훈(심대섭), 이무영(이갑용), 김동리(김창귀), 최인욱(최상천) 김병총(김성탁) 등이다. 평론에는 임화(임인식), 장백일(장병희), 김현(김광남), 임헌영(임준열), 염무웅(염홍경), 김인환(김일훈) 등이 있고, 수필에 송도(송재응), 강나루(강현서), 정목일(정민석), 신길우(신경철), 아동에 강소천(강용율)이 있다. 여성 문인으로 시에는 김후란(김형덕), 이향아(이영희)가 있고, 소설에는 박화성(박경순), 손소희(손귀숙), 박경리(박금이), 손장순(손홍보), 김지연(김명자), 김이연(김영자), 서영은(서보영), 성지혜(성명숙) 등이 있으며, 수필에 김시원(김정희), 희곡에 강성희(강순희)가 있다.

지금까지 대충 작고한 분들에서부터 현존 문인에 걸쳐 여러 장르별로 필명을 사용한 경우를 알아봤다. 본명에서 필명으로 바꾸게 된 결정적인 사유가 있었다는 점도 확인할 수 있었다. 요컨대 이름이 좀 구태스럽다거나 너무 흔하다 싶은 경우, 그 뜻이 마음에 들지 않았거나 부르기가 좀 까다롭다든가 둔탁하게 들리는 듯한 경우가 대부분이다. 문사인 만큼 마치 아호처럼 뜻과 음이 부드러우면서 아취있게 바꾸어보려 한 점을 확인할 수 있다. 그리고 특히 여성 문인의 경우, '貴' '順' '伊' '子' 자가 들어 있을 경우에 유독 다른 이름으로 바꾼 사례가 눈에 띈다.

또 한편 본명을 보면 어릴 때나 청소년 시절에 친구들로부터 놀림을 당할 듯한 이름도 더러 보인다. 가령 이무영은 본명이 '갑룡(甲龍)'이니 '갑룡아, 을룡아' 하며 놀림을 받았을 것이고, 조해일은 본명이 '해룡(海龍)'이니 '바다 용아, 왜 육지에 올라와 있니' 하고 놀림감이 되었을 것이다. 더욱이 황명 시인은 본명이 '복동(福童)'이니 더욱 그랬으리라 본다. 또 지하련의 '현욱(現郁)'과 김후란 시인의 '형덕(炯德)'은 마치 남자 이름 같아 더러 웃지 못할 해프닝도 생겼을 법하다. 또 손장순은 본명이 흥보였으니 '흥부야, 놀부야' 하고 놀림도 당했으리라.

사실 이런저런 이유로 필명을 갖게 된 사연이라든가 또 그 필명이 뜻하는 의미성과 그 선호성만 두고 보아 당사자들인 본인에겐 정말 재미있는 이야기가 많을 것이다. 참고 삼아 몇 가지만 소개해본다. 이미 많이 알려지긴 했지만 이육사의 필명엔 두 가지 설이 있다. 대구형무소 수감생활 중 받은 수감번호 264에서 나왔다는 설과 일본 역사를 도륙내고픈 '戮史'를 다른 글자로 살짝 바꾼 지사적 저의가 담겨 있다는 설이다.

김동리의 '東里'는 『삼국사기』에 나오는 동리 백결선생에게서 그대로 따온 필명이다. 김지하의 '芝河'는 '地下'를 연상시켜 마치 감옥살이를 한 자기의 '地下時代'를 대변해주고 있다 싶어 사용했다 한다. 앞으로는 본명 '英一'로 돌아가겠다고 말한 바는 있는데 역시 본인의 마음이니 두고 볼 일이다. 여기에 에피소드 하나를 덧붙인다. 신경림의 경우다. 1989년, 남북작가회담을 주관한 대표들이 경찰서에 연행되어 사건 경위 조사를 받았다. 이때 담당 형사가 '신응식' 하고 부르자 미처 그것이 본명인 줄 몰랐던 동료 문인들이 어리둥절했다 한다.

필명이 필요한 시대

아무튼 어찌되었건 필명 갖기의 풍속은 말 그대로 문인들만이 누릴 수 있는 특권이다. 좋은 의미에선 장식이 되고 상징물이 된다. 좋은 필명으로 좋은 작품을 남긴다면 그것만큼 행복한 일은 없다. 그런데 요즘은 또 다른 요구의 필명 시대가 도래했다. 지난날과는 천양지차로 문인의 수가 15,000여 명을 넘어서 있어서다. 같은 장르에서도 동명이인이 제법 보이고 있다. 지난날엔 본명보다 더욱 아취 있는 이름을 갖겠다는 생각에 필명을 붙이는 풍속이 있었다면, 이제는 혼동 방지를 위해서라도 일단 교통 정리가 필요한 시대다. 마침 나의 이름은 그나마 안전하다. 한글로 '이유식'이란 이름을 가진 문인이 꼭 세 사람 있다. 두 사람이 다 시인이라 참 다행이다. 나는 평론과 수필 장르이다 보니 아직껏 큰 교통사고는 없다. 만약 내가 지금이나 앞으로 시를 쓴다고 가정해보면, 분명 필명을 써야만 도리이고 예의가 될 것 같다.

문사들의 아호에 얽힌 이야기들

아호(雅號)는 특히 문사들의 또 다른 이름 중의 하나다. 불교에 법명이 있고, 기독교에 세례명이 있듯 문인들을 위시하여 넓게는 예술가들이 누릴 수 있는 이름 잔치다. 특히 나이가 들면 들수록 아무리 친한 사이라도 어느 집 개 부르듯 이름을 노상 불러대기가 무척 조심스럽다. 그렇다고 이름 대신 직함을 부른다는 것도 사무적이라 딱딱하다. 아호를 부른다면 말 그대로 어딘가 아취가 있고 정이 넘친다. 그래서 아호를 쓰는 풍속이 생겨났고 그 필요성도 있는 것이다.

호를 짓는 데에도 규칙이 있다

일반적으로 호에는 아호와 당호(堂號)가 있는데 거처하는 곳의 당호가 바로 아호가 된 경우도 있다. 신사임당이나 허난설헌과 같은 경우가 그렇다. 그리고 자기가 직접 지은 자호(自號)가 있는가 하면, 스승이나 친한 친구가 지어주는 경우도 있다.

호를 짓는 데는 분명 어떤 불문율이 있다. 첫째, 작호 대상자의 환경이나 인품, 직업에 걸맞아야 한다. 둘째, 겸손은 좋으나 지나치게 거창한 뜻은 피해야 한다. 셋째, 저속하거나 자기 비하의 뜻은 피해야 한다. 넷째, 발음이 다른 사람들의 놀림감이 되지 않도록 해야 한다 등등.

그리고 대개 작호의 소재는 다음 네댓 가지 중에서 어느 하나를 취택한다. 첫째, 자기가 태어났거나 또는 살고 있는 곳과 연관이 있는 것을 취하는 경우. 가장 흔한 방법은 「청장관전서」 중 박제가와 이덕무의 문답에서 나오듯 자신이 태어난 고향의 지명이나 산이나 강, 계곡 이름을 택하는 경우다. 둘째, 평소에 자기가 가지고 있던 신념이나 좌우명 또는 이루고자 하는 그 어떤 뜻을 담는 경우. 여기에는 인생관이나 수양 목표가 설정되어 있기 마련이다. 셋째, 자기가 매우 좋아하는 자연물 아니면 기호나 취미를 나타내는 경우. 넷째, 자신이 처한 환경이나 여건을 나타내는 경우. 다섯째, 자신을 낮춘다는 겸손의 뜻으로 '小' '民' '下' '一' 등의 글자를 넣는 경우 등등이다.

이러한 작호의 관행은 조선조는 물론 오늘날까지도 이어지고 있는 관습이요 전통이다.

그럼 호의 실례를 과거와 현재를 아우르면서 알아보기로 하자. 태어났거나 살았던 마을과 관련 있는 경우라면 먼저 율곡(栗谷) 이이를 들 수 있다. 율곡은 경기도 파주 율곡리에서 자랐다. 박인로의 호 노계(蘆溪)는 바로 그가 살았던 경북 영천 임고면에 있는 마을 이름이다. 허균의 호 교산(蛟山)은 그가 태어난 강릉의 야산 이름이다. 박지원의 호 연암(燕巖)은 그가 오래 살았던 황해도 금천의 연암협에서 따온 것이다. 남구만의 호 약천(藥泉)은 그가 유배되었던 강릉에 있는 약천이란 샘 이름에서 유래했다. 서경덕의 호 화담(花潭)은 제자들을 가르쳤던 곳에 있던 연못 이름이다. 지역적 특징을 호로 삼은 경우라면 방촌(尨村) 황희와 서애(西崖) 유성룡이 있다. 방촌은 '삽살개가 우는 마을'이란 뜻이니 아마도 그가 살았던 마을에 삽살개가 두서너 마리쯤 있어 요란스럽게 짖어댔던 모양이다. 서애는 고향 하회마을 강 건너 서쪽에 가파른 절벽이 있어 '서쪽 벼랑'이란 뜻으로 작호했다.

이제는 이런 맥락과 연관시켜 현대로 와본다. 팔봉(八峰) 김기진은 충북 청원군 동산면에 있는 팔봉산 밑에서 태어났기에 그 산 이름을 취택했다. 노산(鷺山) 이은상은 그의 고향인 마산에 놀러 왔던 이광수, 박종화, 양주동이 생가 뒤쪽에 있는 해오라기가 날고 있는 산이란 뜻의 노비산(鷺飛山)을 보고 가운데 글자를 빼고 노산이라 호를 부른 데서 호를 따왔다. 수주(樹州) 변영로는 고향인 부평(현 부천)의 옛 이름에서 따왔다. 편석촌(片石村) 김기림은 고향 함북 임명이라는 고장에서 구들장에 쓰이는 편석이 많이 나왔기에 그 고장 출신이라는 뜻에서 편석촌이라 했다. 시조시인 설악(雪岳) 조오현은 그가 승려로서 주거하는 절이 설악산에 있기에 거기서 따왔다. 평론가 평리(平里) 조병무는 태어난 함안군 여항면 고향 마을 이름에서 따왔다.

이루고자 하는 뜻이 담겨 있는 호에는 회재(晦齋) 이언적, 퇴계(退溪) 이황, 남명(南冥) 조식, 여유당(與猶堂) 정약용이 있다. 회재는 주희의 호 회암(晦庵)에서 한 글자를 택했으니 주자학을 따르겠다는 뜻이 담겨 있고, 퇴계는 고향 토계리로 은퇴하여 학문을 연마하며 제자들이나 가르치겠다는 의미를 담고 있으며, 남명은 장자에 나오는 용어인데 노장 사상에 관심을 가진 자신의 사상적 지향성을 내포하고 있고, 여유당은 당호 겸 아호로서 노자의『도덕경』에 나오는 한 대목에서 글자를 따왔는데 따온 글귀의 내용은 세상을 조심조심하며 살아가자는 뜻이다.

이와 같은 자기 결의나 다짐을 담은 현대 작가의 호에는 소설가 백사(白史) 전광용이 있다. 사람들이 입만 열면 '청사에 길이 빛날'이라고 떠들기에 자기는 '백지에서 다시 시작한다'는 뜻에서 백사를 자호로 삼았다.

환경이나 여건 또는 개인적 특징을 나타낸 호에는 횡보(橫步) 염상섭, 삼오당(三誤堂) 김소운이 있다. 횡보는 술만 먹으면 늘 취하여 갈짓자로 걷기에 붙여진 호이고, 삼오당은 자기에겐 세 가지 잘못이 있는데 이 나라에 태어난 것, 처자식을 배부르게 하지 못한 것, 일찍 죽지 못하고 욕된 목숨을 유지하는 것이라 하여 그와 같은 호를 지었다.

취향 따라 유행 따라

좋아하는 것을 호로 삼은 경우도 제법 많다. 박종화는 달여울이 좋기에 '월탄(月灘)'이고, 이병기는 강이 좋기에 '가람'이며, 김현승은 평소 하도 커피를 좋아해서 '다형(茶兄)'이다. 김진섭은 냇물 소리가 듣기가 좋아 '청천(聽川)'이고, 김정한은『논어』에 나오는 요산

요수(樂山樂水)가 좋아 '요산(樂山)'이며, 김달진은 달이 좋아 '월하(月下)'이며, 이범선은 낚시를 다니며 학을 좋아했고 또 초기의 대표작도 「학마을 사람들」이기에 '학촌(鶴村)'이고, 어효선은 난을 좋아했기에 '난정(蘭丁)'이며, 나 이유식은 태어난 고향 마을이 '청현(靑峴)'인데다 이름 그대로 그 골짝의 푸른 소나무가 좋아 앞으로 내 인생이 늘 푸르고 깨끗하며 마음만은 젊게 살았으면 하는 소망에서 '청다(靑多)'다.

자기 겸손의 호에는 일석(一石) 이희승, 일모(一茅) 정한모가 있다. 일석은 자기의 자그마한 체구를 조약돌에 비유해본 것이고, 일모는 '하나의 띠풀'이니 화려한 풀은 아닐지라도 끈질긴 생명력이라도 갖고 살겠다는 뜻이다. 지난날 그분의 이름이 이야기 중에 나올라치면 호가 되었건 이름이 되었건 농으로 '한 모'란 뜻의 영어 '원 코너'라고 했던 기억이 떠오른다. 참고로 문단 연조로 보아서는 이 반열에 들 순 없지만 나의 부산대 선배로서 삼천포 시장을 지내고 아주 늦깎이로 데뷔한 수필가 김한석도 자기 이름에서 유추된 호가 곧 공교롭게도 이희승과 꼭같은 일석(一石)이라 소개해본다.

이제는 다른 사람이 지어준 호를 좀 알아보자. 모윤숙의 '영운(嶺雲)'은 이광수가 지어주었고, 피천덕의 '금아(琴兒)'는 시도 쓰고 어린애 같은 아담한 체구를 가졌기에 역시 이광수가 사랑스런 마음에서 지어주었다. 나경손의 '도향(稻香)'은 월탄이 『홍류몽』에 나오는 도향촌에서 따와 지어주었는데, 벼도 이삭이 팰 때면 꽃이 피고 향을 뿜는다는 뜻이다. 김광섭의 '이산(怡山)'은 마침 술자리에서 호 이야기가 나와 석천 오종식이 지어주었는데 술을 마시러 다닐 때 마담들이 농으로 '이 산 저 산' 하고 불렀다는 에피소드가 있다. 서정주의 '미당(未堂)'은 친한 친구가 지은 것인데, 미래에는 뭔가 큰 인물이 되라고 해서 지었다 한다. 우리는 모여 앉아 이야기 중에 혹시 이분의 이름이 나오면 자칫 실수로 '미(未)'자를 '말(末)'자로 읽을 수 있겠다면서 농으로 '말당 선생'이라 하기도 했다. 박두진의 '혜산(兮山)'은 아버지가 지어준 것인데, 어쩌면 결과적으론 청록파 시인다운 아호가 된 셈이다. 구상의 '관수재(觀水齋)'는 설창수 시인이 지어주었는데 낙동강변에 살면서 물이나 보며 여유롭게 살아보라는 뜻이 깔려 있지 않았나 싶다.

아무튼 아호는 재미가 있다. 넌지시 어떤 정보도 보여준다. 이 글을 쓰기 위한 자료 조사 과정에서 안 사실인데 시대 상황과 관련하여 유행했던 호도 있었다. 가령 정치 상황이 요란스러웠던 고려 말에는 식자들 사이에 숨는다는 뜻의 '은(隱)'자가 많이 들어갔다. 목동을 꿈꾼다는 이색의 '목은(牧隱)', 채마밭이나 가꾸며 살고 싶다는 정몽주의 '포은(圃隱)', 쇠붙이를 다루는 대장장이가 되었으면 하는 길재의 '야은(冶隱)' 등이 그 좋은 예다. 이런 유풍은 조선조 초에도 그대로 넘어와 유행했다. 그리고 또 연산군 때부터도 역시 그와 유사한 심정의 표현으로 집으로 물러나 은둔하고자 하는 마음이 일기 시작했다. '재(齋)'자로 끝나는 호가 크게 유행했는데 이는 곧 초야에 숨어 지내며 학문를 닦으며 제자들이나 길렀으면 하는 심정의 발로다. 크게 보아 '은'이나 '재'자가 들어 있는 호는 대부분 신중하고 조심스럽게 살자는 뜻을 내포하며 바로 앞 자에 그 지향하고자 하는 심정을 담았다.

별명으로 본 재미있는 문단인 이야기

이름보다 별명이 나은 이유

별명이란 말 그대로 본이름 외에 그 사람의 성격이나 성품, 기질, 용모나 외양, 습관이나 버릇, 취향이나 취미, 기타의 특징을 따서 남이 부르는 이름이다. 거기엔 상대적으로 다른 사람과 좀 차별화되는 특징적 요소가 있어 그 사람을 알 수 있는 가장 직접적인 정보가 된다. 설사 만난 적도 없다 할지라도 일단 별명을 듣거나 알고 보면 그 사람에 관한 그 무엇이 쉽게 상상된다. 그래서 재미가 있다.

그런 비근한 성경의 예가 바로 12제자를 거느린 예수가 제자에게 별명을 붙여준 경우다. 베드로의 본명은 시몬이다. 예수는 당시 공용어로 쓰인 아람어(고대 시리아 지방 언어)로 시몬에게 '바위'라는 뜻의 '게바'라는 별명을 주었다. 이 '게바'가 곧 헬라어(그리스어)로 '베드로'인 것이다. 또 야고보와 요한 두 형제에게는 성격이 좀 과격할 정도로 괄괄하기에 '우레의 아들'이란 뜻인 '보아너게'란 별명을 주기도 했다.

사실 이름으로는 그 사람에 관한 현재의 이렇다 할 정보를 거의 캐낼 수가 없다. 기껏 '甲' '元' '始'자가 들어 있으면 첫째이고, '外'자가 들어 있으면 외가에서 태어났고, '點'자가 있으면 몸에 점이 있고, '末'자가 들었으면 막내 아니면 막내이길 바랐다는 정도이다. 또 아니면 어느 띠, 어떤 태몽으로 태어났다는 정보도 있긴 하다. 물론 이름에는 작명할 때의 어떤 희망사항이 대부분 들어 있기 마련인데, 이는 오로지 '바람'일 뿐 현재의 '사실'과는 거리가 먼 경우가 대부분이다.

이에 반해 별명은 어떤 특징적 사실을 알려주기에 무척 흥미롭다. 대체로 이런 별명은 사람들을 웃겨주기도 하고 또 그 상대를 골려도 주는 장난기에서 나왔는데 어떤 별명은 평생을 따라다니기도 하고 어떤 별명은 어떤 변화가 생겨 한시적으로 끝나기도 한다.

명동신사와 명동백작

아무튼 문단인들의 별명을 찾아본다는 일은 우선 재미있고 흥미로워 파한의 읽을거리로는 적격이다. 우선 먼저 널리 알려진 별명부터 노크해보자. 아호가 공초(空超)인 오상순 시인은 지난날 명동의 청동다방에서 하도 골초처럼 담배를 꺼내 피워댔기에 아호를 빗대면서 골초도 연상되는 '꽁초'를 별명으로 불러주었다. 양주동 박사는 자칭 '천재'였고, 소설가 이봉구는 늘 오후만 되면 명동 은성다방으로 나와 진을 치고 살았기에 '명동백작'이었다. 그러나 그 외에는 친소 관계의 문인들 사이에서만 불려져 일반인들은 잘 모르는 별명이 대부분이다. 이제는 그쪽 문을 노크해보며 작고 문인들부터 먼저 알아보자.

먼저 시 쪽으로 가보면 정지용은 '닷또상'이다. '닷또'란 그 당시 일본 소형차 이름에서 빌려왔는데 이 시인의 체구가 작고 아담하여 붙여진 별명이다. 박인환은 '명동신사'다. 마치 댄디보이처럼 최대로 멋을 내고 다녔기에 붙여진 것인데 특히 전후의 명동 거리를 '명동백작' 이봉구와 '명동신사' 박인환이라는 절친한 두 친구가 한잔의 술을 걸치고 '목마를 타고 떠난 숙녀의 옷자락'이라도 잡아볼 듯 거닐던 모습이 쉬 상상된다. 천상병은 노상 사람을 만나기만 하면 '천 원만'하고 손을 낼름 내밀기에 별명이 '천원만'이었다. 박용래는 순정파 시인으로서 열 살 터울의 바로 손위 누님이 중2 때에 시집가서 채 1년도 안 돼 산후 출혈로 죽었다. 그래서 술만 조금 들어가면 그 불쌍한 누님이 생각나 노상 울었기에 '눈물의 시인' '울보시인'이 되었다. 박재삼은 포커판에서는 전혀 속을 알 수 없는 게임을 하기에 '독일병정'이고, 바둑판에서는 '박국수'였다. '국수(國手)'란 호칭은 그가 바둑을 국수급으로 잘 두어서라기보다는 신문에 바둑 패왕전 관전 기사를 쓰기에 애교로 등급을 올려준 별명이었다.

소설가 쪽으로 가보자. 김정한은 경상도 말로 '대꼬챙이' '대작댕이'였다. 좀 성질을 깔면서 간접화법이나 어떤 수사를 써서 돌려 말하는 법 없이 즉석에서 바른 말을 잘 하기에 나온 별명이다. 월북한 소설가요 평론가인 김남천은 미남으로 생겼기에 '조선의 발렌티노'였다. 루돌프 발렌티노라는, 1920년대에 할리우드의 전설적 미남 배우에게서 따온 별명이다. 손소희의 별명은 '또순이' '고양이 엄마'였다. 함경도 출신으로 외지인 이곳 이남에서 열심히 살며 강인한 생활력을 보이면서 탄탄한 생활기반을 쌓아온 것을 보고 붙인 별명이 '또순이'라면, '고양이 엄마'는 자칭이다. 신당동에 살던 시절, 직접 길러본 아들 딸이 없다 보니 고양이라도 몇 마리 키우며 모정을 쏟았는데, 거실에 손님이 와 있을 때 그 고양이들이 손님 자리로 겁도 없이 기어다니다 보니 이해도 구할 겸 곧잘 자기를 '고양이 엄마'라고 부른 데서 연유했다. 1950~60년대의 대표 작가 손창섭은 기구한 성장 과정으로 인한 피해의식이 되살아나면 곧장 싸움을 걸었기에 '싸움닭'이었다. 곽학송은 말투와 말소리로 인해 '깩깩이'가 되었다.

평론가 쪽으로 가보자. 임화는 흰 피부에 수려한 외모로 앞에서 소개된 김남천처럼 그도 '조선의 발렌티노'라고 불렸는데 그러고 보면 별명으로 동명이인인 셈이다. 그들은 공교롭게도 둘 다 월북을 했는데 만약 그들이 이곳 남한에서 똑같이 오래 살았다면 아마 구별을 하기 위해서라도 '임 발렌티노' '김 발렌티노'라고 불렀으리라. 조연현은 '면도칼' '면도날'이었다. 말하는 것이나 글에서나 논리가 한 치의 빈틈도 없이 날카롭고 예리해서 붙은 별명인데, 물론 평론가이기에 그런 면도 있겠지만 그렇지 않은 평론가도 많은 걸 보아 타고난 '면도날'이 아닌가 싶다. 불문학자요 평론가인 양병식은 늦은 오후면 늘 부산 남포동 2층 단골 맥주홀로 나왔는데 '남포동 백작'이라 칭했다.

덤으로 수필가 조경희의 별명 '풍녀(風女)'를 소개한다. 영판 남자 비슷하게 생긴 그분이 이외로 바람을 잘 피워서 얻은 별명인가 하고 지레짐작했다면 큰 착각이다. 해외여행길에서 얻은 별명이다. 지난날 그나마 좀 젊었던 시절, 모윤숙 선생이 한국 펜클럽 회장으로 있을 때이다. 세계 펜대회에 참석했다가 귀국길에 풍차 나라의 수도 암스테르담에서 아마도 말로만 듣고 사진으로만 보아온 풍차의 이국 풍물에 혹해 하도 많은 사진을 찍었기에 그 일행들이 놀림 삼아 그런 별명으로 부른 것이다.

한국 문단의 간디와 등소평

자, 이제는 살아 있는 현역 문인 차례다. 시인 김남조는 한때 '김사랑'이었다. 1960, 1970년대의 젊은 시절에 하도 많은 사랑 주제의 시를 쓴 데다가 무엇보다도 1970년도 중반쯤에 『사랑 초서(草書)』라는 시집이 출간되어 베스트셀러에 올랐기에 붙여진 별명이다. 고은도 한시적이었지만 '마하트마 고'였다. 독신 생활을 하던 30대였다. 여름이면 집에서 깡마른 모습에 팬티만 걸치고 살았기에 인도의 마하트마 간디가 연상되어 친구들이 붙인 별명이다. 신경림은 작은 체구가 흡사 중국의 등소평(덩샤오핑)을 닮았다 해서 '등소평'이다. 장윤우는 하도 막걸리판에 잘 어울리는 주당이라 '막걸리 인생'이 본인의 별명 특허가 되어 있다. 사라져가거나 잊혀진 우리말을 30년간이나 힘들여 모아 『우리말 갈래 사전』을 펴낸 시인 박용수는 한때 자유실천문인협의회의 멤버였다. 그 단체에 오갈 때는 별명이 '재일동포'였는데 지금도 유효할 수 있다. 청각을 잃었으므로 술자리에서 어떤 대화가 오갈 때마다 무슨 얘긴지 궁금해하면서 더듬거리며 말하는 모습이, 그 당시 한일 국교 정상화 이후 참 오랜만에 한국을 찾아오는 재일동포에게 무언가를 힘들게 설명해주어야 하는 상황이 연상되어 붙여진 별명이다. 그는 나의 진주고 선배이다. 진주를 떠나온 문인들의 모임인 '남강문인회' 모임에서 몇 년 전부터 더러 만나고 있는데 우리는 필담으로 서로 주고받기는 하지만 역시 어렵다. '재일교포'란 지난날의 별명이 이해가 간다. 김용택은 키가 작아 '땅콩'인데 '땅개'가 아닌 것이 천만다행이다 싶으면서 애교가 있다.

소설가 황석영은 입담이 좋고 약간 부풀려 풍도 치기에 '황구라'다. 김주영은 한때 '안동 촌생원'이었다. 작가로서 입지를 다지기 위해 갓 서울 생활을 시작했을 때 억센 경상도 억양에다 세상물정에 밝지도 못해 얻게 된 별명인데, 이제는 서울 토박이 빰치고 에헴 하고 큰소리칠 정도로 서울의 새로운 '안동 양반'이 되어 있다. 조정래는 지난날 술자리에서 작품을 구상하는 버릇이 있어, 이거다 싶은 화제에 대해서는 하도 '진지'하게 말을 하곤 해서 '조진지'가 되었다. 조선작은 음습한 창녀의 이야기인 「영자의 전성시대」를 써 이름을 얻었기에 '음지작가' '창녀조합장'이란 우스개 별명을 얻었고, 이문열은 한때는 '도깨비'라 불렸다. 단골 바둑집에서 불려진 별명이다. 바둑 실력이 고수인 그가 한동안 죽었는지 살았는지 얼굴 한번 비치지도 않다가 어느 날 느닷없이 불쑥 나타나 마치 원수라도 갚을 듯 2, 3일을 계속 바둑알을 굴리고 있는 데서 나온 별명이다. 시인 김종삼이 어떤 모임에 불쑥불쑥 잘도 나타나 '도깨비'라 불려졌다면, 이문열은 바둑집의 '도깨비'였다.

끝으로 바로 금년(2016)에 작고한 시나리오 작가 신봉승은 '시계'

다. 한때 방송가에서 널리 알려진 별명인데 방송 원고 마감 시간을 너무 잘 지켜주어 훈장처럼 얻어 찬 별명이다. 그는 아마도 다른 약속도 물론 잘 지키리라 본다. 내가 직접 경험했던 일이 기억난다. 1960년대 중반, 내가 『세대』란 종합지에서 일할 때다. 그는 신필름의 전속작가로 일하고 있었고 마침 '상호 평'이란 가벼운 기획이 있어 '감독이 본 시나리오 작가'를 신상옥 감독에게, '시나리오 작가가 본 감독'을 그에게 청탁했다. 아닌 게 아니라 '시계'처럼 바로 마감 날짜에 직접 원고를 가져오는 것이었다.

찾아보면 더 많을 것이다. 성격이나 성품의 '불칼' '대쪽' '새악씨' '부처님'도 있을 것이고, 외양이나 용모로 본 '꺽다리' '홀쭉이' '말코' '코주부'도 있을 것이고, 행동이나 버릇으로 보아 '촉새' '능구렁이' '여우' '마당발' '황소' '곰' '초라니' '구두쇠' '짠돌이' '말술' 등도 있을 수 있다.

그렇다면 이왕 내친김이니 나의 별명도 소개해볼까 한다. 좀 젊었던 시절에는 몸매가 빼빼해서 과자 이름을 딴 '빼빼로네'였는데 이제는 나이와 함께 몸이 알맞게 불어 시효가 지난 별명이 되고 말았다. 그러나 남의 말을 들을 때 장단 맞추듯 경상도 말 '그럼'의 뜻인 '하모'를 자주 남발하여 '하모 교수님' '하모 평론가'란 소리를 들었고 지금도 듣고 있다. 그리고 자랑 같지만 한때 월평에 오랫동안 관여하는 과정에서 소설가들로부터 황공하게도 '쪽집게'란 별명을 얻어 들은 적도 있다.

그런데 웬일인가. 지금껏 알아보았듯 미남의 대명사 '발렌티노'란 별명은 있는데 바람둥이의 대명사 '돈 후안'(돈 주앙)이나 '카사노

바' 란 별명이 없어 약간 수상쩍다. 50년 넘은 문단 생활에서 지난날 이나 지금이나 그런 별명을 붙여줄 만한 대표급이 더러 있는 것으로 알고 있는데, 아마도 조심스러워서인지 공개적으로 붙인 경우가 없었던 것이 아닐까. 혹시 있다면 어디까지나 귀엣말로만 전해지고 있는지도 모르겠다.

파이프 담배와 베레모

지난 시절이건 지금이건 파이프 담배와 베레모는 예술가들의 트레이드 마크다. 길거리에서나 어떤 장소에서 이런 사람들을 보면 십중팔구 예술가이기 마련이다. 같은 예술가일지라도 그중 화가나 문인들이 더 애용하고 있는 편이다. 예술가들 중에서도 화가와 문인은 사촌쯤은 된다.

예술가의 멋을 더해주는 파이프와 베레모

화가가 캔버스에다 붓으로 그림을 그리는 행위나 문인이 원고지에 펜으로 글을 쓰는 행위는 거의 동일하다. 아무튼 그런 행위의 동질감이 있어 그런지 파이프 담배나 베레모는 가히 양쪽의 전유물인 양 되어 있다. 그것은 개인적 기호인 동시에 자기 멋이었고 또 남들도 하나의 멋으로 보아주었다.

먼저 파이프 애용가들을 알아보자. 작가로는 박종화, 유주현, 오영수, 이병주가 떠오르고, 시인으로는 오상순, 이상, 서정주, 조지

구본웅의 〈친구의 초상〉(왼쪽)과 빈센트 반 고흐의 〈파이프를 물고 귀에 붕대를 감은 자화상〉

훈, 조병화, 김규동, 김종삼, 한무학, 신동엽이 떠오르며, 시조시인 이태극과 아동문학가 박홍근이 생각난다. 그리고 수필가로는 국회의원과 국민대 총장을 역임한 서임수가, 평론가로는 이헌구와 부산의 양병식이 생각난다.

여기서 한두 사람을 제외하고는 살아생전 내가 직접 만나보거나 목격했던 사람들이다. 물론 파이프가 아니고 일반 담배를 피운 문인들은 부지기수다. 그리고 오상순만 상아 빨부리를 물었고, 다른 분들은 모두 이른바 마도로스 파이프였다.

이 파이프 담배에서 나오는 향이 뭐니 뭐니 해도 좋다. 일반 담배 연기에서 나는 냄새야 담배를 아예 안 피우는 사람이나 금연하는 사람에게는 상이 찌푸려지는 것이지만, 파이프 향은 거부감이 없다. 오히려 향기롭다는 사람도 많다. 그 향은 각 담배의 브랜드 종류에 따라 초콜릿향, 커피향, 아로마향, 스카치위스키향, 바닐라향, 체리향이 나는데 옆에서 맡고 있다 보면 가히 유혹적일 수도 있다.

그래서 나도 40대 전후 시절에 문인으로서 멋도 부릴 겸 시가렛 당에서 파이프당으로 입적하여 파이프 담배를 피워본 적이 있다. 또 내친김에 파이프 담배 예찬의 수필도 한 편 쓴 적도 있다.

그건 그렇고 시인 이상의 경우는 여기서 보충 설명이 좀 필요하다. 1935년경에 이상의 친구요 서양화가로서는 제1세대에 속하는 구본웅이 이상을 모델로 그린 〈친구의 초상〉을 보면, 이상이 파이프를 물고 있다. 이상은 그렇게 파이프 애연가는 아니었지만 마침 그 초상화를 그릴 때 화가 자신이 가지고 있던 파이프를 이상에게 시인의 멋으로 물고 있으라 했다는 이야기가 전해지고 있다.

사실 화가들이 남긴 그림을 보면 초상화가 됐건 자화상이 됐건 파이프를 물고 있는 경우가 더러 있다. 그것은 악세서리도 되고 장식도 된다. 아무것도 없는 밋밋한 맨입보다야 훨씬 낫다. 그 대표적인 예가 반 고흐의 자화상 두 점이다. 먼저 그린 자화상을 보면 얼굴 생김이야 어디 내놓을 것은 못 되지만 물고 있는 파이프가 그 약점을 약간은 커버해준다. 그래서 그 후일에 그린 또 다른 자화상에도 역시 파이프가 등장한다. 스스로 자기의 귀를 자른 사건 후 병원 치료를 받고 나온 직후의 그림인데, 귀에 붕대를 감고 있어 약간은 볼썽사나운 모습인데 역시 파이프를 물고 있다. 그 파이프야말로 장식도 되고 그의 기호가 바로 파이프 담배 피우기란 표시도 된다.

평소 반 고흐는 파이프 담배의 고수요 왕골초였다 한다. 고흐의 〈반 고흐의 의자〉와 그의 친구 고갱의 〈빈 의자〉는 마치 한 쌍과도 같은 그림이다. 그런데 고갱의 〈빈 의자〉에는 책과 촛불이 놓여 있는 반면, 고갱의 그림 속 의자에는 파이프와 담배 쌈지가 놓여 있으니 고흐의 파이프 사랑이 충분히 짐작된다.

그리고 지금까지 거명된 분 중에는 집에서만이 아니라 바깥 어느 장소이건 여봐란 듯이 노상 담배를 물고 있던 분들이 있다. 오상순과 조병화, 오영수, 박홍근, 양병식이다. 다른 분들은 간혹 피우기는 했지만 주로 집에서 작품 쓸 때 즐겨 피웠다.

이제는 이 파이프들이 소중한 기념품이 되어 있다. 경기 여주의 유주현문학관, 강원도 화천의 이태극문학관, 경북 영양의 조지훈문학관, 경기 안성의 조병화문학관, 경남 언양의 오영수문학관, 경남 통영의 유치환문학관, 경남 하동 북천의 이병주문학관, 전북 고창의 서정주문학관에 가면 그것이 곧 소중한 기념품 중의 하나로 진열되어 있다. 손때 묻은 자필 원고, 안경이나 돋보기, 모자, 지갑, 라이터 등과 함께 생시의 체취를 느끼게 해주는 소품 구실을 단단히 하고 있다.

다음은 베레모 이야기다. 챙이 없고 둥글납작하게 생겨 '빵모자'라 불려졌던 이 모자를 즐겨 썼던 사람은 시인으로는 서정주, 유치환, 양명문, 김수영, 조병화, 이석, 김종삼, 한무학, 성기조, 이일기, 정광수 등이 떠오르고, 소설가로는 황순원, 김광식, 오인문, 정소성, 정종명, 시조시인으로는 김상옥, 정완영이 있고, 아동문학가 박화목, 박홍근, 엄기원이 생각나며, 평론에 불문학자이기도 했던 양병식이 생각난다. 사실 나도 이 명단에 끼어들 수는 있다. 약 30년 전부터 겨울철에는 늘 써왔다. 이들 중 양명문은 훤칠한 키에 베레모를 쓰고 스틱까지 짚고 다녔으니 이화여대 교수 시절 분명 여학생들 사이에 '멋쟁이 교수'란 별명 아닌 별명으로도 통했으리라. 참고로 수필가 윤재천의 트레이드 마크 중 하나가 모자인데 그것은 베레모가 아니라 챙이 거의 없는 헌팅캡의 일종인 이른바 도리구치다.

그리고 여성 문인들 중에는 작고한 작가 구혜영이 생각나며, 현재 살아 있는 분으로는 정연희, 김녕희, 김지연이 있고, 수필가로는 김시원과 지연희, 신동명이 있다. 물론 이외에도 더 많은 분이 있겠지만 어디까지나 이것은 내가 아는 범위 내의 사람들이다.

그러고 보면 이 파이프와 베레모 이야기에서 이름이 겹치는 분도 있다. 이분들이야말로 토털 패셔니스트 문인이요, 풀 세트로 문인 예술가로서의 멋을 부린 사람이다. 서정주, 조병화, 김수영, 김종삼, 한무학, 오영수, 서임수, 박홍근, 양병식 등이 그런 면면들이다. 성기조도 한때는 파이프를 애용했지만 지금은 애장품으로 보관만 하고 있다 한다. 또 좀 특이하게는 애초부터 애연은 아니면서도 수집 취미로만 갖가지 수많은 파이프를 모아놓고 있는 사람이 바로 윤재천이다.

아무튼 이런 파이프 담배와 베레모의 유행은 직접이 되었건 간접이 되었건 프랑스식의 모방이 아니었나 싶다. 미술계의 거장 피카소가 일찍부터 파이프 담배와 베레모를 애용하지 않았던가. 아니, 그만이 아니라 그를 위시한 입체파 화가들도 즐겨 파이프를 물었다. 또 실존주의 철학과 문학의 대부인 사르트르도 파이프 담배를 즐겨 파이프를 물고 다리 위에서 파리의 센강을 바라보고 서 있던 사진이 세계인들의 시선을 끌었다. 그것은 마치 맥아더 장군이 인천상륙작전 당시 군모 밑에 선글라스를 끼고 파이프를 문 채 배에서 내려 상륙하는 그 순간의 사진이 세계인의 이목을 끌었던 것과 비슷했다고

나 할까. 그 사진의 영향으로 군인 장교들이 너도 나도 선글라스 끼게 된 사연을 생각해보면 우리 문인들이 사르트르의 그 사진으로부터 직간접의 영향도 받았음을 대충은 짐작이 가리라 본다.

흡연과 문학의 함수관계

어쨌거나 한때나마 이 파이프 담배 연기는 유럽이나 우리나라에서 '신사의 냄새'로 통한 적도 있다. 그런데 이제는 어떤가. 베레모는 별도로 치고 파이프 담배만은 우리 문단인에게도 점점 시세 폭락이다. 세월무상만이 아니라 흡연무상이다. 금연운동이 일어나 곳곳에 금연구역이 설정되어 있고, 사무실이나 웬만한 크기의 음식점과 술집에서도 금연이다. 흡연자들이 갈 곳이 없다. 담배를 피우더라도 눈치를 봐가며 도둑 담배를 피워야 하고 또 피우고 나서는 사람들로부터 야만인, 죄인, 공공의 적이란 취급을 받는다는 느낌이 든다.

흡연에 대해 너무 지나치게 야단을 떨 필요는 없다고 본다. 흡연도 자유다. 지나친 흡연이나 공공장소에서의 흡연이야 물론 조심해야겠지만 우리나라가 아예 금연국으로 선포되지 않은 이상 최소한의 자유는 보장되어야 마땅하다.

정말 흡연은 그렇게 몸에 나쁜 것일까. 금연론자나 의사들의 말처럼 정말 암의 원흉일까. 우리나라 원자력 암병원의 원장이 암으로 죽은 이 아이러니를 어떻게 설명해야 할까. 암과 담배의 합성어인 '캔서렛(cancerette)'이라는 신조어가 나왔다는 소식을 듣고 나는 담배를 그렇게 평생 피웠던 처칠, 피카소, 마오쩌둥, 덩샤오핑을 떠올려보았다. 모두 암과 상관없이 살 만큼 살고 천수를 누리며 갔다.

이 중 처칠은 역사상 최고의 골초라 해도 과언 아니다. 그의 트레이드 마크인 시가를 평생 동안 약 30만 개나 피웠는데 이를 일반 담배로 환산하면 약 1만 5천 갑 정도다. 특이체질이었는지는 잘 모르겠지만 그래도 91세까지 살지 않았던가. 식사 시간과 잠자는 시간을 제외하곤 거의 시가를 내려놓은 적이 없기에 어떤 사진기자가 담배 물지 않은 사진을 찍으려고 며칠을 따라다녀봤으나 결국은 실패하고 말았다는 일화는 너무나 유명한 일이다. 그러면 반대로 담배를 피우지 않았던 30대의 주부가 폐암으로 죽어간 사실은 또 어떻게 설명해야 될까.

담배가 꼭 해로운 것만은 아니다. 화가 나거나 기분이 울적할 때는 기분 전환도 된다. 또 글이 잘 풀리지 않을 때는 '창작의 벗'이 된다. 특히 파이프 담배는 나의 경험으로도 글을 쓸 때 입술을 지그시 누르는 그 중량감에다 연기의 피어오름과 대통의 만지작거림이 막혔던 생각의 실타래가 술술 풀려 나오게 하는 촉진제 구실도 한다. 또 때론 시간이 남아돌아 마치 병사가 휴식 시간에 총을 손질하듯 파이프를 분해해놓고 대통 청소를 할 때는 어른 장난감이란 느낌도 든다.

물론 하도 금연, 금연 하는 세상이라 나도 담배를 반으로 줄이긴 했다. 젊은 시절에도 골초는 아니었다. 지금은 파이프 담배는 오로지 집필실용이고, 외출할 때만 비상용으로 일반 담배 몇 개비 정도를 넣어 다닌다. 솔직히 금연을 해보려고 노력은 해보았으나 그렇게 쉬운 일이 아니었다. 습관과 중독이란 것이 참 무섭구나 하고 여기면서 똥배짱을 갖고 다시 피우기 시작했다. 무려 50년을 피워왔는데도 아무런 탈이 없다는 것이 나의 배짱철학(?)이다. 아내가 간혹 내 집필실을 드나들 때 '가스방'이라고 혀를 끌끌 차지만 마이동풍, 내 배짱에는 변함이 없다. 담배로 인한 기침 없고, 담배로 인한 가래도 없다는 것이 바로 나의 궁색스런 알량한 변이다.

오늘 따라 다시금 버트런드 러셀 경과 1923년에 영국 수상이 된 볼드윈, 영국 작가 새커리와 화가 피카소 그리고 사르트르와 맥아더의 그 파이프 담배가 더욱 멋있다 싶다. 덩달아 루스벨트 대통령, 정신분석학자 프로이트, 철학자 임어당, 시인 장 콕토의 애연도 멋있다. 이런 언설을 펴놓고 있는 나를 두고 비애연당에 속해 있는 독자 제현께서는 혀를 끌끌 찰지 모르겠다. 그러나 아직도 애연당에 속해 있는 이 늙은이의 애교쯤으로 봐주면 더욱 좋겠다.

문인들의 노래 '18번'은 무엇인가?

'18번'은 국어사전에도 있는 단어로서 '가장 즐겨 부르는 노래'라는 뜻이다. 이 단어의 어원은 일본의 전통극 가부키에 있다. 1832년 당대 최고의 인기 배우였던 7대 이치가와 단주로(市川團十郞)가 수백 종류의 가부키 레퍼토리 중에서 자신이 가장 자신 있게 할 수 있는 레퍼토리 18종을 선정한 데서 비롯된 말이다. 이 말이 우리나라에 들어와 그만 애창곡의 대용어가 되었다.

대개 여러 사람들이 모여 노는 흥겨운 자리라면 끝판엔 결국 노래를 부르기 마련이다. 이때 지명을 받거나 자기 차례가 되면 누구나 이 '18번'을 한 곡쯤은 뽑기 마련이다.

우리 문인들의 '18번'은 뒤에 곧 소개해보기로 하고, 양념 삼아 누구나 알 만한 사회 저명인사들의 그것부터 소개해본다. 흥미도 있으리라 본다. 전현직 대통령부터 알아보자. 박정희의 그것은 〈황성옛터〉이고, 김영삼은 음치이긴 하지만 〈선구자〉 〈매기의 추억〉이며, 김대중은 이난영의 〈목포의 눈물〉, 전두환은 명국환의 〈방랑시인 김삿갓〉이고, 현직 박근혜는 1990년대의 보컬 솔리드의 노래 〈천생연

분〉과 거북이의 〈빙고〉이다. 〈천생연분〉이 연분이 있다면 안 만나려 해도 결국은 만날 수밖에 없다는 운명론을 담고 있다면, 〈빙고〉는 자기 실현의 소망을 노래하고 있다. 고 조병옥 박사의 그것은 〈매기의 추억〉이었고, 왕년의 정객 고흥문은 정몽주의 〈단심가〉란 시조창과 민요 〈양산도 타령〉이었으며, 역시 왕년의 정객 정해영의 그것은 충무공의 〈한산섬 달 밝은 밤〉이란 시조창이었다. 문인 정객이었던 한솔 이효상은 오기택의 〈고향무정〉과 "푸른 하늘 은하수"로 시작되는 동요 〈반달〉을 즐겨 불렀다. 재벌 실업가 정주영은 송대관의 〈해 뜰날〉이 18번이었다.

병석에 누워 노래하는 시인

그럼 이제부터는 우리 문인들의 경우를 작고 문인부터 알아본다. 조지훈의 그것은 〈기차는 떠난다〉였고, 미당 서정주는 김세레나의 〈쑥대머리〉였으며, 소설가 최정희는 나이도 나이였던 만큼 일본 노래 〈가레스스키〉이고, 조병화는 백설희의 〈봄날은 간다〉이다. 박재삼 시인은 고운봉의 〈선창〉과 김영춘의 〈홍도야 울지 마라〉이다. 작가 홍성유가 『장군의 아들』을 집필하던 때 김두환과 기생들이 명월관에서 술판을 벌이고 있는 장면에 〈홍도야 울지 마라〉를 꼭 넣어야 하는데 정확한 가사가 생각나지 않아 생각해보다 보니 그 노래를 18번으로 불렀던 박재삼이 떠올라 한밤중인 데다가 병중에 자고 있는 그에게 다짜고짜로 전화를 걸어 그 가사를 그대로 받아 적었다는 에피소드가 있다. 아닌 밤중에 홍두깨식으로 환자 입에서 더

듬더듬 노랫소리가 흘러나와 행여 정신이상이 온 것이 아닌가 싶어 온 가족이 놀라 잠을 깼다는 해프닝이 전해지고도 있다. 그리고 〈선창〉을 부르곤 했던 그의 모습도 떠오른다. 1964~1965년도였다. 내가 월간 『세대』사에 근무할 때인데 마침 그나 내가 금호동 로터리에서 아니 먼 곳에 살았기에 퇴근 귀가 시간이면 그 로터리에서 우연히 마주치는 경우가 더러 있었다. 그도 나도 젊은 시절이고 또 서로 출신 고향이 서부 경남이라 동향의 친근감에서 온 객기로 술집 행차를 하곤 했다. 술기운이 거나하면 평소의 버릇대로 두 손을 배꼽 위에 모아 약간은 들뜬 고음으로 "울려고 내가 왔던가 웃으려고 왔던가/비린내 나는 부둣가엔 이슬 맺은 백일홍"으로 시작하는 그 〈선창〉을 부르곤 했다. 그게 어언 50여 년 전 일이다. 평론가 최일수는 〈목포의 눈물〉이다. 49세의 나이로 일찍 간, 이른바 민중시인이라 불려졌던 김남주는 남인수의 〈고향의 그림자〉를 즐겨 불렀다 한다. 수배자 또는 보호감호 대상자로 언제나 쫓겨다니다시피 숨어 살아야 했던 그는 자기 신세의 한을 이 노래에 가탁하여 풀어내곤 했다. 지리산 계곡으로 배낭을 메고 산행을 갔다가 뱀사골 계곡에서 발을 헛디뎌 44세에 비명횡사한 여성 시인 고정희는 양희은의 〈이룰 수 없는 사랑〉을 좋아했다. 사랑하는 사람에게 뿌리침을 당한 경험이 있기에 이 노래에 실어 그 한을 풀었다.

이제는 살아 있는 문인들의 순서다. 소설가 이호철은 고향이 이북이기에 월북 시인 정지용이 작사한 〈고향〉을 즐겨 부르곤 하는데, 그 이유는 고향의 모습을 잠시나마 떠올려볼 수 있기 때문이다. 시인 권용태는 〈울고 넘는 박달재〉요, 평론가 이명재는 〈토요일은 밤이 좋아〉가 아니면 〈연상의 여인〉이다. 이 두 사람은 나와 같이 강남문인협회의 역대 회장이요 주요 임원이라 행사가 끝나고 나면 다른 회원들과도 같이 어울려 노래방 출입을 더러 했기에 자주 들었다. 평론가 조병무는 가곡 〈기다리는 마음〉이다. 소설가 현기영은 〈한라산〉, 정소성은 〈고향의 노래〉, 황석영은 〈부용산〉, 조정래는 〈눈물젖은 두만강〉, 박범신은 〈봄날은 간다〉, 추리소설가 김성종은 〈눈물의 웨딩드레스〉, 소설가요 방송작가인 부산 출신의 양인자는 "동그라미 그리려다 무심코 그린 얼굴" 로 시작되는 〈얼굴〉이 각각 18번이다. 시인 마광수는 박인희의 노래 〈세월이 가면〉이고, 평론가 홍문표는 가곡 〈기다리는 마음〉이며, 나 이유식은 "남쪽 나라 바다 멀리 물새가 날으면" 으로 시작되는 장세정의 〈고향초〉 아니면 분위기에 따라 태진아의 〈옥경이〉나 정원의 〈허무한 마음〉이다. 특히 내가 〈고향초〉를 좋아하는 이유는 그런 나름으로 내 목소리에 맞는 것 같기 때문이고, 또 남쪽 서부 경남을 떠나와 어느 새 서울 객지 생활에 오랜 세월이 흘렀다 싶어 순간 유소년 시절의 고향 생각이 나면 불러보곤 하는 노래이다. 수필가 고동주는 윤수일의 〈찻잔의 이별〉이고, 정목일은 처음 안정애가 부르고 뒤에 조용필이 리바이벌한 〈대전블루스〉이다.

보다시피 대체로 우리 문인들은 다른 사람들에 비해 감성적이고 정감적이라 '감성형' 노래를 좋아하는 편이다. 그러나 자기의 출생지나 성장지와 연관 있는 내용, 가령 사람에 따라 '망향형'이나 고향 '회억형'도 선호할 수 있다. 부산 출신이라면 조용필의 〈돌아와요 부산항에〉를, 울산 출신이라면 김상희의 〈울산 큰애기〉를, 충청도 출신이라면 허민의 〈백마강〉이나 아니면 〈백마강 달밤〉을 각각 좋아

할 개연성이 높다는 뜻이다. 그래서 목포 출신 최일수는 〈목포의 눈물〉을, 삼천포 출신 박재삼은 그곳의 부둣가가 연상되는 〈선창〉을, 제주도 출신 현기영은 〈한라산〉이 18번인 것이다. 그다음 혈육의 정이 그리운 '인륜형'이라면 현인의 〈비 내리는 고모령〉이나 아니면 〈칠갑산〉을 즐겨 부를 수도 있다. 그리고 자기 인생의 과거나 현재를 투영해볼 수 있는 '자기관조형'이나 '자기성취형'이라면, 마치 정주영의 18번 〈해뜰날〉이나 "빙글빙글 도는 의자"로 시작되는 김용만의 〈회전의자〉, 그리고 김상국의 〈쥐구멍에도 볕들 날 있다〉 등속의 노래도 18번으로 삼을 수도 있다. 마지막으로 지난 시절 운동권 출신의 '신념형'이라면 〈아침이슬〉 〈님을 위한 행진곡〉 〈타는 목마름으로〉 〈그날이 오면〉 〈솔아 솔아 푸르른 솔아〉 등을 18번으로 삼을 확률이 거의 100퍼센트다.

노래에 문인들의 회포를 담아

특히 유행가란 자기 삶이나 처지를 비추어볼 수 있는 거울이요, 맺혀 있는 한이나 회포를 풀어내볼 수 있는 필터요 용광로이며, 자기 확신을 다시 가다듬어볼 수 있는 촉매제요 기폭제이기도 해 사람에 따라 자기에게 꼭 맞구나 싶은 노래가 있기 마련이라 그것이 곧 18번이 되고 있다.

나는 엉뚱하게도 왜 박정희 대통령의 18번이 〈황성옛터〉인지 또 김영삼 대통령의 그것이 왜 〈선구자〉가 되었는지를 생각해본 적이 있다. 두 노래 다 두 분이 대통령에 오르기 이전부터 일찍 18번이 된 노래다. 박정희는 사나이 대장부로서 큰 웅지를 품었으나 한동안은 모든 것이 제대로 풀리지 않고 보니 속으로는 참 답답도 했으리라. 그래서 약간은 비감에 젖으며 "아 가엾다 이 내 몸은 그 무엇 찾으려/끝없는 꿈의 거리를 헤매어 있노라"에 실어 맺혀 있는 한이나 회포를 풀었으리라. 김영삼도 역시 웅지를 품었으니 박정희와는 좀 달리 〈선구자〉란 노래를 통해 늘 미래의 자기 모습이나 정체성을 확인해보았다 해석할 수 있다.

문단의 악필가와 달필가 열전

세월은 많은 변화를 몰고 왔고 또 몰고 오고 있다. 문득 1960년대가 생각난다. 1960년대 중반쯤에 나는 월간 종합지 『세대』지의 편집 일을 맡고 있었다. 그때 일하는 방식은 다음과 같았다. 편집부로 넘어온 모든 육필 원고는 1차 원고 교정과 편집을 거쳐 인쇄소로 넘어간다. 그다음 원고의 문선과 조판을 거친 후 나온 1차 교정지를 받아 혹시 조판 과정에 빠진 부분이 있나 없나를 확인하기 위해 원고와 교정지를 대조해가며 다시 교정을 본다. 이 과정에서 육필 원고가 깨끗하면 일 처리가 한결 쉽다. 그렇지 않은 경우라면 원고 교정이건 1차 교정지 원고이건 꽤 애를 먹는다.

그런데 이제는 컴퓨터로 친 이른바 '컴고(稿)' 시대가 되어 모든 작업 진행이 가히 누워서 떡 먹기다. 오랜 세월 동안 손으로 썼던 '수고(手稿)' 시대에서 중간에 타자로 친 '타고(打稿)' 시대를 잠깐 지나 이제는 명실상부한 '컴고' 시대다. 글씨가 몰라볼 정도로 악필이라고 편집기자에게 욕을 먹을 일은 없다. 예전에는 편집 데스크에서 일을 하다 잠시 휴식을 취할 겸 커피를 한잔 마시며 교정 본 원고에 대한 각자 나름의 글씨 품평회를 간혹 하기도 했고 또 혹시 또래의 편집자들과 술자리를 같이할 경우에도 가끔씩 각자 경험한 글씨 품평회를 하기도 했다. 지금은 사라진 '수고' 시대가 낳은 풍속의 일면이다.

달필도 악필만큼 골칫거리

지난날 기자 시절에 경험했던 그 '수고' 시대를 다시 한번 생각해 본다. 가장 칭찬을 많이 들었던 사람이 선필가(善筆家)였다면, 가장 많은 욕을 들어야 했던 사람은 물론 악필가(惡筆家)였다. 달필가(達筆家)의 원고가 물론 좋긴 하지만 기분이 나서 일필휘지하듯 써 내려간 원고는 좀체 알아보기 힘든 면도 있다. 차라리 아쉬운 대로 매끈해 보이지는 않지만 또박또박 써내려간 졸필(卒筆)이 더 낫다. 흔히 우리는 글씨나 글씨체를 두고 달필, 능필(能筆), 졸필, 악필이라고 평하는데 그것이 서예 작품이 아닌 이상 편집실의 기자에겐 그저 알아보기 쉬운 글씨가 최고다. 그것이 바로 원고 교정용 글씨를 염두에 둔 악필의 반대 즉 선필이다. 그다음이 오히려 달필이나 능필보다는 졸필이 더 좋을 때가 있다. 달필이나 능필이 우선 겉보기는 좋지만 때때로 어떤 부분에 가서는 난필(亂筆)을 만날 수 있었던 위험성이 늘 도사리고 있었기 때문이다.

지나간 이런 '수고'의 시대에는 동서양을 막론하고 악필가, 졸필가, 난필가로서 명성이 자자했던 사람이 제법 많다.

아마도 최고의 악필가는 『의상철학』과 『프랑스 혁명사』를 쓴 19세기 영국의 평론가 토머스 칼라일일 것이다. 런던의 어느 한 인쇄소에 그의 원고가 들어왔다. 그의 원고 문선이 너무 까다롭고 힘들었던 한 직원이 그만두고 다른 인쇄소로 자리를 옮겨버렸다. 그런데 어느 날 일을 하려고 원고를 펴보니 바로 또 칼라일의 원고였다. 이게 웬일인가. 원수를 피하려고 그 인쇄소를 피했는데 공교롭게도 또 외나무다리에서 만나게 된 것이다. 그다음은 러시아의 대문호 톨스토이다. 그도 악필 중의 악필이라 그의 글을 많이 읽은 마누라 아니고서는 알아보기가 힘들었다 한다. 그리고 천재 물리학자 아인슈타인도 악필이었다.

졸필의 경우라면 셰익스피어와 영국 19세기 여성 작가 샬럿 브론테가 있다. 셰익스피어의 원고는 초등학교 1, 2학년 글씨 같았으며, 브론테의 필적은 깨알 같아 돋보기를 써야 할 정도였다 한다.

난필가에는 빅토르 위고가 있다. 그리고 원고 쓰는 데 이상한 버릇을 가졌던 사람이 19세기 영국 작가 찰스 디킨스다. 조그마한 구석 하나 남기지 않고 빽빽이 써놓아서 단어와 단어의 구별이 어려웠다 한다.

글은 잘 써도 글씨는 못 쓰는 문인들

남의 나라 이야기를 하다 보니 어느새 좀 멀리까지 가버렸다. 치즈가 되었건 된장이 되었건 지적 정보에 도움이 되었다면 그것도 좋은 일이다. 이제 우리 이야기로 가보자.

맵시 있고 알아보기 쉬운 글씨를 쓴 선필가로는 김동리, 박두진,

박목월, 작가 이주홍, 시인 이상로, 평론가 백낙청이 있다. 특히 김동리와 이주홍은 평소에도 서예 솜씨가 뛰어나 원고 글씨도 선필이었다. 박목월의 글씨체는 여성스러운데 정확히 200자 원고지 안에 맞게 깔끔하게 썼다. 이상로 시인과는 두어 번 원고 거래가 있었는데 『동아일보』 편집부국장 시절이다. 글씨가 또박또박하여 읽기가 쉬웠는데 특이한 점은 혹시 잘못된 글자나 문구가 있으면 지우고 정정만 하면 되는데도 그런 곳을 마치 땜질하듯 원고지에 새로 써서 오려 붙이는 세심함과 꼼꼼함을 보여주어 칭찬을 들었다.

악필가로는 이광수, 백철, 정비석, 피천득, 박완서, 최인호, 이해인을 들 수 있다. 백철의 글씨는 흡사 지렁이가 꼬물꼬물 기어가는 듯해 여간 신경을 쓰지 않으면 읽어내기가 무척 힘들었다. 나도 편집 데스크에서 처음 그의 원고를 만났을 때 난감하지 않을 수 없었다. 여러 번 원고를 받아 읽고 나서부터는 자연 익숙해져서 마치 무슨 암호 같은 글자도 쉽게 알 수 있었다. 처음엔 두어 번 읽으면서 앞뒤 문맥을 따져 그 암호를 풀어냈다고나 할까. 특히 종결어미 '다'는 낚시바늘 모양처럼 흉내만 내놓았기에 당황했던 기억이 새롭다. 정비석의 글씨는 굵고 크지만 악필은 악필인데 삐딱하게 드러누워 있는 것이 특징이다.

달필가로는 오상순, 이상화, 채만식, 이효석, 김영랑, 유치환, 이상, 박인환이 있다. 지금 문득 유치환 선생의 기억이 떠올라 지난날 살아 계실 나에게 보내준 엽서와 저자 친필 사인이 든 시집을 꺼내 보았다. 역시 달필은 달필임을 재확인해보고 있다.

사람에 따라 달필도 있고, 선필도 있고, 졸필도 있으며 또 악필도 있겠지만 우리 문인들이 대체로 일반 사람들에 비해 글씨를 잘 못 쓰는 것만은 분명하다. 글씨보다는 내용이 더 중요하기 때문이다. 그때그때 떠오르는 생각을 즉각즉각 담아내려고 하다 보면 글씨를 잘 써야겠다는 생각을 가질 여유가 없다. 막말로 우선 써놓고 보자이고, 이런 것이 습관화되어 있다 보니 자연 일반인들에 비해 상대적으로 글씨가 좋지 않기 마련이다. 내친김에 나의 경우를 한번 생각해본다. 졸필이다. 20대 초부터 글을 쓰게 되어 언제 글씨 교본을 두고 배울 시간도 여유도 없다 보니 타고난 글씨 수준 그대로이다. 지난날엔 원고를 건네줄 때마다 졸필이라 미안하단 말을 잊지 않았는데 되돌아오는 말이 졸필이 난필보다야 물론 낫고 달필보다도 좋을 때도 있다 해서 큰 위안이 되긴 했다.

그러나 이제는 이런 궁색한 변명 자체가 필요 없는 시대다. '컴고'가 안방에서 바로 편집실로 전달되는 디지털시대라 '수고'가 거의 씨가 말라간다. 그래서 더러 육필 전시회도 열리고 있고 또 기념관이나 문학관에서도 육필을 찾고 있다. 그런가 하면 모 출판사에서는 2011년도에 시단의 원로, 중진 43명의 육필시를 모아 『시인이 시를 쓰다』라는 제목으로 육필 시집 한 권을 내보낸 바도 있다.

육필이란 설사 사람은 가더라도 글씨만은 남아 있는 격이다. 인간미가 있고 체취가 느껴지고 성격도 짐작할 수 있는 흥미로운 자료다. 스테레오 타입인 '컴고'에는 내용만 있지 '사람'이 없다. 그래서 나는 나의 육필을 더러 모아놓고 있으며 또 때론 짧은 원고의 경우라면 육필 보관이라도 해두라는 내 나름의 생각에서 선물인 양 일부러 보내볼 때도 있다.

천태만상 집필 습관

썩은 사과 향기를 맡으며 글을 쓴 실러

사람마다 성격 다르고 취향 다르듯 문인들의 글 쓸 때 버릇도 가지각색이다. 가령 집필 공간으로는 어떤 장소나 어떤 분위기를 좋아하며, 거기에 따른 부대 조건은 무엇이며, 집필 시간은 주로 저녁이냐, 새벽이냐, 엎드려 쓰길 좋아하느냐, 앉아서 쓰길 좋아하느냐, 글 쓰기 전 마음의 준비에 따른 기타 행동이나 행위 등속은 사람에 따라 다를 수 있다.

독일의 시인 중 실러라는 사람이 있다. 그는 괴테의 친구다. 그에겐 글 쓸 때 참 묘한 버릇이 있었다. 책상 서랍에다 썩은 사과를 넣어놓고 그 냄새를 맡으며 글을 썼다. 그래야 글이 술술 잘 풀려 나왔다는 이야기다. 작곡가 모차르트도 좀 특이하다. 작곡할 때는 방이 적당히 어질러져 있어야 하고 또 오렌지 껍질에서 풍겨 나오는 은은한 향기를 맡아야 작곡이 잘되었다 한다.

정도의 차이야 있을지 모르지만, 우리나라 문인이라고 예외일 수는 없다. 횡보 염상섭은 부인이 집에 없으면 불안해 글을 잘 쓰질 못

했다. 부인과는 나이가 14세나 차이가 나다 보니 약간의 의처증도 발동해서 안심이 안 돼 꼭 옆에 있어야 글이 잘되었다. 어느 정도였는가 하면, 그가 작고할 무렵 당시 53세이던 부인이 행여 개가를 할까 염려했기에 친구 방인근이 조사에서 부인의 개가를 염려 말라는 위로의 말까지 남겼다. 소설가 안수길의 글쓰기 습관은 여유롭다. 서울 종암동 한옥에 살 때 마당에 오동나무와 파초를 심어놓았는데 세월이 좀 지나고 보니 제법 볼 만할 정도로 쑥 키가 커 글을 쓰다 잠시 쉬고 싶을 때는 쪽마루에 나와 앉아 구경을 하곤 했다. 그리고 서재에서 남쪽 창문으로 새들어오는 엷은 햇살을 받으며 글 쓰기를 좋아했다는 것이다.

집필의 고통을 달래주는 습관들

글이 잘 풀리지 않을 때의 습관도 있다. 소설가 정비석은 무작정 거리로 나와 이곳저곳을 구경하며 충전도 하고, 순간 실마리가 풀릴 때면 다시 돌아와 책상 앞에 앉았다. 명랑소설가 조흔파는 주전부리를 해야만 글이 잘 풀렸으며, 소설가 조정래 역시 마찬가지라 글을 쓰다 막히면 입에 무엇인가를 넣고 씹어야만 한다. 그의 아내는 늘 책상 위에 이것저것 군것질거리를 준비해두었는데, 아침에 일어나와서 책상 위를 보면 그날 밤 집필 산고의 정도를 쉽게 짐작했다 한다. 그대로 손도 대지 않고 남아 있으면 일사천리의 직진이고, 거의 바닥이 났으면 반복된 좌회전, 우회전, 후진 등과 같은 난산의 증표요 그 결과였다.

글이 잘 풀리지 않을 때의 주전부리는 아마도 산고를 넘기는 영양 주사나 마취제 구실을 했으리라 짐작된다. 먹으면서 씹으면서 생각의 여유를 가질 수 있어, 이는 담배 애용의 문인의 경우 담배 한 대를 피우는 여유와 대비될 수 있다.

또 집필하는 공간에 예민한 사람도 있다. 소설가 이주홍은 집에 있으면 글이 잘되지 않아 책임 맡은 글이나 연재물을 쓸 때는 꼭 집을 떠나 여관에 들거나 아니면 절간으로 갔다. 내가 부산에 있을 젊은 시절에 어떤 일로 여관방 집필실로 찾아뵈온 적도 있다. 『국제신보』에 소설을 연재하고 있을 1963년도였는데, 동래 온천장 자택에서 그렇게 멀지 않은 여관을 이용하고 있었다. 그리고 소설가 전경린은 적당한 때가 되면 살고 있는 집을 바꿔야 글이 잘 쓰여지는 버릇이 있다 한다. 그래서 한 곳에 오래 살지 않고 집을 더러 옮겨 다닌다. 가령 종로구 옥인동에서 6년을 살다가 2000년대 말경에는 파주 금촌으로 이사를 했다.

이런 공간 이동은 환경 변화에서 동시적으로 수반되는 새로운 시작의 각오라 할 수 있다. 일시적이건 이사건 새로운 곳으로의 집필 공간 이동은 곧 다람쥐 쳇바퀴 도는 듯한 지겨운 일상에서의 탈출인 동시에 '새 술은 새 부대'란 말이 있듯 오로지 일에만 몰두할 수 있는 새로운 공간 확보요, 그 의욕의 다짐이라고 할 수 있다. 이는 장기 집필을 요할 때는 문인이면 누구나 시도할 수 있었고 또 시도도 해보고픈 일반적인 관행이다.

또 어떤 문인들은 손발을 씻거나 목욕을 해야만 글이 잘된다. 소설가 김주영은 발을 씻는 버릇이 있는 동시에 원고지만 집중적으로 비추어주는 부분 조명등이 꼭 필요했다. 소설가 송영은 손이 더럽다거나 땀이 차 있으면 절대로 글이 나오지 않기에 반드시 마치 외과의사가 수술 직전에 손을 깨끗이 씻듯 손을 씻었다. 소설가 신석상은 집필 직전에는 꼭 목욕을 해야만 했다. 이는 기도하는 마음과 통한다 할 수 있는데 크게 보면 다 목욕재계의 정신이요 그 의식이라 할 수 있다. 아마 독실한 신자이기라도 하면 기도도 하리라 본다.

이런 행위, 이런 행동은 곧 은연중 깨끗하고 가다듬은 마음으로 일을 착수해 좋은 결과를 얻었으면 하는 바람에서 나왔다고 본다.

또 가슴을 베개에 얹고 엎드려 글 쓰길 좋아하는 사람도 제법 많다. 젊었을 때의 조흔파, 평론가 구중서, 소설가 김병총, 소설가 김용운이 그렇다. 단, 조건이 하나씩 붙어 있다. 구중서는 물론 독방이어야 하고, 김병총에겐 엎드려 쓰기가 지겨워지면 즉석에서 대신할 수 있는 앉은뱅이 책상이 준비되어 있어야 하고, 김용운에겐 방 안에 조용히 클래식 음악이 흘러야 했다.

이런 엎드려 글 쓰기 버릇을 가진 사람은 3, 40년 전만 해도 의외로 많았다. 그런 사람들은 대체로 지난 시절, 초등이나 중고 시절만 해도 주거 환경이 옹색하고 열악해 대부분 엎드려 공부를 많이 했다. 후에 성인으로서 문사가 되고 또 설사 주거 환경이 많은 변화가 있었다 할지라도 그 습관이 그대로 이어진 경우가 대부분이다. 나 자신도 한때는 그런 사람 중의 하나였다.

사발만 한 재떨이에 줄담배를 피우며

담배라면 우선 소설가 조해일을 빼놓을 수 없다. 위에서 언급한 분 중에서 정비석이나 조병화에게도 담배가 필수품이긴 하지만 특히 조해일은 술은 그다지 좋아하지 않는데 담배만은 필수품 중의 필수다. 글을 쓸 때 커다란 재떨이가 옆에 있어야 안심이 되어 글이 잘 써졌다. 그는 글 쓸 때는 줄담배의 다연가 내지 폭연가가 된다. 그래서 조그마한 재떨이로는 어림도 없어 중국집 우동 그릇만 한 커다란 사발을 별도로 사다가 재떨이로 대용했다 한다.

지금은 금연 운동으로 많은 문인들도 금연을 하고 있지만 10년이나 20년 전만 해도 우리 문인 대부분은 애연가였다. 특별히 글 쓸 때는 필기구 다음의 필수 품목이었다. 담배를 지그시 물고 있는 촉각적 자극, 담배맛 나름의 미각 자극에다 또 모락모락 피어 오르는 연기의 시각적 자극이 실로 삼박자를 이룬다. 그것이 생각을 쉽게 이끌어내주는 촉매도 되었으니 사랑을 받아온 것만은 사실이다.

끝으로 조병화는 만년필이 아니라 볼펜을 잡아야 글이 잘 나왔고, 시인 박정만은 살아생전 마지막 서너 달 동안은 아예 곡기는 끊고 오로지 술 힘으로 버티며 시를 폭포처럼 쏟아냈다. 그 짧은 기간에 쏟아낸 시가 그간 시인으로서 20년 이상 써온 시보다 많았다 하니 미상불 불가사의한 일이다. 그에겐 곧 독한 그 소주가 영감의 원천이요, 시를 쏟아져 나오게 한 물줄기가 되었다 싶다. 문득 1923년 31세의 나이에 서정시로 퓰리처상을 받은 미국의 에드나 세인트 빈센트 밀레이가 떠오른다. 그는 독한 술을 통해 영감을 얻었는데 어쩌면 박정만 시인과도 닮았다 싶다.

대충 문인들의 글 습관을 알아보았다. 위에서 들어본 일부의 습관들은 원고지 시대에만 유효했던 풍습이나 풍속일 수 있다. 이제는 원고지가 아니라 타자기 시대의 '타고(打稿)'를 이미 지나와 '컴고' 시대가 되어 있어 상당한 변화는 분명 있다. 그렇지만 나이 든 세대건 젊은 세대건 변하지 않은 버릇도 있을 것이고 또 새로운 버릇도 생겨났으리라.

수 년 전까지만 해도 아날로그 세대의 컴맹이었던 나는 늦었지만 디지털 시대의 변화에 동참하기 위해 컴퓨터를 배웠다. 물론 독수리 타법이다. 예전에는 글 쓸 때 과일을 좋아했지만 지금은 커피다. 책상 위의 커피를 한 모금씩 홀짝거리며 또닥또딱 쳐보는 재미가 여간 쏠쏠하지 않다. 단 하루 석 잔 정도를 한계로 정해놓고 있다.

문단인 오척단구 대회

사람마다 민족마다 키 큰 사람과 작은 사람, 키 큰 민족과 작은 민족(종족)이 있기 마련이다. 그중 유독 작은 사람과 작은 민족도 있다. 민족이라면 이른바 피그미족이다. 원래 피그미란 인류학적 용어인데 성인 남자의 평균 신장이 150센티미터 이하인 민족을 두고 하는 말이다. 흔히 우리는 이 피그미를 영화를 통해 얻은 상식으로 아프리카의 한 종족으로만 생각하는데, 동남아 열대 삼림 지역에도 이런 키 정도의 피그미족이 살고 있다. 아프리카의 피그미족은 남자 평균 144센티미터, 여자 평균 137센티미터로 역시 그곳의 장신 마사이족에 비하면 그야말로 짜리몽땅이요 도토리 키다.

동서양 유명인사들의 도토리 키재기

먼저 예행 연습으로 역사적으로 이름난 동서양의 키 작은 사람들을 불러모아 무대 위에 올려보자. 음악가 모차르트, 시인 존 키츠, 작가 발자크와 볼테르, 철학자 칸트, 화가 피카소, 정치가 나폴레옹,

도요토미 히데요시, 흐루시초프와 덩샤오핑, 신약성서에 나오는 세리 삭개오, 우리나라 인물로 강감찬, 이순신, 흥선대원군, 전봉준, 박정희이다. 대개가 160센티미터 이하인데 그나마 박정희와 피카소가 165센티미터에 가깝고, 150센티미터 전후로 가장 키 작은 사람은 전봉준과 흐루시초프이다. 전봉준은 하도 키도 작고 왜소한지라 평소 녹두 콩알만 하다 해서 '녹두'라는 별명으로 불려졌으니 쉽게 상상은 되리라 본다. 가장 키 작은 이 두 사람은 한쪽 코너에서 서로 누가 149센티미터고, 누가 150센티미터인가를 두고 그야말로 키 높이 초박빙 경쟁을 벌이고 있다.

지금 무대 전면에 서 있는 키 작은 이 유명인들은 모두 왜 이렇게 나를 불러내 창피 주느냐고 시무룩한 표정을 짓고 서 있는데, 무대 아래에는 키 큰 인물들이 여유롭게 초청인석에 와 앉아 있다. 링컨, 드골, 맥아더, 연개소문, 김유신, 계백의 얼굴이 보인다. 관람자의 입장에서는 비교가 되니 재미가 있고 또 키다리 아저씨들은 나는 저 사람들과 비교도 안 되게 키가 크니 초청되었다고 제법 의기양양하다.

키 작은 문인 사전

이것은 단지 가상으로서 우리 문단인 오척단구(五尺短軀) 행사를 위한 식전 행사이다. 이제는 본 행사다. 명단을 발표하기 이전 선발 기준부터 밝힌다. '오척단구'란 5척(尺), 즉 다섯 자의 작고 짧은 몸이란 뜻이니 한 자가 30센티미터 조금 넘으므로 5척이면 150센티미터를 살짝 넘는다. 그러나 사람 키를 자로 재가며 말하지 않은 이상, 일상생활에선 수사적 개념으로 보통 160센티미터 이하 사람이면 모두가 오척단구다. 이 개념으로 뽑되 세 가지 기준으로 분류해 차례대로 무대에 올려보기로 하겠다. 다만 내가 문단 생활에서 만나보았던 사람에게만 한한다. 실측이 아니라 육안의 목측이었기에 실제로는 160센티미터를 좀 넘는 분도 있으리라. 한국 사람의 평균 키를 상, 중, 하로 구분해보면 모두 하에 속하는 사람들이다. 또 혹시 밥에 뉘처럼 165센티미터 가까운 분이 있다면 호의에서 나온 관심 아니면 키 큰 사람과 구분해보려는 수사적 기준쯤으로 봐주면 좋겠다. 작고 문인부터 알아보자.

첫째 줄은 키는 작으나 몸집이 좀 있는 분들이다. 시조에 이은상, 시에 정한모, 정상구가 있고, 소설에 박종화, 김동리, 박연희, 오유권, 유재용이 있고, 수필에 양주동이 있다.

두 번째 줄은 작으면서 좀 마른 분들이다. 시에 김규동, 천상병, 구자운이 있고, 소설에 안수길, 수필에 이희승, 피천득, 아동에 박화목, 평론에 조연현이 있다.

세 번째 줄은 마르지도 않고 그렇다고 몸집이 좀 있는 것도 아닌 그 중간쯤 되는 분들이다. 시에 박성룡, 김영태가 있고, 소설에 송지영, 이항령, 하동 출신의 정종수, 평론에 윤병로가 있다.

이제는 현존하고 있는 분들이다. 작고 문인들과 같은 기준으로 구분되어 입장한다.

첫째 줄에서는 역시 몸집이 좀 있는 분들인데 시에 이성교, 김원태, 조영서, 김규태, 김해성, 이근배, 이일기가 보이고, 시조에 대진대 총장 출신 정태수, 소설에 신상웅과 정소성, 수필에 강석호, 도창회, 장관 출신 김중위, 고동주, 정기용도 보인다. 평론가로는 근년에 시인 백석의 삶의 흔적을 찾아 만주 간도 지방을 휘젓고 다녔다는 오양호가 보인다.

두 번째 줄의 작고 좀 마른 분은 의외에도 외롭게 혼자다. 시인 민영이다.

마지막 마르지도 않고 몸집이 있는 것도 아닌 세 번째 줄에는 시에 신경림, 김종해, 강우식, 강희근, 박경석, 김유신이 보이고, 소설로는 최일남, 구인환, 이은집이 보인다.

자, 이제 입장 완료다. 작고 문인 23명, 현존 문인 26명 모두 49명이다. '키 작은 문인 사전'을 만든다는 심정으로 만들어보았다. 농담이지만 후일 참고자료가 되었으면 한다. 사실 독자들은 문인들의 작품은 좀 읽기도 하고 또 사진으로 얼굴은 쉽게 볼 수도 있었지만 키가 큰지 작은지는 잘 모른다.

지금 나는 야릇한 장난기 충동을 느끼고 있다. 그 외형적 갈래의 특징에 따라 알맞은 별명을 모두 붙여주고도 싶다. 우리는 사회생활을 해오면서 키 작은 사람을 두고 장난을 치거나 얕잡아서 별의별 별명을 붙여주거나 아니면 별의별 비유로서 욕지거리를 한다. 작다고 '콩알' '땅콩' '도토리' '돌콩' '돌탱자' '곤대추' '대추씨' '쇠불알' 여기서 더 낮추면 '쥐불알'이 된다. '콩알'만 한 놈, '도토리'만 한 놈, '똥 키'나 '똥자루'만 한 놈, '쥐새끼'만 한 놈, '쇠불알' '쥐불알'만 한 놈이라고 하지 않았던가. 또 있다. 키가 작으면서 잘 싸다니면 '땅개'요, 키가 작고 몸집도 작으면 '딸보'인데 더 낮추면 '땅딸보'가 된다. 또 있다. 키가 작고 몸집이 똥똥하면 '당(唐)닭'이 된다.

그러나 나는 참는다. 이런 별명을 붙여주고픈 충동 말이다. 대신 독자 제현께서 알 만한 분이 있다면 위의 별명을 척척 갖다 붙여보길 바란다. 재미있는 별명 놀이가 되지 않겠는가. 지금 살아 있는 분들은 물론 작고하신 분들도 살아생전에는 필시 그런 별명이나 욕을 더러 들었을 것이다.

작은 고추가 맵듯이

그런데 참 이상한 일이다. 작고나 현존을 가릴 것 없이 외양적 특징으로 인해 통용되었거나 되고 있는 별명이 더러 있을 법한데 과문한 탓인지 거의 없다는 사실이다. 오히려 다른 별명이 여봐란 듯 광을 내고 있다. 예외를 찾는다면 꼭 한 분이 있다. 수필가 이희승이다. 별명이 '대추씨'다. 이 별명으로 말미암아 있었던 경험을 아주 유머러스하게 설명하고 풀이해준 명수필이 바로 「오척단구」다. 단소한 체구를 타고나서 그것이 자기에게는 희와 비, 희비극이 되는 일도 있다며 그런 점을 하나하나 열거한 글이다.

내용은 이렇다. 키가 작다 보니 많은 놀림도 받았고 심지어 '대추씨'라는 별명까지 얻게 되었다고 그 서러움을 토로한다. 구경터 같은 데 가면 키가 작아 볼 수 없다 보니 구경꾼들의 옆구리를 비집고 두더지처럼 쑤시고 들어가야 할 판이고 또 사람과의 교제에서는 깔보임을 당해 그 흔해빠진 연애 한 번을 못 해보고 늙은 판이라고 익살스런 자탄을 하고도 있다.

그러다가 반전으로 '키 크고 싱겁지 않은 사람이 없다'로 말머리를 돌려 키 작기로 유명한 과거의 인물 몇몇을 보란 듯이 후원 세력으로 끌어들이면서 끝에 가서는 한 인간의 평가는 어디까지나 육체적인 면으로서보다도 정신적인 면에서 하여야 한다는 점을 내비치고 있다.

이 수필이야말로 키 작은 사람들의 입장을 대변해주는 글이다. 키 작다고 침통해할 필요가 없다. 다 운명이요 팔자 소관이다. 이희승의 글 내용대로 자위하고 위안을 찾고 또 자기의 약점을 보상할 수 있는 길을 찾으면 그만이다. 나는 168센티미터는 된다. 장신도 단신도 아닌 중신(中身)이다. 말하자면 중간이라 이편도 저편도 아니다. 그렇지만 키 큰 사람보다 키 작은 사람이 더 스트레스를 받고 콤플렉스가 더 있으리라 여겨지니 마치 중신애비처럼 좋은 말을 해주고 싶다. 키 작은 천재나 위대한 사람을 롤모델로 삼아 그 10분의 1이라도 달성하면 성공이요 보상이 아닌가. 사실 우리는 '키만 컸지 싱겁다' '키만 컸지 허풍선이다'란 말을 자주 들어왔다. 또한 '키는 작지만 야무지다. 알차다, 실속 있다'는 의미의 '작은 고추가 맵다'란 말도 많이 들었다. 요는 키가 작더라도 칭찬받을 수 있는 그 무엇을 찾으면 만사 형통이다.

행운도 분명히 있다. 그 상징적인 이야기를 바로 예수와 세리장 삭개오와의 관계에서도 읽어낼 수 있다. 여리고로 내려온 예수를 보기 위해 길거리에 많은 사람이 모여 있을 때, 그가 보통 키라도 되었다면 분명 다른 사람들과 같이 길에 그냥 서 있었을 것이다. 그랬다면 예수의 눈에 아예 띄지도 않았을 것이다. 그러나 유독 키가 작기에 뽕나무 위로 올라간 것이 기회가 되지 않았는가. 예수가 지나다 뽕나무 위의 그를 보니 참 기특하고 갸륵하다 싶어 내려오라 하며 그다음 그날 밤 그 집으로 갔고, 그것이 계기가 되어 죄 많은 세리에서 새롭게 거듭나는 축복을 받은 것이 아닌가.

자, 이제 힘을 내자, 키 작은 문인 공화국 시민들이여!

가족 문인 계보도

'가족 문인'과 '문인 가족'이란 용어는 그 뜻하는 바가 엄연히 다르다. 근년의 어느 신문이 취재한 기사를 보니 '가족 문인'이라 해야 할 것을 '문인 가족'이라 하고 있었다. '문인 가족'이란 문인이란 동료 의식을 염두에 둔 친족적 개념이라면, '가족 문인'이란 말 그대로 가족 관계로 형성되어 있는 소단위를 말한다 하겠다.

누가 누구와 어떤 관계인지를 알아보는 건 흥미로운 일이기도 하다. 내가 아는 범위 내에서 지난 시대이건 현재건 그것의 가계도를 만들어볼까 한다. 이름 앞의 표시는 물론 장르 구분이다.

부부	(시)김동환－(소)최정희	(소)김동리－(소)손소희
	(소)임옥인－(소)방기환	(시)양명문－(희)김자림
	(소)김이석－(소)박순녀	(시)이동주－(소)최미나
	(시)문덕수－(시)김규화	(시)함동선－(시)손보순
	(아)김요섭－(아)이영희	(평)이어령－(평)강인숙
	(평)신동욱－(시)김혜숙	(소)한남철－(소)이순

(시)진을주-(수)김시원　(시)송동균-(시)강영순
(평)천승준-(소)이규희　(소)조정래-(시)김초혜
(시)홍신선-(시)노향림　(시)강은교-(시)임정남
(소)표성흠-(아)강민숙　(소)신경숙-(평)남진우
(평)권혁웅-(평)양윤의　(소)김도연-(소)김숨
(평)홍용희-(소)한강

부자　(시)서정주-(소)서승해　(시)박목월-(평)박동규
(소)황순원-(시)황동규　(아)마해송-(시)마종기
(시)조종현-(소)조정래　(소)김광주-(소)김훈
(시)이태극-(평)이숭원　(소)한승원-(소)한동림
(시)송동균-(시)송종근

부녀　(시)김광섭-(소)김진옥　(시)이설주-(시)이일향
(시)신세훈-(아)신새별　(소)한승원-(소)한강
(평)조남현-(평)조연정　(소)홍성원-(소)홍진아, 홍지람

모자　(소)박화성-(평)천승준, (소)천승세

모녀　(소)장덕조-(시)박하연, (소)박영애
(소)최정희-(소)김지원, 김채원
(소)김녕희-(소)임사라　(시)이일향-(수)주연아

형제　(시)김종문-(시)김종삼　(시)조향-(시)조봉제
(시)최은하-(시)최규창　(희)하유상-(희)하지찬
(시)김종해-(시)김종철　(시)박주일-(시)박주오, 박주영
(소)김원일-(소)김원우　(평)황현산-(시)황정산
(시)박용재-(시)박용하

(위의 부녀지간이나 모자지간, 모녀지간에 두 사람으로 나
온 경우는 당연히 형제자매 관계다)

장인과 사위, 장모와 사위

(소)안수길－(소)김국태 (소)유주현－(소)오인문
(시)김달진－(평)최동호 (소)한승원－(평)홍용희
(시)홍윤숙－(시)김화영 (시)송동균－(소)신영철, 이철준
(소)박경리－(시)김지하 등

부전자전, 부전여전, 모전자전, 모전여전이란 말이 실감난다. 이는 유전자나 성장 과정의 환경적 요인이라 설명할 수도 있는데, 다른 직업군에서도 흔히 볼 수 있는 현상이다. 사업가는 물론, 정치가, 교육자, 종교인, 의사, 배우나 연예인 등도 자연스럽게 그런 집 출신들이 대를 이어 많이 나오는 것도 다 그런 이유 때문이다.

이에는 분명 유리한 점도 여럿 있다. 아버지나 어머니가 쌓아온 명성이나 닦아놓은 기반을 그대로 이용할 수 있기 때문이다. 문학도 전혀 예외라고는 말할 수 없다. 문단에서 독자적으로 자기 이름을 심기 이전에도 누구의 아들, 누구의 딸이라 소개되기 쉬우니 그것도 유리한 점일 뿐 아니라, 지면 얻기에도 분명 상당한 프리미엄이 생기기 마련이다.

그럼 부부 문인 관계는 어떨까. 유리한 점이 상당히 많다. 작품을 구상하거나 집필해가는 과정에 상담역도 되고, 조언자도 되며 더 나아가서는 문단 활동의 후원자도 된다. 또 언론에 같이 더러 소개되는 특혜도 없지 않다.

그리고 가족 문인이면 사후에 기념사업회 같은 것을 꾸리는 데 유리한 점도 있다. 아버지를 기념하는 이설주문학상을 위해 딸 이일향이 헌신하고 있으며, 이태극을 추모하는 월하문학관 건립 추진과 추모 문학제 개최 등에 아들 이승원이 음양으로 큰 버팀이 되었다. 또 김달진문학관 건립 추진이라든지 문학상이나 추모 문학제 운영 등에는 사위 최동호의 공로가 있다.

문학도 부전자전인가

그런데 문학은 사업이나 의업과는 달리 대개 2대에서 끝나기 마련이다. 3대로 대물림되는 예는 거의 없다. 그리고 부전자전인 경우인데, 아버지가 운영해오던 문학지 사업을 승계받아 하는 경우는 있지만 3대로 연결되는 경우도 거의 없다. 지금 아버지 박목월이 창간한 『심상』을 아들 평론가 박동규가, 시조시인 이태극이 창간한 『시조문학』을 아들 평론가 이승원이 승계받아 운영은 하고 있다.

이래저래 문학은 힘든 일이다. 당대에 1급 문인이 되어 있다면 몰라도 대다수의 문인들은 권력이나 돈, 지위가 생기는 것도 아닌데 그저 써야겠다는 신명 그리고 쥐꼬리만 한 이름 석 자 남는다는 명예감 때문에 매달리고 있다. 이것이 어쩌면 예술가 모두의 운명이요, 숙명이 아닌가 싶다. 가난했던 화가 이중섭과 시인 천상병이 그래도 이름 석 자라도 남겼으니 예술가들은 알게 모르게 이런 아편기에 중독되어 있는 사람들이 아닐까. 아니면 소박한 생각으로, 죽어 없어지면 한 줌의 뼛가루밖에는 아무것도 남는 것이 없기에 육신의 아들이나 딸과는 달리 작품이란 내 영원한 정신적 분신을 만들어두겠다는 욕심이 있기 때문이 아닐까.

문학인들이여, 힘을 내자. 조선왕조 500년간 수많은 영상대감이 스쳐갔지만 우리의 기억에 남아 있는 사람은 불과 극소수인 데 반해 글이라도 남겨둔 문신들은 아직도 살아남아 있지 않은가.

문단의 요란했던 노이즈 마케팅

1950년대부터 오늘에 이르기까지 우리 문단에서 화제가 되었던 일은 제법 많다. 이른바 경영학에서 말하는 '노이즈 마케팅' 견지에서 일단 찾아보면 몇 가지는 된다. 어느 특수한 시기에 있었던 문인들의 정치사회 운동 차원의 경우도 있을 수 있고 또 문학 운동의 경우도 있다. 그런가 하면 어느 시대, 어느 시기에건 있어왔고 있을 수 있는 사건들도 있다. 세인의 관심을 모았던 논쟁, 필화, 외설 시비 사건 등속이다.

이런 운동이나 사건의 주인공들을 우리는 우선 평가를 떠나서 자기 나름의 문단 경영 차원에서 보면 '노이즈 마케팅'을 한 사람으로 일단 정의해볼 수 있다. 한마디로 그런 일이 만부득한 일이었건 또 아니면 속으로 계산된 일이었건 간에 결과적으로는 자기 이름이나 존재감을 널리 알려 화제의 주인공이 되었던 점을 고려해보면 공통성이 있다. 문학과 경영학을 통섭하는 차원에서 이런 점에 의해 서로 연관지어 해석을 해보는 것도 매우 흥미로울 듯하다.

하루아침에 유명해지기

먼저 '노이즈 마케팅(noise marketing)'이란 용어 풀이부터 해보자. 이는 어떤 상품을 시장에 내놓을 때, 소비자들의 이목을 확 끌어들일 수 있는 요란한 이슈를 만들어 구설수에 오르도록 하거나 화젯거리가 되도록 해 상품의 인지도를 높이는 경영 기법을 말한다. 그 이슈의 사실 여부나 그로 인한 결과는 나중 문제고, 일단 언론이나 기타 매체에 퍼뜨려놓으면 사람들의 입에 오르내리거나 또 관심이 모아져 그것이 곧 구매로 이어질 수 있다.

일반 마케팅이 주로 해당 상품의 장점만을 부각시키는 데 반해, 이는 색다른 이슈를 만드는 기법인데 신상품일수록 유용한 전략인 동시에 비교적 짧은 기간 내에 인지도를 높여줄 수 있는 장점이 있다.

그런 예를 몇 가지 들어보자. 촬영 중인 영화나 드라마를 미리 선전하기 위해 배우나 탤런트가 촬영 도중, 어쩌다 당한 부상 사고를 일부러 크게 과장하여 알려 화제를 만든다. 또 연예인들이 자기 이름이나 존재감을 홍보하는 수단으로 작은 교통사고를 큰 사고인 양 과장하며 세인의 관심을 끄는 경우도 있다.

그리고 선정성 마케팅이라는 것도 있다. 성적 매력을 포인트로 삼아 상품을 홍보하는 경우가 있는가 하면 또 배우나 탤런트가 주로 레드카펫을 밟을 때나 무대에 섰을 때, 실수인 체하고 일부러 몸의 은밀한 부분을 살짝 보여주어 순간적 관심을 끄는 경우도 있다.

이와 유사한 관점에서 우리 문단 사회에서 있었던 사건이나 사례를 보면, 우선 반체제 저항운동을 들 수 있다. 그 시발점은 현실 참여와 민주화운동을 위해 1974년 11월에 민족문학 계열의 문인들이 결성한 '자유실천문인협의회'였다. 고은을 대표간사로, 신경림, 염무웅, 박태순, 황석영, 조해일을 간사로 선출하고 '문학인 101인 선언'을 발표했다. 구속자 석방, 기본권 보장, 새 헌법 마련 등 5개항의 결의문을 채택한 뒤 세종로에서 시위를 했다. 이에 고은, 조해일, 윤흥길, 박태순 등 7명이 연행되었다. 이후 계속된 투쟁과 시위로 이시영, 이문구, 송기원 등 9명이 경찰에 연행되는 사건이 일어났고 또 송기숙, 양성우, 고은, 김병걸 등은 옥고를 치렀으며, 백낙청, 박태순, 염무웅, 황석영 등은 당국의 감시를 받게 된다.

이러한 반체제 저항운동은 1980년대로도 이어지는데 이 과정에서 새로이 이호철, 황지우, 조태일, 김남주, 김사인, 송기원 등의 이름이 신문지상에 오르내렸다.

그래서 결과적으로는 각 문인들 개인별로 보아서는 그런 활동의 좋고 나쁨을 논하기 앞서 우선 자기의 이름을, 자기의 존재감을 널리 알릴 수 있는 '노이즈 마케팅'이 된 셈이다.

다음은 이런 반체제 저항운동에서 형성되기 시작한 '민중문학'의 등장이다. 1970년대와 1980년대에 활발했던 새로운 문학 운동이라 예외적인 관심의 대상이 되었고 동시에 이에 동참한 일부 문인들에게는 이름을 널리 알리는 계기가 되었다. 이 운동은 노동문학, 농촌문학, 분단 극복의 문학으로 대별되는데 황석영의 『객지』, 윤흥길의 『아홉 켤레의 구두로 남은 사내』, 조세희의 『난장이가 쏘아올린 작은 공』, 박노해의 『노동의 새벽』, 송기숙의 『암태도』, 정희성의 『저문 강에 삽을 씻고』 등이 바로 그런 경우다.

논쟁을 일으키거나 그에 참여하는 행위는 순전히 자발적인 '노이즈 마케팅'이라 할 수 있다. 문단에서 가장 큰 논쟁을 유발한 것은 1956년도 5월『한국일보』일요판에 게재된 이어령의「우상의 파괴」란 글이다. 새파란 20대 초반의 서울대 국문과 재학생인 그가 문단의 기라성 같은 김동리, 황순원, 염상섭, 서정주, 백철, 조연현 등을 비판하며 깔아뭉갰으니 화제 중의 화제가 아닐 수 없었다. 그리고 그 후 곧 신진 평론가로 등단하고 나서도 김동리, 조연현에게 논전을 걸기도 해 하루아침에 일약 스타가 된다. '노이즈 마케팅'의 전형적인 사례요 사건이다.

그리고 문단의 신세대로서 비교적 무명이었던 평론가들이 1960년대와 1970년대에 걸쳐 각 논쟁에 자발적으로 참여하여 이름을 꽤 널리 알린 경우도 있다. 문학의 예술성과 사회 참여를 두고 벌인 이형기와 김우종의 논쟁, 창조적 자아냐 사회 참여냐를 두고 벌인 김현, 임헌영, 김병걸 등의 논쟁, 상상력이냐 리얼리즘이냐를 두고 논쟁에 참여한 김현, 김병익, 염무웅, 임헌영, 구중서, 김병걸 등을 들 수 있다.

이 중에서는 이런 논쟁 이외에도 논쟁이라면 도시락 싸들고 쫓아다닌 사람도 있는데, 나쁘게는 '문단 싸움꾼'으로 소문이 나기도 했다. 아무튼 논쟁에 참여했다면 그로 인한 자기 홍보는 충분히 되었다고 볼 때, 그런 자발적인 '노이즈 마케팅'의 덕은 단단히 본 셈이다.

이제는 나의 경우를 좀 밝혀두어야겠다. 나는 이런 논쟁에 일부러 끼어들고 싶지 않아 일정 거리를 두었다. 만약 어느 누가 나에게 논전을 걸어왔다면 물론 응전이야 했겠지만 별볼일 없는 사람이라서 그랬는지 그런 경우도 없었을뿐더러 스스로 그 누구에게건 시비를 걸고 싶지도 않았다. 단, 1966년도에 김수영과 전봉건이 『사상계』와 『세대』 지면을 통해 서로 참여문학과 순수문학을 두고 논쟁을 벌였던 때, 마침 『현대문학』지에서 월평 의뢰가 왔기에 그 기회를 이용해 그저 이 논쟁을 강 건너 불 구경 하듯만 할 수 없어 나의 견해를 밝혀는 보았다. 1966년도 말에 「참가시에의 관견(管見)」이란 제목으로 양측 견해의 장단점을 지적하며 객관적 시각의 논평 정도만 해본 것이다. 다시 말해 도전이 되었건 응전이 되었건 떠벌여보려는 논쟁의 '노이즈 마케팅'은 해본 적이 없다.

덕도 보고 폐해도 보는 노이즈 마케팅

또 필화 사건의 주인공도 자의의 원인 제공에서건 타의에 의한 것이었건 그 '노이즈 마케팅'으로 이름 알리기의 덕은 본 경우도 더러 있다. 1965년도의 남정현의 소설 「분지」 사건, 1970년도의 김지하의 시 「오적」 사건, 1977년도의 양성우의 시 「노예수첩」 사건, 1994년도의 조정래의 소설 『태백산맥』 사건 등이 그 대표적인 경우다. 문단 사회의 화제를 넘어 신문에까지 오르내리며 일반 사회인들도 관심을 갖게 되었으니, 그들은 그 사건으로 고생은 했지만 역으로 만천하에 이름이 알려지게 되었다.

끝으로 선정성으로 인한 외설 시비 사건이 있다. 가장 대표적인 것이 1992년도 마광수의 소설 『즐거운 사라』 사건과 1997년도 장정일의 소설 『내게 거짓말을 해봐』 사건이다. 그들은 응분의 사법부 제

재까지 받는 과정에서 문단과 독서계의 유명인사가 된다. 특히 마광수는 외설을 상업주의 '노이즈 마케팅'으로 최대로 이용한 사람이다. 1989년 5월에 시집 『가자 장미여관으로』를 내고, 이어 다섯 달 만에 수필집 『나는 야한 여자가 좋다』 그리고 자기 성과 앞 이름 한 자를 거꾸로 살짝 바꾸어본 소설 『광마일기』를 써내 단시간에 인기 작가 반열에 오른다. 그러다가 1990년 7월에 『광마일기』가 간행물윤리위원회로부터 경고 처분을 받는다. 그 후 다시 소설 『즐거운 사라』를 써내 존재감을 또다시 크게 부각시키게 되어 웬만한 사람 치고 그의 이름을 모르는 사람이 없을 정도가 된다.

대충 '노이즈 마케팅'에 해당할 수 있는 문단의 사건이나 사례를 문단이나 문학에 기여했느냐 아니냐를 따지기 전에, 결과는 요란한 자기 홍보였다는 점에 중점을 두고 몇 가지 알아봤다. 문단 경영법 견지에서 보면 그 의미성을 따지기 앞서서 제법 매력적일 수는 있다. 그것이 설사 어떤 구설수에 올랐는지, 어떤 화젯거리가 되었는지는 차치하고 하루아침에 스타도 될 수 있고 또 어느 날 남의 입에 오르내리는 인사로 부상하고 또 한층 더 자기 이름이나 존재감을 널리 알릴 수 있는 기회로 삼을 수 있었기 때문이다.

그러나 반성해볼 일도 있다. 이런 '노이즈 마케팅'은 그때그때 문단의 뉴스 제공으로 호기심이나 관심은 충족될 수 있지만, 문단이나 문학의 근원적 발전에 기여하는 면은 약하다. 태풍이 몰아쳐와 바다 표면의 흐름을 일시적으로 바꿀 수도 있겠지만, 심해의 해류만은 여전히 제 길을 따라 끄덕도 없이 흐른다.

다시 말해 말없이 조용히 그리고 성실히 뒤에서 확고한 자기 나름의 문학관을 가지고 문학의 밭을 갈고 기름지게 하는 다른 문인들도 매우 소중하다. 문학사를 정리해보거나 문단의 여러 일을 정리해볼 때, 화제가 된 사건만을 다루려고 하거나 다루고 있다면 반성해볼 일이다. 여도 있고 야도 있으며, 오른손도 있고 왼손도 있으며, 하늘이 있으면 땅도 있고 또 전방이 있으면 후방도 있듯, 양가적 존재 의미를 늘 생각해보는 통합적 관찰이나 관심이 더 소중하다.

중요한 건 문학의 중심축

가령 1970년대와 1980년대를 바라볼 때 반체제 저항운동이나 민중문학 운동 일변도만을 바라보려는 시각은 수정되어야 한다. 또 그런 운동의 참여자를 지나치게 우상화했고 우상화하려는 일방적 오만이나 편식성도 반성해볼 일이다. 벗겨놓고 보면 오십보백보요, 그게 그것인 걸 나는 많이 보았고 보고도 있다.

가령 과거 지난 시절에 있었거나 논의된 내용이나 이슈에다 포장만 그럴듯하게 한 것뿐인 듯한 사안이 많은데, 그저 관심을 끌기 위해 요란하게 북 치고 꽹과리를 친 것이 대부분이 아니었던가. 순수의 편식성도 지양해야 하고 또 반대로 참여나 민중 위주의 편식성도 지양해야 할 것이다. 가장 이상적인 것은 순수적 참여의 문학이 되었건 또 참여적 순수문학이 되었건 그 통합이다. 그것이 바로 세월호 사건으로 알게 된 그 '평형수' 감각이요 논리다. 이른바 퓨전을 통한 융합이 가장 바람직한 것이다.

뭐니 뭐니 해도 가장 중요한 것은 문학의 중심축이다. 그것은 곧

배로 보면 이물에서 고물로 연결되어 배의 중심을 잡아주는 용골의 정신이요, 사람으로 보면 좌나 우만이 아닌 균형과 중심 감각의 척추 정신이며, 더 나가 크게 확대해보면 극단의 이분법을 피하고 화(和)의 길을 택하라는 석가모니의 중도 정신이나, 그 어느 한쪽에 치우치지 않고 언제나 평상심의 균형을 지키라는 공자의 중용 사상, 그리고 실천적 지혜로서 중용을 강조했던 아리스토텔레스의 충고도 다 알고 보면 이런 극단을 피해보라는 대동소이한 중용 정신의 소산이요 그 충고가 아니었겠는가.

요는 적어도 앞으로는 문학사 정리가 되었건 또 개인별 문학적 성취도를 다루건 쉽게 어느 한쪽 문학 이념에만 기운다든가 또 화제 중심의 '노이즈 마케팅' 차원의 사건이나 그 인물들을 일방적으로 다루는 데만 급급하지 않고 더 거시적이고 표괄적 접근도 있어야 하리라 본다.

일찍 데뷔한 조숙한 문인들

문학사의 신동들

세계 문학사를 보면 조숙한 문인들이 더러 보인다. 맛보기 정도로 시대별을 고려하며 몇 사람만 소개해보겠다.

알렉산더 포프는 18세기 영국의 시인 겸 비평가이다. 타고난 재능으로 이미 16세에 시집을 냈고, 21세 때는 「비평론」을 발표하여 영국 문단에 혜성처럼 나타나 확고한 위치를 확보했다. 괴테는 어리고 어린 여덟 살 때에 조부모에게 신년시를 써보낼 정도로 천재성이 엿보였고, 18세 때에 첫 희곡 「여인의 변덕」을 썼으며 드디어 23세 때에 『젊은 베르테르의 슬픔』을 발표해 독일은 물론 전 유럽의 젊은이들을 열광시켰다.

아르튀르 랭보는 알다시피 19세기 프랑스 천재 시인이다. 20세 이전, 4년 동안 100여 편 가까운 시를 남기고 그 이후론 문학계를 떠났으며 젊은 나이에 요절한다. 레이몽 라디게는 지금은 거의 잊혀진 사람이지만 1920년대에 선풍적 인기를 끌었던 반짝 작가였다. 18세에 『육체의 악마』란 한 편의 소설을 썼고 20세에 죽었다. 장 콕토가 그를 문단에 데뷔시켰는데 이 소설을 읽고 그의 재능을 보고 '앙팡 테리블', 즉 '무서운 아이(신인)'라고 부르기도 했다.

장아이링(張愛玲)은 상하이 출신의 중국 현대 대표적 여성 작가이다. 20세 때인 1940년대에 『천재몽』이란 작품으로 등단하고 이후 곧 정말 천재 작가로 주목받았는데 이때 그녀는 20대 초반이었다. 프랑수아즈 사강은 소설 『슬픔이여 안녕』으로 세계적 화제 작가가 되었는데 나이 18세였다.

최연소 등단 기록

그럼 이제부터는 우리나라로 돌아와보자. 문학지 추천이나 신문 신춘문예나 장편 공모의 당선을 위주로 1950년 이전부터 먼저 일부만이라도 알아본다. 모든 나이는 한국 나이로 하는 만큼 거기서 한 살 빼면 만 나이다. 김소월은 1920년 『창조』지에 다섯 편의 시가 추천되어 등단하는데 나이 19세였다. 조지훈은 1940년 21세 때에 『문장』으로 등단했다. 같은 지면에 같은 추천인 정지용에 의해 등단해 '청록파' 동인이 된 박목월과 박두진보다는 한 해 늦었지만 나이로 보면 빨랐다. 박목월과 박두진은 같은 나이로 한 해 먼저 추천을 받았지만 24세 때였던 것이다. 박화성은 1925년 『조선문단』에 단편 「추석 전야」로 등단했고 22세 때다. 이상이 시를 발표한 것도 역시 22세 때부터다. 김동리가 1935년 『조선일보』 신춘문예에 「화랑의 후예」가 당선되었을 때가 23세다. 최인욱이 1938년 『매일신보』에 단편이 입선되고, 다음 해에 역시 같은 신문에 「산신령」이 입선되어 등단하는데 20세였다. 곽하신이 1938년에 단편「실락원」으로『동아일보』 신춘으로 등단하는데 19세 때였다.

이제는 1950년대와 1960년대로 가보자. 시나 시조부터 데뷔 나이 순서별로 알아보겠다.

18세에 데뷔한 문인에는 이형기와 김민부가 있다. 이형기는 1950년도에『문예』를 통해 등단하였고, 김민부는 고교 1학년 때에 시조가『동아일보』에 입선되고, 드디어 3학년 때에는 역시 시조가『한국일보』에 당선된다.

19세와 21세 사이에 등단한 문인은 박경용, 주문돈, 김재원, 황동규, 이유경이다. 박경용은 1958년도에『동아일보』와『한국일보』에 각각 시조가 당선되었는데 19세 때다. 역시 19세 때 이유경은『사상계』로 등단한다. 주문돈은 20세 때인 1959년도에『조선일보』에 시가 당선된다. 황동규는 21세 때인 1958년도에『현대문학』으로 등단했고, 역시 같은 21세로 이수익이 1963년『서울신문』에, 김재원은 1959년『조선일보』에 각각 당선됐다.

22세 때 데뷔한 시나 시조시인으로는 신경림과 이근배가 있다. 신경림은 1956년도에『문학예술』로 등단했고, 이근배는 1961년도에 시와 시조가 세 신문에 동시에 당선되어 기염을 토했다.

23세의 경우는 천상병, 최계락, 박재삼, 박성룡, 박봉우이다. 천상병은 1952년도에『문예』로, 최계락은 1952년도에『문장』으로(동시), 박재삼은 1955년도에『현대문학』으로, 박성룡은 1956년도에『문학예술』로 각각 등단했고, 박봉우는 1956년도에「휴전선」이『조선일보』에 당선된다.

그리고 이들 외에도 1965년도 전후해서 상대적으로 22세의 이른 나이에 데뷔한 시인에는 강희근, 강인환 그리고 23세의 양왕용 등이 있다.

그다음 소설 쪽을 보자. 20세로는 천승세가 있는데 그는 1958년도 『동아일보』에 「점례와 소」가 당선되었고, 22세로는 유현종, 김승옥, 김용성이 있다. 유현종은 1961년도 『자유문학』으로 등단했고, 김승옥은 1962년 『한국일보』에 「생명연습」이 당선되었으며, 김용성은 1961년 『한국일보』의 장편 현상 모집에 『잃은 자와 찾은 자』가 당선된다. 23세로는 1967년도 『조선일보』에 「견습환자」가 당선된 최인호가 있다.

이제는 평론 쪽이다. 김현은 21세 때인 1962년도에 『자유문학』에 「나르시스 시론(詩論)—시와 악의 문제」으로 등단한다. 23세에 등단한 사람은 김양수, 이어령, 유종호, 이유식, 홍기삼이다. 김양수는 1955년도 『현대문학』에 「독성의식의 자폭」으로, 이어령은 1956년도 『문학예술』에 「비유법 논고」로, 유종호는 1957년도 『문학예술』에 「언어의 유곡(幽谷)」으로 각각 등단했다. 또 이들보다는 좀 아래 나이였던 이유식은 1961년도 『현대문학』 8월호에 시론을 먼저 선보이고 곧 11월호에 「프로메테우스적 인간상—인신(人神)사상을 중심으로」로, 그리고 홍기삼은 1963년도 『현대문학』에 「반(反)비평론 서(序)」로 각각 추천 완료 등단을 한다. 그리고 이들보다 뒷세대 평론가로는 권영민, 구모룡이 있다.

지금껏 비록 주마간산격이긴 하지만 시대별이나 장르별 그리고 데뷔 나이별로 상대적으로 데뷔가 좀 일러 조숙했거나 아니면 조숙하단 말을 들었을 법한 문인 명단을 대충 만들어보았다. 여기에는 상당수의 분들이 빠졌으리라 본다. 이는 어디까지나 내가 아는 범위 내의 참고용 자료에 불과하다.

그리고 수필 장르는 아예 제외했다. 1950년대 이전이나 그 이후인 1950년대는 물론 1960년대에도 공식적인 데뷔 제도가 없었기에 조숙이니 만숙이니를 따질 계제가 아니다. 설사 따져봐야 그런 시절에 수필가로 처음 글을 쓰기 시작한 분들은 다른 장르에 비해 대부분 나이를 먹었기에 조숙이란 말과는 아예 거리가 멀다.

조숙인가, 만숙인가

또 각 장르의 특성상 평균 나이나 조숙성 여부에는 편차가 있다는 점을 말해둔다. 평균적으로 제일 앞이 물론 시이고, 그다음이 소설이 오며, 마지막이 평론이다. 시나 소설의 경우는 10대나 20대 전후에 등단하면 조숙한 편이지만, 평론은 이와는 좀 다르다. 시와 소설은 문학적 감수성이나 창작적 에스프리만 있으면 가능하지만, 평론은 거기에다 별도로 이론적 밑받침이 있어야 하기에 상대적으로 늦을 수밖에 없다. 그래서 20대 전후도 귀할 수밖에 없다. 가령 1950, 60년대에 나온 평론가들의 평균 나이가 대략 30세에 가까웠던 것이 바로 그런 점을 방증하고 있다. 이런 관례나 풍속은 설사 아무리 세월이 바뀐다 한들 큰 변화가 없을 것이다.

그런데 지금은 어떤가. 지난날 우리의 문단사에 있었던 문단 데뷔의 이런 조숙성이 이제는 하나의 전설이 되고 말았구나 싶다. 특히

1980년대 이후부터는 산업사회화에 따른 삶의 지향점이 우선은 생활인으로서의 입신이 먼저이고 또 문학함의 자부심도 퇴색되었을 뿐만 아니라 '너도 문인 나도 문인' 하는 데에서 오는 희소가치성의 상실로 처음부터 일찍 명운을 걸고 달라붙는 사람이 거의 없어졌다. 말하자면 생활이 안정된 이후에야 가져보는 관심이라 조숙이 아니라 대개 늦깎이 데뷔로 바뀌어버린 것이다.

그러나 조숙이라고 무조건 좋은 것은 아니다. 물론 조숙한 천재도 있긴 하고 또 조숙했기에 그에 상응하는 문단적 기반과 명예도 얻긴 하지만 너무 일찍 피었다 시들어버리는 것보다는 만숙도 좋다. '이르다 늦다'를 따지기보다는 '토끼와 거북'의 경주 우화가 말해주듯 가능하면 쉬임 없이 끝까지 매달려보는 것이 최선이요 왕도가 아닐까. 그러다 보면 어느 때쯤에는 '때마침 동남풍'도 만날 수 있을 것이고, 또 굴 하나를 계속 파고 파고 들어가다 보면 금덩어리나 다이아몬드 덩어리라도 만나는 횡재수도 있지 않겠는가.

과작(寡作)과 다작(多作)의 문인들

여성들 중에도 임신 조절을 하지 않는 이상 다산부도 있을 것이고 소산부도 있으며 또 아니면 평균 수준도 있을 것이다. 수확에도 풍년이 있고 흉년이 있으며 평년작도 있다. 이는 우리 문인들에게도 그대로 적용된다. 과작 내지 과산의 문인, 다작 내지 다산의 문인 아니면 평균작의 문인이란 분류가 바로 그런 경우다. 또 어느 문인에게서건 어느 일정 기간을 두고 보면 풍작의 시기, 흉작의 시기 아니면 절필의 시기도 있을 수 있다.

과작과 다작의 장단점

획일적으론 말할 순 없지만 이에는 각기 장단점이 있다. 많이 생산하다 보면 별 볼일 없는 태작이 끼일 수 있는가 하면, 명품도 나올 수 있다. 반대로 적게 생산하다 보면 태작은 적을지 모르지만 그만큼 명품이 나올 확률이 적은 것도 사실이다. 이도 저도 아닌 평균작의 경우라면 태작도 명품도 나오기가 어렵다. 많건 적건 또는 평균치가 되었건 명품이 나올 수만 있다면 그 얼마나 좋으랴. 이는 우리 문인 모두의 바람이지만 세상만사가 뜻대로 잘 되지 않은 것도 사실이다.

국내외를 막론하고 다산이지만 명품이 없는 경우가 있는가 하면, 소산이지만 명품이 있는 경우도 더러 있고 또 평균량인데도 상당한 명품이 있는 경우도 있다. 양에서 질이 나오건 질이 양을 압도하건 명품만 생산할 수 있다면 더 바랄 것이 무엇이 있겠는가.

여기서 꼭 이런 것을 따져 과작이나 다작을 논하고 싶지는 않다. 과연 우리 문단에서 과작의 문인은 누구이며, 다작의 문인은 누구인가만을 자료적 측면에서 참고 삼아 알아볼까 한다.

사실 여기서 과작이나 다작의 기준을 말한다는 것은 제법 애매모호한 면이 없지는 않다. 시, 수필, 소설, 평론 등 장르별로 평균치를 대충 기준 삼아 그 이상인가 그 이하인가를 말하는 도리밖에 없다. 같은 일정 기간일지라도 장르에 따라 다를 수도 있다. 대체로 연구서 아닌 순수 평론집이 열 권이라고 가정해보면 시집은 훨씬 더 많아야 할 것이고, 그다음 이 시집류보다 적은 순이 수필집, 소설 창작집이 될 것이다. 물론 많은 양의 장편소설일 때는 아주 예외일 것이다.

가령 어느 누가 문필 경력이 30년이라고 치자. 기본적으로 시집의 경우 평균 2년 꼴로 15권 이상이나 6년 꼴로 5권 미만, 수필집의 경우 3년 꼴로 10권 이상이나 약 7년 꼴로 4권 미만, 소설 창작집의 경우 약 4년 꼴로 8권 이상이나 약 7년 꼴로 4권 미만 그리고 순수 평론집의 경우 5년 꼴로 6권 이상이나 10년 꼴로 3권 미만을 냈다고 가정하면 각 장르별로는 다작, 과작이라 할 수 있지 않을까도 싶다. 그렇다면 평균작은 말하나마나 앞에서 말했듯 자연 몇 권 이상과 몇 권 미만의 그 어느 중간쯤이 될 것이다. 그러나 이는 어디까지나 편의주의적 발상에서 나온 가정이다.

수십 년간 시집 두어 권 남긴 과작 시인들

이런 도식적인 막연한 기준이라도 참고 삼아 과작의 시인부터 알아보자. 문단 연조로 보아 제법 많은 시집이 있을 법한데 의외로 상대적으로 극히 적은 분들이 더러 있다. 설령 다른 장르 쪽의 저작이 있다 하더라도 가능하면 열외로 하고 해당 장르에만 국한해본다.

김종길은 1947년 『경향신문』 신춘문예에 당선되었으니 얼마 있지 않으면 시력이 곧 70년이 된다. 그런데도 고작 5권에 불과해 과작 시인 중의 과작 시인이다. 『성탄제』(1969), 『하회에서』(1977), 『황사현상』(1986), 『달맞이꽃』(1997), 『해가 많이 짧아졌다』(2004)가 바로 그 목록이다. 다산의 시인에 비하면 불과 10여 년간의 생산량이다. 데뷔하고 22년 만에 첫 시집이 나온 후 거의 10여 년 전후 간격으로 과산인 셈이다.

이수복(1924~1986)은 1955년도에 『현대문학』으로 등단하여 1957년도에는 현대문학 신인상을 받았고, 1970년대 이후 그의 데뷔작 「봄비」가 고등학교 교과서에도 실리긴 했지만 시력 30여 년 만에 단 1권의 시집 『봄비』가 있을 뿐이다. 평소에도 말을 아끼었다는 성품을 닮아서인지 시집량도 인색 중 왕인색이다.

박용래(1925~1980)는 1956년도에 『현대문학』으로 등단했는데, 문단 생활 25여 년 동안에 『싸락눈』(1969), 『강아지풀』(1975), 『백발의 꽃대궁』(1979) 3권을 남겼다.

황명(1931~1998)은 1955년도 『동아일보』 신춘문예 출신인데 40년이 훨씬 넘은 경력에 유고 시집 한 권을 합쳐 고작 3권이다. 일부의 과작 시인과는 달리 다른 그 어떤 저작도 없다. 적어도 내가 본 바로는 사람을 좋아하고 술 마시기를 좋아하고 또 거기에다 문단정치를 좋아했던 결과로 본다.

허만하는 1957년도에 『문학예술』로 등단했는데 첫 시집 『해조(海藻)』를 1969년에 내고 그다음 1997년 부산 고신대 의대 교수직을 은퇴한 후 1999년 칠순의 나이에야 비로소 30년 만에 두 번째 시집을 냈다. 세 번째 시집 『물은 목마름 쪽으로 흐른다』를 2002년에 내고 그 후 2권을 더내 도합 5권이다. 전업 시인이 아닌 이상 누구나 각자의 직업은 있기 마련이겠지만 그사이 산문집 3권을 낸 것을 보아 시인으로서 외도(外道)를 좀 하는 과정에서 등한하지 않았나 싶다.

신경림은 현재 시력 60년 가까운 점을 감안해보아, 물론 평론집과 수필집 등이 10여 권은 되지만, 오로지 시집 쪽만 보면 과작이다. 첫 시집 『농무』(1973), 장시집 『남한강』(1987), 기행시집 『길』(1990) 등 모두 합쳐 10여 권이다. 평균작은 못 되는 것 같고 과작보다는 좀 나은 준과작쯤이라고나 할까.

권용태는 과작 중의 과작 시인이다. 1958년에 『자유문학』으로 등단한 후 시력 55여 년인데도 시선집 『바람에게』를 제외하면 불과 3권일 뿐이다. 『아침의 반가(反歌)』(1968), 『남풍에게』(1980), 『북풍에게』(1998)가 전부다. 시를 완전 포기하고 있지 않은 점과 다른 장르의 저작도 없는 점을 보아 체질적으로 과작인 셈이다.

천양희는 1965년도에 『현대문학』으로 등단했으니 시력이 근 50년이다. 등단 18년 만인 1983년도에 첫 시집 『신이 우리에게 묻는다면』을 낸 이후 한두 권의 다른 저작을 제외하면 『사람 그리운 도시』(1988), 『하루치의 희망』(1992), 『마음의 수수밭』(1994), 『오래된 골목』(1998) 정도다.

서정춘은 1968년에 등단했으니 시력이 45년이 넘는다. 그런데도 4권이다. 『죽편』(1996), 『봄, 파르티잔』(2001), 『귀』(2005)가 있다. 각 권이 35편으로 되어 있는데 모두 합해 100여 편을 조금 넘고, 시의 길이도 10행을 넘지 않은 짧은 시다. 보통 평균해서 한 권의 시집에 최소 60여 편, 최대 100여 편이 실린다고 보면 3권을 모두 합쳐야 두꺼운 시집 한 권 분량이다. 등단 30여 만에 첫 시집을 낸 것도 기록 중의 하나일 수 있다. 그리고 등단 42년 만인 2011년에 제4시집 『물방울이 즐겁다』를 냈다.

정희성은 1970년도 『동아일보』 신춘문예로 등단해 시력이 40년이 넘었지만 시집이 5권인 것은 분명 과작에 속한다. 그러나 예외적으로 굵직한 상은 서너 번 받았다. 『답청(踏靑)』(1974), 『저문 강에 삽을 씻고』(1978), 『한 그리움이 다른 그리움에게』(1991), 『돌아다보면 문득』(2008) 『그리운 나무』(2013)가 그 명세다.

끝으로 시조집와 시집을 낸 유재영도 있다. 문단 연조 40년에 시조집 『햇빛시간』(2001), 『절반의 고요』(2009) 2권 합해야 63편이니 다른 분의 시조집에 비하면 1권 분량이다. 여기에 시집 3권을 합해 모두 5권이다. 그런데도 두세 개의 상은 받았다.

왕성한 필력을 자랑하는 다작 시인들

이제부터는 다작의 시인 경우를 언급해볼 차례다. 뭐니 뭐니 해도 제1순위로 조병화와 고은을 들지 않을 수 없다. 조병화는 1949년도에 첫 시집『버리고 싶은 유산』을 낸 후 시력 54년 동안에 무려 52권의 시집을 냈는데, 1985년도에는 한 해에 3권을 내기도 했다. 시력과 시집 수를 대조해보면 평균 1년에 한 권 꼴이라 최다 시집 보유자란 기록을 갖게 되었다. 너무 시를 쉽게 쓴다는 비난도 들었지만 그나름의 체질이며 노하우다. 이런 신작 시집 외에도 시선집과 수필집 등을 모두 합해보면 160권이 넘는다니 정말 놀라 벌어진 입이 다물어지지 않을 지경이다.

고은도 조병화와 우선 양이 비슷하다. 1958년 등단 이후 약 55여 년 기간에 시, 소설, 평론, 동화 등 160여 권을 펴냈다. 이는 일정한 직업 없이 집필에만 집중한 결과인데 여기에는 많은 시집도 포함되어 있다. 특히『만인보』는 인물로 본 백과사전이랄 정도로 수많은 실명인물이 등장하는 대하 연작시집이라 그 양은 유례가 없을 정도로 방대하다. 황금찬은 시집만 따져 40여 권이다. 전규태는 시와 시조집 그리고 수필집과 여행기를 합쳐보면 50여 권이 훨씬 넘는다.

그리고 문단 연조를 따져 연조가 비슷한 다른 사람과 비교해보아 상대적으로 다작에 속하는 시인도 제법 있다. 20여 권을 낸 신동집(1924~2003)과 김남조를 비롯해 문병란(30여 권), 채규판(20여 권), 김석규(30여 권), 김지향(26권), 박경석(20여 권), 이창환(30여 권), 채수영(15권), 이동순(24권), 박덕은(22권), 임병호(16권) 등을 들 수 있다. 특히 이들 중에서 채수영은 시집 15권에 20권이 넘는 평론집이 있다. 마침 2014년도에 전집이 전 20권으로 출간되었는데 여기에 총 580명의 시 해설이 수록되어 있다. 그처럼 많은 시집 해설을 쓴 사람은 달리 없다. 박덕은은 시집 22권에다 연구서, 평론집, 소설집, 동화집을 합해보면 그 권수가 대단하다. 미상불 이 두 사람은 매우 왕성한 필력의 다작 문인임은 사실이다.

과작과 다작에 숨은 열정과 갈등

다음은 산문 장르 쪽을 살짝만 넘겨다보자. 소설가 쪽을 보면 대하소설류의 권수를 따져서가 아니라 우선 유주현, 이병주, 한승원, 조정래, 이문열 등이 떠오른다. 그리고 이은집은 45년여의 경력에 방송작가로서 활동하면서도 26권의 소설집을 냈다. 또 평론과 수필류를 합쳐서는 이어령, 평론 쪽에는 김윤식이 있다. 김윤식은 평론집 외에도 다른 저서와 공저까지 합치면 100여 권이 훨씬 넘는다니 가히 기네스북 기록감이다. 여성으로서 다작급의 작가로는 김지연이 있고, 평론가로서는 정영자가 평론집과 시집을 합하고 연조를 감안해보아 다산급에 속한다. 또 수필가 겸 평론가로서 한상렬은 수필집 15권에다 평론집 21권과 수필 창작서 10권 도합 45여 권을 쉼없이 내놓아 수필인들을 놀라게 하고 있다. 또 평론가요 시인인 이시환은 문단 연조 25여 년에 비해 다작이다. 평론집, 시집, 수필및 에세이류를 합쳐 25여 권이다. 그리고 윤재천도 수필과 평론을 아우러 다작급에 속한다. 정목일은 수필 경력 40여 년에 선집까지 합해

보면 무려 30여 권을 내어 현역 수필가 중에서는 가장 왕성한 다산가이다. 김학도 비슷한 연조의 수필가들에 비해 다산급이다. 수필집 13권에다 수필 평론집이 2권이다. 말이 나왔으니 '떡 본 김에 제사'라고 사족으로 나의 경우를 밝혀보면 평론집과 수필집에다 이것저것 합쳐 30여 권은 되니 다작도 과작도 아닌 평균작은 좀 넘어서리라 본다. 물론 앞으로 2~3년 내로 수필집과 평론집을 합해 3~4권이 더 추가될 것이다. 사실 문학서 중 일반 평론집이 아닌 순수 평론집 출간만은 쓰기의 까다로움과 책의 면수 문제에 따른 부담감 때문에 상당한 기간을 요하기에 자연 다산가가 드물 수밖에 없다.

참고로 과작이건 다작이건 내가 지금껏 언급한 문인들은 내가 아는 범위 내거나 내가 가지고 있는 자료에서 뽑아본 것인 만큼 이들 외에도 그 어느 급에 속하건 상당수 분들이 있으리라 본다.

아무튼 과작이건 다작이건 어차피 그런 기록을 남긴다는 것은 거기에 따르는 남모르는 갈등도 있었을 것이고, 힘도 들었을 것이다. 다작의 경우라면 그 열정이나 노력의 열의만은 알아주어야 하리라. 또 양이 많으면 그에 비례하여 옥석이 섞여 있을 가능성도 높아 그 나름으로 명품을 골라내기가 힘은 들 수도 있지만 그 어느 자리에 분명 명품은 들어 있을 것이다. 과작의 경우라면 힘은 덜 들었지만 갈등은 물론 고민도 많았으리라. 상상해보건대 과작에는 각자에게 무엇인가 다음과 같은 원인이나 이유가 반드시 있었을 것이다. 체질상의 과작, 자기 능력의 한계에서 느낄 수 있는 스스로의 실망감이니 자책감, 글쓰기의 의욕 상실이나 흥미 잃음, 지병이나 신상 문제 그리고 가정 사정 등에서 올 수 있는 정신적 공황 등이 곧 각자 나름의 원인이나 이유가 되었다는 뜻이다.

그러나 그 이유나 원인이 그 무엇이 되었든 간에 마치 진주조개가 진주를 남기듯 명작의 명품만 남길 수 있다면 그것이 곧 보상이요 성공이 아니겠는가.

어디에 누구의 문학비가 서 있는가?

우리 현대문학사의 문인 중에서 가장 먼저 시비가 세워진 사람은 시인 이상화였다. 1948년에, 대구의 달성공원에 세워졌으니 2016년 현재 기준으로 68년 전이다. 그런데 이제는 작고나 생존의 원로 또는 현역을 합쳐 전국에 대략 1,100여 기 이상이 세워져 있다. 불과 70년도 안 된 시기에 그런 숫자가 되었으니 막말로 기하급수가 아니라 가히 천문학적 숫자다. 단순한 풍년이 아니라 대대풍년이다. 그리고 1981년도를 기준으로 해서 시인 김구림이 1995년 말에 펴낸『한국의 문학비를 찾아서』를 참고해보니 문인 205명의 문학비가 316기였다. 물론 여기에는 고전시가비도 포함되어 있다. 건립연대별로 불어난 숫자를 보니 1950년대 5기, 1960년대 23기, 1970년대 52기, 1980년대 95기, 1990년대 138기로 불어나 전체 316기로 나와 있다. 물론 이것이 100퍼센트 정확한 자료는 아니겠지만 우선은 그 사정을 어느 정도 짐작해볼 수 있다.

그런데 그때로부터 흐른 세월이 불과 20여 년 정도인데 이제는 근 800여 기가 불어나 1,100여 기 이상이 되어 있는 셈이다. 물론 여기에는 고전문학이나 고전시가비도 포함되어 있다. 여기서 고전문학이나 고전시가비 100여 기를 빼본다고 가정해보더라도 불과 70여 년 기간에 세워진 현대 문인의 비가 무려 1,000여 기란 계산이 나온다. 가공할 만한 숫자이다.

지방자치화가 됨에 따라 도 단위, 시 단위, 군 단위, 구 단위의 시민공원이나 시비공원이 새롭게 만들어지고 또 새로운 조각공원이 생겨나고 또 여기에다 개인이 조성한 시비동산이나 문학비 공원이 생겨남에 따라 흡사 유행병처럼 문학비 건립이 파급된 것이다. 겸손과 자제도 요청되고 있다. 우선 세움직한가. 또 부끄럽지 않은가가 그 잣대의 기준이어야 할 것이다.

현재 내가 입수해 조사한 자료를 살펴보다 보니 여러 생각들이 떠올랐는데, 그중 일차로 부익부, 빈익빈이란 생각도 들었다. 생존하고 있는 원로 문인은 말할 것도 없지만 작고 문인 중에서도 문학비가 1기도 없는 분이 많고 또 설사 있다 하더라도 달랑 1기뿐인데, 약 30여 명의 비가 무려 200여 기나 되는 심한 편중 현상을 보인다.

여기서 참고 삼아 3기 이상의 비가 세워져 있는 분들을 작고 문인만 살펴보니 대략 다음과 같았다. 물론 더 세밀히 조사해보면 그 어떤 분에게는 한두 기 정도는 더 보태질 수 있으리라.

3기 : 이상화, 이효석, 노천명, 신석정, 윤곤강, 이동주, 정한모
4기 : 변영로, 심훈, 한하운, 이주홍, 김광균, 노천명, 조병화
5기 : 박재삼
6기 : 김영랑, 이원수, 천상병

7기 : 이육사, 김춘수

8기 : 윤동주

9기 : 정지용, 이은상, 서정주

10기 : 조지훈, 유치환

12기 : 한용운, 김소월

16기 : 박목월

그다음, 작고와 생존을 가리지 않고 전국적으로 누구의 문학비가 어디에 어떤 연유로 세워졌는지도 대충 살펴보겠다. 여기서는 가능한 한 문학기념관 앞에 세운 문학비는 제외하도록 하겠다. 그리고 최근이나 요 근년에 세워진 것은 내가 알고 있는 경우를 제외하고는 자료 조사도 미진해 훗날을 기약하며 일단 열외로 해둔다.

생가문학비 : 이육사(안동시 안동댐 민속촌 입구)/김영랑(전남 강진군 강진읍 남성리 탑동)/김기림(충북 청원군 남이면 팔봉리)/이병기(전북 익산시 여산면 원수리)/김진섭(전남 목포 남교동)/조지훈(경북 영양군 일월면 주곡리)/진을주(전북 고창 상하면 송림마을)/고은(군산 미룡동)/문병란(전남 화순 도곡면 원화리)/고정희(전남 해남 삼산면)/박용수(경남 미천면 밤실)

출생, 성장, 거주 등 연고 지역 문학비 : 김동명(강원 명주군 사천면 판교리)/이태준(강원 철원 대마리)/박인환(강원 인제읍 한강리)/이효석(강원 평창 가산공원)/김유정(강원 춘천 의암댐 앞, 춘천 공지천 조각공원, 춘천 신동면 증리예식장 앞)/이태극(강원 화천군 파로호 언덕)/심훈(서울

흑석동 용봉정 근린공원)/이철호(서초구 예술의 전당 후문 대성사 뜰, 충남 당진군 송악면 부곡리)/정지용(충북 옥천읍 체육공원)/조명희(충북 진천 백곡면 백곡저수지 앞)/오장환(충북 보은군 화북면 면사무소)/이무영(충북 음성읍 설성공원)/조진태(충북 음성읍 한벌)/유승규(충북 옥천)/이진호노래비(충북 충주 산척면 사무소 앞)/홍명희(충북 괴산읍 제월리 제월대)/신동문(충북 청주 가경동 발산공원, 충북 단양읍 소금정공원)/한용운(충남 홍성읍 남산공원, 강원 설악산 백담사 입구)/민태원(충남 서산 음암휴게소)/신동엽(충남 부여 규암면 동남리)/정한모(충남 공주 계룡산 동학사 주차장)/성기조(충남 홍성 서부면 서부초교 앞, 연기군 군민회관 앞, 예산읍 예산공원)/박범신(충남 논산 강경읍 공원)/정훈(대전 만인산 휴양림)/김대현(대전 대청댐 잔디광장)/한성기(대전 중구 문화동)/이봉구(경기 안산 낙원공원)/박두진(경기 안성 시립도서관, 안성객사)/조병화(경기 안성 양성면 난실리)/유주현(경기 여주군 여주문화원 앞)/김정한(부산 동래 범어사 입구)/김소운(부산 태종대 시민소공원)/이원수(양산시 교동 춘추공원)/김달진(진해 시민회관 앞)/오영수(울산 남구 울산문화원)/이경순(진주 남강교 서편 화단)/이형기(진주 신안동 녹지공원)/신석정(전북 부안 변산면 석정공원)/권일송(전북 순창 체육공원)/평론가 김환태(전북 무주 나제통문휴게소 작은공원)/진을주(전북 고창 무장면 송곡리)/이동주(전남 해남읍 서림공원, 해남군 삼산면 두륜산 대흥사 입구)/김현(목포 향토문학관)/허세욱(전남 임실 삼계면 세심리)/박목월(경주 홍도공원, 보문단지 목월공원)/김동리, 박목월(경주 황성공원)/유치환(경주 토함산 등산로)/박종우(경주 김유신 장군묘 입구)/백신애(경북 영천시 문예회관)/이호우(대구 남구 앞산공원)/이상화(대구 달성공원, 수성구 수성못 옆)/한흑구(포항 내연산 보경사)/이창환(경북 청송 진보면 부곡리)/박재삼(경남 사천 노산공원)/허영자(경남 함양 유림면 장황리)/강희근(경남 산청읍 조산공원, 진주 금산면 덕의마을)/정목일시비(마산 만날공원)/강석호(하동 금남면)/정순영(하동 횡천면)/이병수(산청 생비량면)

모교, 재직교 문학비 :

모교 김소월(배재중고교)/김기림(서울 보성고)/이상(보성고)/윤곤강(보성고)/정지용(서울 휘문고)/서정주(서울 중앙중고교)/이육사, 이원조 형제 문학비(대구 대륜고)/이병기(익산 여산남초교)/오영수(울산 울주군 언양초교)/김관식(논산 강경상고)/김광섭(서울 중동고)/박경리(진주여고)/박재삼(삼천포고)/김수영(서울 선린상고)/이은상(마산 창신고)/신경림(충주 노은초교)/신동엽(부여초교, 전주사범 후신인 전주교육대, 단국대)/윤동주(연세대)/이창환(강원 태백공고)/서정남(전북 부안 변산중)

재직교 김용호(단국대)/김현승(숭실대)/박목월(한양대)/유치환(부산 남여자상고, 경남여고)/백철(중앙대)/정의홍(대전대)/홍희표(대전 목원대)/이형기(부산 경성대)

묘소문학비 : 김상용(서울 망우동 공동묘지)/박인환(망우동 공동묘지)/한용운(망우동 공동묘지)/노천명(경기 벽재읍 천주교 묘지)/박종화(경기 장흥면 부곡리)/변영로(경기 부천시 고강동)/신석초(경기 광주 백산공원묘지)/주요섭(경기 파주 탄현면 법흥리 기독교 묘지)/홍사용(경기 화성군 동탄면 석우리)/한하운(경기 김포읍 장릉공원묘지)/송욱(경기

양주군 모란공원묘지)/오상순(북한산 국립공원 빨래골)/김관식(충남 논산 연무읍 소룡리)

작품의 배경지 문학비 : 변영로의 「논개」(진주 진주성 정문 앞)/설창수의 「의랑 논개」(진주성 촉석루 앞)/심훈의 『상록수』(경기 안산 상록수 전철역 앞 샘골교회)/서정주의 「선운사 동구」(고창 선운사 입구)/정공채의 「아우라지」(강원 정선 북면)/김광협의 「유자꽃 피는 마을」(서귀포 천지연 입구 유원지)/채만식의 『탁류』(군산 월명공원)/오영수의 「갯마을」(경남 양산군 기장 일광해수욕장)/김동리의 「역마」(하동 화개장터)/박경리의 『토지』(하동 최참판댁 입구)/조정래의 『아리랑』 과 『태백산맥』(김제 벽골제터 앞, 전남 보성군 벌교)/최계락의 「해 저문 남강」(진주 신안동 녹지공원)/다연구가 정상구의 다시(茶詩)(하동 화개면 차문화센터 녹지공간)/다연구가요 다시인으로 역시 알려진 시인 김기원의 시 「화개동천」(화개면 차문화센터 광장)/이문구의 『관촌수필』(충남 보령 관촌마을)/진을주의 「사두봉신화」(전북 고창 무장면)

출신 지역 또는 거주 연고 중심의 공원 문학비 : 강릉 경포대 호반시비공원(강원도 출신 박인환, 김동명, 원영동, 심연수등 11기)/전주 덕진공원(전북 출신 4기—신석정, 김해강, 이철균, 백양촌)/광주 양림동 사직공원 (전남 출신 김영랑, 김현승, 이동주, 이수복, 박봉우 등)/광주공원 쌍시비(전남 출신 박용철과 김영랑)/광주 무등산공원(김현승)/부산 용두산 공원(부산 연고의 문인비—유치환, 조향, 최계락, 김태홍, 박태문, 원광 등 9기)/부산 동래 금강공원(이주홍, 이영도, 최계락)/마산 희원구 산호공원(마산 출신 이은상, 이원수, 김용호, 김수돈, 김태홍, 이석 등 9기)/대구 달서구 두류공원 인물동산 문학비 4기(대구 출신 이상화, 이장희, 백기만, 현진건)/대전 보문산 사정공원(충남 출신 한용운, 김관식, 박용래 등)/경남 통영 난망산 조각공원(김상옥, 유치환)/경남 고성 남산공원 문학동산(고성 출신 작고나 생존 문인 최계락, 서벌, 김열규, 허유, 김춘랑, 선정주 등)/경남 하동읍 섬호정 문학공원(하동 출신 아동문학가 남대우, 작가 정종수, 시인 정공채, 정규화 등), 포항 해맞이공원(손춘익)

탈지역 범문단적 공원 문학비 : 서울 구의동 어린이대공원(아동문학가 방정환, 윤극영, 마해송, 강소천, 이원수)/경기 과천 서울대공원(서정주, 김영일)/부산 초읍 어린이 대공원(박목월, 서정주, 노천명, 조지훈, 박화목, 김남조, 천상병, 신동엽, 김정한)/대구 중리동 중리공원 4기(김소월, 김영랑, 박목월, 서정주)/대구 도동 시비공원(대구, 경북 출신 박목월, 조지훈, 김춘수, 도광의, 이일기, 권기호, 문무학, 이태수, 문인수, 이하석, 김종상 등을 비롯해 고은, 이근배, 한용운, 서정주, 황금찬, 박화목, 엄기원, 김완기등 약 35기)/대구 도학동 육필시비공원(고은, 김규동, 김수영, 김춘수, 박재삼, 백석, 서정주, 신경림, 안도현, 김지하, 천상병등 약 30기)/경북 김천 직지문화공원(서정주, 노천명, 김상옥, 김수영, 정완영 등 18기)/전남 장흥 도립공원 천관산 문학공원(장흥 출신 송기숙, 한승원, 이청준을 비롯해 전국 문인 문학비 54기)/전남 장흥 장평면 계명성 시비공원(윤동주, 최은하, 문병순 등 100여 기)/전남 구례 화엄사 입구 시의 동산(김소월, 서정주, 김광균, 문덕수, 송수권 등 21기)/제주 한경면 현대미술관 조각시비(한용운, 조지훈, 양중해, 성기조 등 5기)/충남 보령 개화예술공원 육필시비(약 230여 기)/충남 보령 주산면 시와 숲길공원 육필문학비(약 50여 기)/한국문협 주관의 강원 춘천 의암호 북한강변 문학공원(근현대 일부 대표적 문인과 전현직 이사장 문학비)/경북 문경 가은면 시비동산(최은하, 박곤걸, 김년균, 박기동, 정삼일 등)

테마 시비공원 : 강원 홍성 결성면 한용운 생가 민족시비공원(저항적이거나 애국적인 내용의 시를 쓴 이육사, 심훈, 변영로, 구상, 김광섭, 신동엽, 조태일, 김남주 등 18기)/서귀포 칠십리시비공원(노래비 3기를 제외해보면 12기인데 서귀포와 제주를 소재로 한 시비로서 이 지역 출신을 비롯하여 타 지역 출신의 시비도 있다.—양중해, 한기팔, 강통원, 구상, 박남수, 이동주, 김춘수, 정완영, 박재삼, 이생진 등)/충남 옥천 대청호반 장계관광단지 테마시비공원(정지용문학상 수상자 시비—김지하, 강은교, 김초혜, 유안진, 오세영, 이성선, 이수익, 오탁번, 이시영, 조오현 등 12기)/경기 여주 대산면 한강 테마로 한 남한강문학동산(홍윤기, 최은하. 이근배, 정민호, 김규화, 한분순, 김송배, 정성수, 김창완, 진동규, 김종섭, 민병도, 차윤옥 등)

자, 이제 전국의 문학비 소재지를 대충 알아봤다. 물론 빠진 문학비도 많을 것이다. 이 글이 '문학비 사전'이 아니니 어쩔 수 없는 것이라고 이해해주면 좋겠다. 그것이 그나마 자료를 찾아가며 이 글을 쓰는 나의 노력에 무언의 위로가 되리라. 아쉬운 대로 중요하거나 알 만한 문인들의 문학비가 과연 어디에 세워져 있는지를 알수 있는 간이용 '손바닥 사전'만은 되리라 본다.

그런데 아마도 이 '손바닥 사전' 정도의 명단과 밝혀진 비의 숫자만을 보고도 누구나 그 수에 입을 쩍 벌렸을 것이다. 그리고 어느 외국인이 이 사실을 안다면 빈정대는 투로 기네스북 감이라고 혀를 끌끌 찰지 모르겠다. 남발에다 양산이 아닌가. 귀한 다이아몬드도 너무 흔하면 유리조각처럼 보인다고나 할까.

그렇지만 이왕지사 좋게 보면 이름이 나름대로 알려져 있는 문인의 문학비는 문학기념관과 더불어 문학기행의 중요 이정표나 랜드마크가 되고 행선지가 된다. 또 탈지역성의 문학비가 아닌 경우라면, 문학비 주인공의 생가, 모교나 재직교, 묘소, 출신 지역이나 연고 지역과 관련된 조그마한 정보도 얻을 수 있다.

문학비 우후죽순 시대의 몇 가지 단상

현재 우리는 시비와 문학비를 구분해 사용하고 있다. 문학비는 시 아닌 다른 장르의 문인을 기념하는 비석을 가리킬 때 사용하는 것이다. 엄밀히 말해 '문학비'라는 용어가 말 그대로 전 장르를 아우르는 용어라고 볼 때, 운문문학비(시비)와 산문문학비로 나눌 수 있을 것이다. 알다시피 산문문학비라면 소설문학비, 수필문학비, 평론문학비가 있을 수 있다.

문학비 유감

비석에 담을 수 있는 작품의 길이가 걸림돌이 되고 또 다른 장르에 비해 시인이 월등히 많은 관계로 자연 시문학비가 많을 수밖에 없다. 그러나 시대도 변했고 또 문학비의 새 시대를 열어가기 위해서는 가능하면 다른 장르도 아우를 수 있는 '문학비'라는 용어를 애용했으면 한다. 노상 시비, 시비 하다 보면 다른 장르는 소외를 받는다는 느낌이 든다. 이런 관행은 낭독회를 말할 때도 쉽게 드러난다. 시

낭독회라고만 할 것이 아니라 어차피 다른 장르도 참여시켜 작품 낭독회라고 하면 '누이 좋고 매부 좋은 일'일 것이다. 아니 시화전도 마찬가지다. 작품화전이라면 오죽이나 좋을까. 구색 갖추기식 찬조가 아니라 다른 장르도 공동 참여를 할 수도 있는데 관습처럼 시비, 시 낭독회, 시화전에만 편중되어 있다. 일견 장르 이기주의적 발상이라 오해받을 수 있는 이런 일에서 벗어나야 하리라. 문학비나 낭독회와 시화전이 시의 전유물일 수는 없다. 물론 작품의 길이로 보아 시가 편리하고 유리한 점은 있겠지만, 소설이나 수필도 일정 부분을 따내 보면 만사 오케이다. 비유하자면 참새는 그냥 통째로 구워서 한입에 먹을 수도 있지만, 길이가 긴 소설이나 수필도 맞춤식으로 따내보면 소 한 마리에서 따낸 맛있는 등심살이나 갈비살이 될 수도 있다는 것이다. 이왕 말이 나온 김에 한 가지 더 말해보겠다. 서울 지하철 유리벽에 새겨져 있는 작품도 시 일색인데 이는 구태의연한 처사이다. 소설이나 수필에서 극적이거나 감동적인 장면 또 따옴직한 인생론적 명상의 명구나 아포리즘도 환영받기에 부족함이 없다.

각설하고, 문학비에서 시 아닌 다른 장르도 당당히 대접을 받으면 그 얼마나 좋을까 싶다. 문학비를 조사하는 과정에서 문득문득 그런 생각이 들곤 했다. 내가 조사해본 한계 내에서 그 수많은 문학비 중에 소설문학비가 세워져 있는 사람이 불과 30명 이내이고, 수필문학비가 10명 이내, 평론이 5, 6명 이내인 것을 보고 앞으로는 정말 별도로 고려해야 할 일이라 싶었다. 물론 다른 장르에 비해 시인이 월등히 많았고 많다는 것을 고려해보지 않은 바는 아니다. 어떤 단체나 어떤 모임 또 어떤 지역사회에서 문학비를 발의할 경우에는 그동안 거의 무관심했던 소외된 장르의 문인들을 챙겨보는 진일보된 열린 마음이 반드시 필요하다는 뜻이다.

오늘의 이 우후죽순 시대의 문학비를 보며 하고 싶은 또 다른 말은, 문학비는 생전이 아니라 사후여야 빛나는 것이란 얘기다. 살아 있을 때 '너도 나도'식으로 세워지는 문학비에 과연 무슨 가치가 있겠는가. 설사 살아 있다 하더라도 여명이 얼마 남아 있지 않은 원로나 중진급에 한하되 역시 해당 문인의 문학적 성취나 문단적 위상도 충분히 고려되어야 함은 당연하다. 아직 문단 경력이 일천해 문학적으로 제대로 평가도 안 되어 있는 사람이 어떤 분위기에 휩싸이거나 심지어 자기 돈까지 들여 덩달아서 비를 세운다는 것은 마치 장가들 나이도 안 된 꼬마 신랑이 사모관대를 쓰고 버티어 서 있는 형국과 같다 싶어 웃음이 절로 나온다. 이런 일은 특히 15여 년 전 이후로 해서 비일비재하다. 살아 있더라도 더 세월이 지나 그 나름으로 평가를 받은 후에 그중 가장 좋은 작품의 문학비를 세운다면 정말 자랑스럽고 보람찬 일이 아니겠는가.

또 비에 새겨진 작품을 조사해보니 특히 비가 전국 여기저기 세워져 있는 분 중에는 같은 작품이 두 번, 세 번, 심지어 네 번도 나오고 있어 식상할 정도이다. 이미 알려질 대로 알려진 작품들이 아닌가. 물론 한 작품을 직접 와서 읽을 수 있는 그 장소의 지역적 한계를 모르는 바는 아니다. 앞으로 누구의 문학비가 어디에 설지는 모르지만 한번 고려해볼 문제이다. 찾아보면 얼마든지 신선한 다른 작품도 있지 않겠는가.

아니 또 있다. 그 수많은 문학비를 보면 개인 단독비는 물론 공원

문학비가 거의가 지역 연고 위주거나 아니면 명성 위주의 인물 중심 일색이다. 과감한 전환도 필요하다. 인물 중심을 뛰어넘어 가령 소재나 주제 중심의 비도 필요하단 얘기다. 인물 중심이 아닌 문학비라면, 홍성의 한용운 생가에 조성되어 있는 민족시비공원, 서귀포나 제주를 소재로 한 서귀포 칠십리시공원의 시비, 여주의 남한강 문학동산, 아쉬운 대로 충남 대청호반의 이른바 테마시비공원의 비 정도가 고작이다. 그러나 엄밀히 말해 대청호반의 테마시비도 정지용문학상 수상자 시비이지 테마시비가 아니다. 테마문학비라면 당연히 주제나 내용 또는 소재 중심이어야 한다. 앞으로는 보다 차별성 있는 명실상부한 테마문학비가 생겨났으면 한다.

문학비의 가치와 위상을 높이기 위해

자, 그럼 이제 불만 타령은 그만하고 글 진행의 방향을 밝은 쪽으로 돌려볼까 한다. 뭐니 뭐니 해도 문학비다운 문학비나 문학비로서 가치성 있는 문학비는 첫째, 세워진 곳의 주변 환경이나 자연경관을 한층 돋보이게 하는 장점이 있다. 야외 장식품도 되고 주변 지역의 중요 지형지물이 된다. 자연과 문학이란 인문학의 행복하고 조화로운 만남의 공간도 되고 그 표징이 된다.

둘째, 생가나 묘소에 세워진 문학비는 일차로 추모와 기념의 뜻이 있다면, 모교나 재직교 나아가 출생이나 성장 연고 지역의 문학비에는 이와는 또다른 의미가 있다. 자라나는 세대에겐 학교나 지역사회의 자부심도 갖게 해주고, 문학이란 문화 마인드를 선양케도 해줄 수 있는 동기 부여의 표지가 되며, 외부인에겐 문화관광의 행선지나 좋은 자료가 된다.

셋째, 특히 육필이 점점 사라져가고 있는 오늘의 상황에서 육필문학비가 세워진다는 것은 또 다른 의미가 있다. 비의 내용도 중요하겠지만 덤으로 해당 문인의 성격이나 글씨 솜씨를 짐작해보며 인간미나 체취를 느껴볼 수 있어 좋다. 그 좋은 예가 대구 도동의 육필시비공원의 육필시다. 그리고 충남 보령의 개화예술공원의 육필시비나 또 그곳 다른 지역에 있는 시와 숲길공원의 육필문학비는 참여대상자나 또는 선정 과정과 연관된 문제점은 안고 있지만 일단 비에 육필을 남겨둔다는 그 발상과 뜻만은 좋다. 그러나 그 깊은 뜻을 더욱 살릴 수 있는 엄격한 기준이 없는 것 같고, 동참만 원한다면 거의 활짝 문을 열어놓고 있는 점이 매우 아쉽다. 물론 육필이니까 현재 살아 있는 문인들의 문학비임은 자명지사다. 그러나 아쉽게도 우선은 문학비를 육필로 남겨두는 자격 요건이 제대로 갖추어져 있지 않은 것 같다. 만약 제대로의 잣대가 있었다면 그 위상은 훨씬 달라지고 달라졌으리라 본다. 양이 아니라 질이 문제다. 양뿐만 아니라 질로도 승부를 걸었다면 명실상부 문화관광 측면에서 국내 굴지의 명소가 되었을 것이고 되리라 본다. 아니 어쩌면 기네스북에 등재도 될 수 있는 호재가 아닐까도 싶다.

넷째, 근년에 더러 생긴 조각공원을 보고 또 그곳에 새겨져 있는 문학비를 보면 조각과 문학이 예술적으로 어우러져 있다 싶어 더욱 희망적인 생각을 갖게 해주고 있다. 앞으로 그런 문학비가 많이 생겨나면 문학비의 품격이 그만큼 훨씬 높아질 것이다.

끝으로 다시 한 번 말하건대 중도 소도 세우는 문학비라면 앞으로 그 값어치는 더욱 하락할 것이다. 객관적으로 세워도 될 만한 분의 문학비라면 과연 그 누가 토를 달겠는가. 이 문학비 우후죽순 시대에 이제는 문학비의 가치나 위상을 높이기 위해 다 같이 반성해야 한다. 누구나 세우거나 세울 수 있는 그런 문학비로 '문학비공화국'이란 소리를 듣지나 않을까 적이 근심스럽다.

둘째 마당

민족사와 생활사의 뒤안길

'38 따라지' 문인들

민족의 비극이요 우리 문단의 비극이다. 조국의 허리에 38선이 그어지고 또 6 · 25로 민족의 대이동이 있었다. 납북도 있었고, 월북도 있었으며, 월남도 있었다.

물론 우리 문단도 예외는 아니다. 이광수, 김억, 김기림, 김동환, 김진섭 등 약 10여 명이 납북되고, 해방과 6 · 25 전후로 그만 110여 명이 공산사상이란 신기루에 현혹되거나 감염되어 월북했으니 납북, 월북을 합하면 약 120여 명이 된다. 해방 직후 문단의 현역 문인이 160여 명 안팎이었다는 기록을 보았다. 가령 그 후 약 5년간에 급격히 문인의 수가 불어나 200명이 된다고 치자. 여기서 120명이라면 5분의 3이 이북으로 넘어가고 나머지 5분의 2인 80명이 남아 있었던 셈이니 우리 문단에는 거의 공백기가 왔다 해도 과언이 아니다. 원로도 귀하다 보니 중진급이 하루아침에 격상되어 원로 대접을 받기도 했다. 지금과 비교해보면 천양지차를 느낀다. 물론 평균 나이가 높아지긴 했지만 문단 경력 50년이 넘은 내가 이제사 원로라는 소리를 자연스럽게 받아들이고 있으니 말이다.

월남도 좀 있긴 했다. 월남 이전에 문인이었건 월남 후 문인이 되었건 약 30여 명은 된다. 그래봐야 월북문인의 4분의 1 숫자다. 그들이 과연 어느 시기에 월남했으며, 어느 도, 어느 지역 출신인가를 살펴보니 흥미로운 몇 가지 사실도 발견된다.

해방 직후부터 6 · 25 직전까지에 내려온 분

시 : 김동명, 구상, 이인석, 김규동, 유정,

소설 : 안수길, 임옥인, 황순원, 최태응, 손소희, 박연희, 정한숙, 전광용, 이범선, 장용학

아동 : 박화목

희곡 : 오영진, 김진수

1 · 4후퇴 시 내려온 분

시 : 박남수, 양명문, 김영삼, 김시철

소설 : 김이석

아동 : 한정동, 강소천, 장수철, 박경종

평론 : 윤병로

번역 : 원응서

출신 도와 고향

함경북도 : 김규동(경성), 김시철(성진), 손소희(경성), 임옥인(길주), 유정(경성)

함경남도 : 구상(원산), 박연희(함흥), 전광용(북청), 장용학(부령), 안수길(서호), 김동명(원산), 강소천(고원), 박경종(홍원)

평안북도 : 정한숙(영변)

평안남도 : 원응서(평양), 오영진(평양), 한정동(강서), 황순원(대동), 김이석(평양), 윤병로(순안), 박남수(평양), 이범선(신안주), 양명문(평양), 장수철(평양), 김영삼(평양), 김진수(중화)

황해도 : 박화목(황주), 이인석(해주), 최태응(장연)

위의 자료에서 먼저 추론해볼 수 있는 것이 하나 있다. 월남이 1 · 4후퇴 시냐 그 이전이냐에 따라 월남하고자 하는 의지에 편차가 있을 수 있다는 사실이다. 물론 개인 사정이나 주어진 환경에 따라 약간 다르긴 하겠지만 한마디로 6 · 25 이전에 내려온 분은 공산치하가 생리적으로 싫어서일 것이다. 이와는 좀 달리 1 · 4후퇴 시 온 분들은 어차피 공산 치하가 마음에 들지 않던 차에 '에라 잘되었다' 싶어 후퇴의 바람에 실려 남으로 가보자는 생각이 십중팔구였으리라. 바꾸어 말해 전쟁도 없었거나 후퇴도 없었다면 그대로 이북에서 살았을 가능성이 높았으리라. 그리고 관북지방이라 불리고 있는 함경남북도에서 인구 비례를 감안해보아 관서지방인 평안남북도에서보다 의외로 많은 사람이 월남했다. 그중 함경남도 사람이 더 많다.

이들을 두고 우리는 38선을 넘어왔다고 '38광땡' 이 아니라 '38따라지' 라 했다. 화투놀이에서 빈껍데기 38 한 끗이라면 28망통보다야 낫지만 최하 끗발이다. 바로 그들의 삶의 환경이나 조건이 바로 한 끗짜리 따라지 신세라는 점을 빗대서 나온 유행어였는데, 처음에는 월남이건 피난이었건 그들이 스스로 삶이 고달파 자학적으로 뱉어낸 말이었을 것이다. 이남 사람이 그들을 두고 이 말을 했다면,

의지가지없어 '아, 참 안됐다'는 동정의 뜻으로 쓰일 수도 있었고, 반대로는 무시하는 경멸의 뜻도 있었다.

월남문인들의 고달팠던 타향살이

그러고 보면 월남문인들은 그 이후 어느 기간 동안은 말할 수 없는 고생을 감내해야 했을 것이다. 거의 사고무친이다. 그래서 같은 이북 출신이면 외롭고 정도 그리워 똘똘 뭉칠 수도 있었다. 의형제나 다름없이 형님도 되고, 아우도 되고, 누님도 되고, 동생도 되었는데 그런 아름다운 이야기들이 한때나마 우리 문단을 아름답게 수놓기도 했다. 명동이나 충무로, 을지로 기타 등지에서 '함흥냉면' '평양냉면' '원산면옥'을 보면 마치 고향집을 찾아가듯 그런 곳을 단골로 드나들었고 또 원고료라도 생긴 날이면 서로 어울려 대폿집 '평양댁' '함흥집' '단천집' '해주집'을 찾아 들어가 시름을 풀었다. 술이라도 거나하게 오르면 누가 먼저랄 것도 없이 유행가를 부르며 위안을 삼았다. 어머님이 문득 떠오르면 〈비 내리는 고모령〉이나 〈전선야곡〉을, 피붙이들이 생각나면 〈굳세어라 금순아〉를, 또 고향이 그리우면 〈꿈에 본 내 고향〉이나 〈가고 싶은 내 고향〉을 목이 메도록 불러제꼈을 것이다. 눈가에 이슬도 맺혔을 것이다. 그러다가 술김에 부아가 좀 치미면 역사에 항의라도 하듯 〈가거라 삼팔선〉을 목청껏 뽑아 올렸을 것이다. 또 입싸움이라도 붙었다면 함경도식 특유의 욕인 "썅"이, 평안도 박치기나 아니면 "이 간나 새끼"란 말이 스스럼 없이 나왔을 것이다.

그래도 이렇게 힘들고 고달플 때 그 당시 문단에는 이들에게 구세주 역할을 해주는 곳이 두 군데 있어 천만다행이었다. 1956년도에 창간되어 1963년도에 문을 닫은『자유문학』그리고 1954년도에 창간되어 1957년도에 종간된『문학예술』이 바로 그들이 작품을 발표한 주된 밭이고 젖줄이었다. 마침『현대문학』을 빼고 보면 유일한 두 발표 지면의 발행인과 편집자가 거의가 이북 출신들이라 '팔은 안으로 굽는다'는 말이 있듯 그들을 기꺼이 감싸주었다.

이들은 처음에는 이렇게 갖은 고생을 했지만, 차츰 뿌리를 내려 세월이 흐름에 따라 한두 사람을 제외하고는 사회적으로나 생활적으로 또 문학적으로 큰 성공을 거두었다. 그리고 문학사적으로 보면 이들은 그때그때 전쟁문학, 반공문학, 실향문학, 분단문학, 이산문학 등에 이른바 재남(在南)의 문인들보다 큰 기여도 했다. 그리고 세월이 세월인 만큼 이들 중에는 지금 현재 오로지 두세 사람만 살아 있다. 아이러니 같지만 월남했던 초년의 이 '38따라지' 문인들이 살아생전이건 사후건 거의가 '18갑오' 아홉 끗 끗발이거나 더러는 '38광땡'이 되어 있다. 그들이 이제 혼이나마 살아생전에 가보지 못했던 고향을 둘러보기도 하며 또 월남문인회라도 만들어 가끔 지난날의 이야기를 나누고 있는지가 궁금하다. 아니면 휴전선을 바라보며 안타까운 마음에서 혀를 끌끌 차고 있을지도 모를 일이다.

참고로 월남문인이란 개념과는 차이가 있지만 이외에도 이북 출신의 상당수 문인들도 있었다. 함경도 출신의 김광섭, 모윤숙, 이헌구를 비롯해 정비석, 최정희, 전숙희, 전봉건, 김광림, 곽학송, 김성한, 함동선 등이 우선 떠오른다. 이들은 대개 6·25 이전부터 삶의 터전이 서울이다 보니 자연 실향민이 된 경우다.

비극의 주인공이 된 월북문인들

문인들의 월북 사례

해방과 6 · 25전쟁을 전후해 월북한 문인은 약 100여 명쯤 된다. 월북의 결정적인 시기는 대충 네 가지다. ① 임화가 이끌고 있던 '조선문화건설중앙협의회'와 이기영, 한설야가 이끄는 '조선프롤레타리아예술동맹'이 합쳐 1946년 '조선문학가동맹'이 결성된 전후이다. 이 단체에 불만을 품은 이기영, 한설야, 송영 등이 월북한 경우, 그리고 또 그해 바로 5, 6월경에 한효, 이동규, 윤기정, 박세영 등이 월북한 경우. ② 미군정 당국이 정판사 위폐 사건 등을 내세워 공산당의 모든 활동을 불법화하면서, 1947년 11월에 남로당의 박헌영 등과 함께 임화, 김남천 등이 월북한 경우, 곧이어 이원조, 오장환이 월북한 경우. ③ 1948년 정부 수립 전후 즉 1947년 겨울에서 1948년 사이에 안회남, 허준, 김동석, 조영출, 박팔양 등 많은 수의 문인들이 대거 월북한 경우와 1948년도 홍명희가 민주독립당 위원장 자격으로 평양의 남북연석회의에 참가했다가 아예 눌러앉아버린 경우. ④ 1950년 6 · 25전쟁 당시 설정식, 이용악, 엄흥섭 등이 월북한 경우가 있다.

월북 후 이런 월북문인들의 삶은 실로 극과 극으로 명암이 엇갈렸다. 제대로 자리를 잡아 대접을 받고 잘 살았던 사람이 있는가 하면 반대로 월북이 오히려 큰 비극이 된 경우가 있다. 가령 월북자 중 가장 연장자인 작가 홍명희는 제1차 내각 3인의 부수상 중 1인이 되고, 작가 이기영은 1957년 최고인민회의 부의장을 거쳐 사망 시까지 북한의 '문학예술총동맹'의 위원장 자리를 지켰다. 평론가 안함광은 1946년 월북 후 '북조선문예총'의 제1서기장을 지내고 문학동맹위원장을 맡기도 했는데, 그 뒤 6 · 25 후에는 김일성대학 교수가 되었다. 대중가요 작사자이며 시인 겸 희곡작가인 조영출은 1956년에 '작가동맹' 중앙위원이 되고, 1957년도에는 민족예술극장 총장, 1960년에는 교육문화성 부상(副相)이 되며, 12월에는 '조선문학예술총동맹'의 부위원장이 된다.

그러나 극단적으로 반대되는 삶을 살았던 이들이 있다. 그들이야말로 비극의 주인공들이다. 여섯 명의 삶을 하나하나 소개하겠다.

굴곡진 현대사에 희생된 문인들

시인이요 평론가인 임화는 1908년 서울 태생이다. 해방 직후 혼란 속에서 남로당 문화단체에서 가장 주목받는 이론가였는데 남로당 계열의 '조선문학가동맹'의 중앙집행위원이 된다. 1947년 11월에 김남천과 함께 월북하여 한동안 황해도 해주를 본거지로 남로당의 문화사업을 담당했다. 그러다가 1950년 전쟁이 나자 다시 서울에 와 낙동강 전선에 종군한다. 그 뒤 평양의 중심 문단으로 진출한다. 그러나 전쟁 후 김일성을 추종하는 북로당과의 암투와 권력투쟁으로 숙청당하는 운명을 맞는다. 휴전 직후인 1953년 8월, 북한의 군사재판에 회부되어 미제 스파이라는 죄목으로 사형을 당한다. 이 소식을 들은 그의 두 번째 아내 작가 지화련, 본명이 이현욱인 그는 만주 땅에서 평양으로 부리나케 달려온다. 그러나 시체조차도 찾지 못하고 결국은 실성해 치마끈을 풀어헤친 채 평양 거리를 헤매다가 끝내는 병사하는 비극을 맞는다.

작가요 평론가인 김남천은 1911년 평양 태생이다. 1930년대 초부터 카프(조선프롤레타리아예술가동맹)의 중추적인 인물로 두각을 나타냈다. 1946년도에 결성된 '조선문학가동맹'의 서기장이 된다. 그의 월북은 남한 정부 수립 이전이다. 월북 뒤 1948년에는 최고 인민회의 1기 대의원이 된다. '조선문학예술총연맹'의 서기장이 된 그는 6 · 25전쟁 중에는 전선 취재차 낙동강 가까운 곳까지 남하했다가 부상을 입고, 인천상륙작전 직후 서울에 남아 있던 가족들을 데리고 다시 월북한다. 그러나 1953년 박헌영 일파에 대한 숙청에 이어 '종파분자'로 숙청된다.

시인이요 작가이자 평론가인 설정식은 1912년 함경도 태생이지만 성장한 곳은 서울이다. 1940년에 미국 유학에서 돌아왔고, 1945년 해방 직후엔 미군정청 공보처 여론국장이 되고 1946년에는 '조선문학가동맹'의 외국문학위원장이 된다. 전쟁 당시 인민군 자원 입대하여 월북한 케이스이다. 1951년에는 개성에서 열린 휴전 담판 인민군 대표단 통역원을 맡기도 했는데, 1953년 8월에 이승엽 일파의

숙청 때 미제 스파이 죄목으로 처형을 당한다.

평론가인 이원조는 1909년 경북 안동 태생으로 시인 이육사의 친동생이다. 해방 바로 직후 8월 17일에 전광석화처럼 임화와 함께 '조선문학건설본부'를 조직하고, 12월에는 조선공산당에 가입한다. 이어 다음 해에 결성된 '조선문학가동맹'의 서기장 그리고 중앙집행위원이 된다. 월북은 1947년 초이다. 처음엔 남로당의 문화 담당 외곽 조직에서 활동했다. 6·25전쟁 중에는 조선노동당 중앙위원회 선전선동 부부장에 임명된다. 그러나 그 역시 임화, 설정식 등 남로당 계열의 문인들과 같은 비극적인 최후를 맞는다. 미제 스파이, 반당 행위 죄목으로 군사재판정에서 징역 12년을 구형받은 것이다. 그 후 1955년 봄에 평양교화소에서 사망한다.

작가 안회남은 1910년 서울 태생이다. 일제 말 징용을 당해 일본 규슈 탄광에서 노역을 하다 해방 직후에 귀국했다. 월북 전에는 '조선문학가동맹'의 소설부위원장을 맡았다. 그의 월북은 1948년도이다. 그는 카프에 가담했던 문인들과는 달리 카프 밖의 문인으로서 미군정 당국의 공산당 불법화와 좌익 문인 검거에 따른 피신을 위해 월북하였다. 6·25 때에 종군하여 서울에 왔다. 임화와 이원조와 매우 가까운 사이로 임화 숙청 때에 곤욕을 치르다가 결국은 1966년에 숙청되고 말았다.

작가 이태준은 1904년 강원도 철원 태생이다. 1933년에 결성된 구인회(九人會) 멤버다. 한국의 대표적 단편 작가였던 그는 광복 후 좌익 계열의 문학단체에 적극 가담하여 '조선문학예술총동맹'의 부위원장이 된다. 그의 월북은 1947년 7월경이다. 북으로 간 그는 방

소문화사절단으로 약 2개월간 소련을 둘러보았고, '북조선문학예술총동맹'의 부위원장을 맡는다. 6 · 25 때에 종군하여 낙동강까지 왔다. 그는 체질적으로 철저한 사회주의적 작가가 될 수 없었기에 미움을 사 남로당 핵심 간부 재판이 끝난 1953년 가을에 결국 자강도의 협동농장으로 보내져 1960년대 초에 병사한다.

사람의 운명이란 정말 한 치 앞을 내다볼 수 없는 것 같다. 공산주의에 감염되어 각자 나름으로 어떤 꿈을 품고 월북을 택했겠지만 결과는 비참하다. 만약 이들이 월북하지 않고 이남에서 그대로 살았다고 가정해보면, 처음엔 홍역을 치르는 듯한 약간의 고초를 당할 수도 있었겠지만 결코 이런 비참한 결과는 없었으리라.

그리고 월북문인과 월남문인들의 삶에서도 천양지차를 느낀다. 일부 선택된 월북문인들을 제외하고는 그들의 삶이 비극 아니면 대부분 그저 생명 유지선에 그쳤다면, 월남문인들의 경우는 어떻던가. 처음은 '38따라지' 신세였지만 거의 대부분이 자기의 뜻대로 문학활동을 마음껏 펼치며 사회의 지도층 인사가 되지 않았던가.

북은 역시 춥고, 남은 따뜻했다고나 할까. 이념은 이념일 뿐 구두선에 불과하다는 것을 우리는 지난 역사에서 배우고 또 그것을 타산지석으로 삼아 문학 본연의 책무에 충실해야 할 것이다. 문학은 결코 혁명의 수단도 아니고 사회 개조의 수단이 될 수 없다. 더욱이 이 시대는 더욱 그렇다. 어느 누가 아직도 그런 미망 속에 백일몽을 꾸고 있다면, 그것은 소영웅 심리에서 문제를 일으켜 관심을 끌고 자기를 드러내 보여보자는, 이른바 경영학적 용어로 노이즈 마케팅에 불과할 뿐이다.

6 · 25와 문총 구국대의 활동

문총 구국대는 6 · 25전쟁이 일어나자 전국문화인총연합회가 국군을 도와 나라를 위해 펜이라도 들고 싸워야겠다고 조직한 종군 문인단으로 국군 정훈국 소속으로 활동하였다. 이 구국대는 9 · 28 수복 후 공식적으로는 해산하였다. 그러나 1951년 1 · 4후퇴로 문인들이 다시 대구로 부산으로 흩어지게 되자 다시 각 군별로 종군 문인단이 결성되어 1953년 7월의 휴전 시까지 계속 활동하였다. 여기에는 육군종군작가단, 해군종군작가단, 공군종군문인단이 있었다. 각 해당 단체의 조직이나 활동을 대략 보면 다음과 같다.

가장 활발하게 활동한 육군종군작가단

육군종군작가단은 1951년 5월에 대구에서 결성되었다. 처음과는 약간 달라졌지만 단장에 최상덕, 부단장에 김팔봉, 구상, 사무국장에 박영준, 상무위원에 정비석, 최태응, 김송이었다. 단원은 양명문, 김영수, 김진수, 박귀송, 장덕조, 손소희, 박인환, 김이석, 방기환, 조영암, 성기원, 윤석중, 장만영, 유치환 등이었다. 특히 박영준과 정비석이 문관으로서 육군 정훈감실에 근무하면서 이 단체의 주요 직책을 동시에 맡고 있었기에 모든 일이 순조롭게 진행되었다.

여러 활동 사항을 보면, 1951년 8월에는 첫 행사로 대구 문화극장에서 제1회 종군 보고 강연회를 열었다. 연사로 정비석, 박영준, 장덕조가 나섰고, 여기에 곁들여 시와 소설 낭독도 있었다. 제2회 행사는 9월에 일단 서울로 와 중앙극장에서 개최했는데 성황도 이루었고 호평도 받았다. 12월에는 문총 경북지부의 후원으로 연 3일간 문화인 시국강연회도 개최했다.

1952년 1월에는 활동 거점을 다 같이 대구에 두고 있는 공군종군문인단과 합동으로 대구 자유극장에서 주야 2회의 예술제전을 3일간 개최했다. 이 행사에서는 김영수의 희곡 〈고향 사람들〉 공연을 선보여 호응이 매우 좋았다. 이에 힘을 얻어 부산의 부산극장에도 가서 공연을 해 역시 호평을 받았다.

그리고 이런 행사 이외에도 주어진 종군 기간 동안에는 자체 기관지 『전선문학』도 발간했고, 종군문고도 발행했으며, 문인극 공연은 물론 시화전, 문학과 음악의 밤도 개최했다.

활동이 한정적이었던 해군종군작가단

해군종군작가단은 위에서 언급해본 육군종군작가단과는 주어진 여건이 여러모로 달라 참가자가 적은 것은 물론 활동이 미미할 수밖에 없었다. 종군의 일선이 해양이다 보니 배를 타고 바다로 나가야 하느니만큼 가정생활도 있어 장기간 배를 타고 감히 나가겠다고 작심할 사람이 극히 한정적일 수밖에 없었다.

이 작가단은 임시 수도 부산에서 탄생했다. 좋은 계기가 있었다. 마침 해군제독 김성삼이 안수길의 친구인지라 안수길과 이서구가 해군 문관으로 일하고 있는 시기에 현역으로 윤백남, 염상섭, 이무영이 해군 장교가 된 것이다. 이 세 사람은 해군 사관 후보생으로 자진 입대하여 진해에서 교육을 받고 윤백남은 중령으로, 염상섭은 소령으로 부산에 있던 해군 정훈감실에 배속되어 윤백남은 공보과장, 염상섭은 편집과장이란 보직을 맡게 되었다. 단, 이무영도 소령으로 임관은 되었지만 진해 통제사령부 정훈실장이 되었다. 이서구와 안수길은 염 편집과장 밑에서 일을 하게 되자 해군의 기관지 『해군』을 발간하고 『해군창군사』도 집필하게 되었다.

여기에 박계주, 박연희, 이종환, 윤고종 등이 참가하여 자연스럽게 명색이긴 하지만 해군종군작가단이 형성됐다. 다른 작가단에 비해 단원도 극소수라 단장이 없는 간사제를 채택했는데 초대 간사는 박계주, 2대 간사는 박연희가 맡게 되었다. 이 두 간사는 간사란 직책도 있는 만큼 함정을 타고 나가 장기간 일선에 종군하여 귀중한 체험은 했으나 이렇다 할 해전이 없었기에 종군 보고를 할 만한 자료도 얻지 못했다.

'창공구락부'라고 불렸던 공군종군문인단

공군종군문인단은 다른 종군작가단에 비해 좀 일찍 결성되었다.

1951년 1·4후퇴 직후였으니 육군 쪽보다 약 4개월이 빠르다. 역시 대구에서였다. 육군의 종군 활동보다는 좀 덜 활발했지만, 해군에 비하면 훨씬 다양하게 진행됐다. 그 당시 공군 정훈감인 김기완 중령은 문학 애호가인 동시에 문인 기질이 있어 여러 활동에 더욱 힘을 실어주었다. 이 단체에는 '창공구락부'라는 별칭도 있었다.

발족 당시의 단원으로는 단장 마해송, 부단장 조지훈, 사무국장 최인욱이 있었다. 단원으로서는 최정희, 곽하신, 박두진, 박목월, 김윤성, 유주현, 이한직, 이상로, 방기환 등이 있었다. 1년 후인 다음 해에 부산에 있던 김동리, 황순원이 추가로 단원이 되었지만 이름만 걸어놓은 격이고, 전숙희는 그나마 대구와 부산을 오가며 열성을 보였다.

이 문인단은 다른 작가단에 비해 예외적인 대접을 받았다. 문관 대우였는데 단장 마해송은 대령급, 그 밖의 문인들은 대위 이상의 대우로 봉급도 받고 별도로 쌀 배급을 받는 특혜도 누렸다.

활동 사항으로는 전쟁시, 전쟁소설을 쓰고 또 종군기도 써서 공군 기관지와 신문과 잡지에 발표했다. 종군기를 쓰는 데에는 한계가 있었다. 위험해서 폭격기를 타고 종군할 수는 없어 기껏 전투 기지로 나가거나 아니면 정찰기를 타고 전선을 돌아보는 정도라 조종사들의 이야기를 듣고 그 활동을 종군기로 남기는 정도에서 끝날 수밖에 없었다. 그렇지만 종군 보고 강연회 같은 것은 열었다. 그리고 연극 〈날개 춘향전〉도 1주일 동안 공연했는데 최은희, 황정순도 출연하여 이채를 띠었다.

또 공군 사병들을 위로하기 위해 시, 소설 낭독회도 열었고 조지훈, 박두진, 박목월 등은 노래 가사를 지어 공군의 사기 앙양에도 이바지했다. 그런가 하면 1953년도에 새로 부임한 서임수 정훈감이 이 문인단의 기관지『창공』을 2호까지 발간하도록 도와주었고 또 정훈감실의 새 기관지 월간『코메트』를 발행하게 되자 문인들이 편집은 물론 필자로서 많이 참여했다.

종군 활동 에피소드

그런데 우리 문인들이 이런 식으로 종군 활동을 하는 과정에서 생겨난 에피소드도 더러 있다. 일차로 군복에 얽힌 이야기다. 장덕조 여사는 전시 중이라 그럴 만한 외출복이 없고 편리하기도 해서 평상시에도 정훈감실에서 지급받은 군복에 군모를 쓰고 다니길 좋아했다. 자그마한 키의 군복 맵시가 대구 시내 거리에서는 이채로워 화제가 되기도 했고 또 대령 계급장을 달고 다녔기에 길거리에서 더러 경례도 받았다고 한다. 그리고 수복 후 북진을 할 때에는 평양까지 종군도 했고 휴전회담이 시작될 때에는 그것을 취재한 유일한 여성 종군기자이다. 최정희 여사는 대구에서 서울에 볼일이 있어 올라올 때에는 반드시 군복을 입었다. 군복을 입지 않고서는 좀체 기차를 얻어 탈 수 없을뿐더러 서울에 와서도 한강에서 배를 얻어 타기가 쉽지 않아서였다. 군복이 곧 프리패스의 증명서 역할을 해주었던 것이다. 그리고 염상섭이 해군 소령 복장으로 부산 광복동 거리에 처음 나타났을 때 문관복을 입은 안수길이 경례를 올리자 어색하고 멋쩍어 당황해하다가 서로가 한바탕 웃은 일도 있다.

그리고 또 다른 에피소드라면 마해송과 유주현에게 있었던 일이다. 마해송 단장은 매일 저녁 내일 신기 위해 양말 한 컬레를 빨아 널었기에 '양말 선생'이란 별명을 얻었으며, 유주현은 비행기를 한 번 탔다가 조종사가 재미로 곡예비행을 하는 통에 먹은 음식을 온통 토해내며 거의 죽다 살아난 경험을 했다. 마지막 에피소드는 육군 참모총장 이종찬과 종군 문인들이 대구 어느 술집에서 회식을 할 때였다. 여러 이야기가 오가는 과정에서 이 총장이 어쩌다 별 자랑 비슷한 이야기를 하자 옆에서 듣고 있던 깐깐한 성격의 조지훈이 "전쟁은 장군이 하는 것이 아니죠. 무명 용사들이 하지요" 하고 응수하여 순간 좌중의 분위기가 긴장되었다. 그러자 장군의 여유로움으로 잠시 생각하다 군복의 모자의 별을 뜯어내고서는 웃으며 "그럼 나도 이제는 무명 용사지요"라고 해 좌중에서 안도의 웃음이 나왔다고 한다. 그리고는 모두 그저 브라보, 브라보 하며 서로가 대취했으리라 본다.

나는 이 글을 쓰면서 그 당시 우리 종군 문인들이 보여주었던 조국애에 경의를 표한다. 오늘날 꼭 그와 같은 전쟁이 재현된다면 과연 얼마쯤의 문인들이 종군 대열에 참가할지 적이 의심스럽다. 그리고 해군 사관 후보생으로 자진 입대한 윤백남, 염상섭, 이무영의 결단과 용기는 오늘의 우리 문인들이 본받을 일이기도 하다 싶고 또 그것은 지난 역사에서 본 의병 정신과도 상통한다 싶다. 입으로만 애국을 외치거나 내 나라의 정체성마저 훼손시키는 몰지각한 사이비 애국자는 아마 전쟁이 난다면 십중팔구 삼십육계 줄행랑을 치리라.

문인들의 부산 피란 시절

보슬비가 소리도 없이 이별 슬픈 부산 정거장
잘 가세요 잘 있어요 눈물의 기적이 운다
한 많은 피난살이 설움도 많아
그래도 잊지 못할 판잣집이여
경상도 사투리에 아가씨가 슬피 우네
이별의 부산 정거장

알다시피 남인수가 노래한 그 유명한 〈이별의 부산 정거장〉이다. 약 3년간의 피란 생활을 끝내고 다시 서울로 돌아올 때를 생각하며 곧바로 1953년에 호동아가 작사하고 박시춘이 작곡한 노래다.

그 당시나 그 후에도 수많은 부산 피란민들은 누구나 이 노래를 듣거나 부르며 그야말로 '한 많은 피난살이 설움'의 곤궁했고 궁핍했던 그 당시를 다시 생각해볼 수 있었다. 역시 피란 문인들도 마찬가지였다.

전쟁이 나자 대부분의 문인들은 부산 아니면 대구로 피란을 갔다. 부산에는 정부가 내려와 있어 자연히 한국문화예술총연합회(문총)

도 와 있었고, 대구에는 국군종군작가단이 그곳을 본거지로 하고 있었다. 두 쪽 다 고생하기는 마찬가지다.

대구로 간 문인들은 그나마 작가단에 편입되어 최소한의 도움이라도 받았다. 이 중 육군작가단보다도 공군작가단에 소속된 사람들이 좀더 나은 혜택을 받았다 한다. 쌀 배급도 받았다. 그러나 부산으로 온 문인들은 상대적으로는 의지가지없어 무척 더 많은 고생을 했다.

문인들의 부산 피란살이, '밀다원시대'

일단 부산 피란 문인들의 면면을 대충 알아본다. 『서울신문』 관계의 박종화, 김동리, 김윤성, 유동준, 대통령 비서실의 김광섭, 『경향신문』 문화부장 김광주, 문학지 『문예』 관계의 모윤숙, 조연현, 박용구, 잡지 『자유세계』의 임긍재와 『문화창조』의 곽하신이 있다. 그리고 이헌구, 김송, 한무숙, 손소희, 김내성, 김용호, 김구용, 조경희, 노천명, 곽종원, 조영암, 이종환, 이하윤, 박남수, 황순원, 유치진, 서항석, 김용팔, 박기원, 이봉구, 박인환, 이봉래, 김규동 등이 있고, 이들 외에도 상당수가 더 있다.

이런 피란 문인 중 몇몇은 궁한 김에 생활 방편에 도움이 될까 해서 지방신문인 『부산일보』와 『국제신문』 그리고 『항도일보』에 글을 써 몇 푼의 원고료를 얻었고, 부산으로 옮긴 『경향신문』과 『서울신문』이 문인들의 어려운 사정을 익히 알고 적선하는 셈 치고 무슨 글이건 실어 원고료를 주었다.

또 어떤 사람은 일본 책 번역을 하기도 했고, 오로지 순수 창작에만 몰두하던 김동리, 황순원은 궁해서『삼국지』번역까지 맡기도 했다. 심지어 부두 노동자 노릇까지 한 사람들도 있고, 시인 박남수는 국제시장 노점에서 시계를 판다고 전을 벌여놓은 적도 있다.

이런 일만이 아니다. 그 얼마나 생활이 어려웠기에 자살한 두 젊은 시인도 있었다. 시인 전봉건의 형인 전봉래는 다량의 수면제에다 소주 한 컵을 먹고 밤 부두를 걷다가 국제시장 옆에서 쓰러져 그 자리에서 겨울이라 꽁꽁 얼어 죽었다. 정운삼 시인은 며칠을 찬물만 마시다가 '밀다원' 다방에서 약을 먹고 탁자 위에는「고별」이란 시 한 편을 남겨두고 눈을 감았다. 이 시의 맨 끝에 '잘 있거라, 그리운 사람들'이란 말이 곧 하직 인사였다.

잠자리도 말이 아니었다. 그나마 친인척이나 아는 분의 집에 방 하나라도 얻었다면 천만다행이었고, 어떤 사람은 이 사람 저 사람 집(방)을 찾아 다니며 동가식서가숙하기도 했다. 가족들을 다른 곳으로 피란시키고 혼자 부산으로 온 작가 이봉구가 바로 그런 사람이다.

이에 비해 평론가 조연현은 다행이었다. 서울이 적 치하에 있을 때 어쩌다 피란을 못 가 피신 생활을 하며 겨우 살아남았다. 이 경우 김동리도 같은 처지였다. 한번 혼이 난 조연현은 1 · 4후퇴 시 가족 여섯 명과 함께 부산으로 와 어느 안과의원의 두어 평 되는 입원실에서 생활했다. 앞방에는 손소희, 그 옆방에는 평론가 임긍재가 들어 있었다.

이런 시절이라 문인들은 서로 외롭기도 하고 또 어떤 소식이라도 들으려고 하거나 아니면 어떤 일자리나 일거리라도 있나 싶어 삼삼오오 다방으로 모여들었다. 그 대표적인 다방이 광복동에 있었던 '밀다원' '스타' '금강' 다방이다. 물론 친소 관계에 따라 집합하는 장소였다. 밀다원 2층에는 문총이 들어와 있기에 그와 연관 있는 사람들이 자주 드나들었는데, 문인으로는 김동리, 황순원, 조연현이 주축이 되었고, 스타다방은 잡지『자유세계』를 중심으로 한 임긍재, 박연희, 조영암, 전봉래, 김종삼 등의 아지트였다. 금강다방은 박인환, 김경린, 이봉래, 김규동 등 이른바 '후반기' 동인들의 집합소였다. 그래서 그 당시 사람들을 구별하기 위해 속칭 '밀다원파' '스타다방파' '금강다방파'라 부르기도 했다.

특히 밀다원은 김동리가 1955년『현대문학』4월호에「밀다원시대」를 발표함으로써 더욱 이름이 알려졌다. 그 시절에 작가가 직접 경험했던 일을 요샛말로 하면 팩트와 픽션이 합쳐진 팩션식으로 쓴 단편이다. 이 다방은 시인 정운삼의 자살 사건이 일어나자 곧 문을 닫았다. 문을 닫기 이전에는 작곡가 윤용하가 아동문학가 박화목이 지은「보리밭」을 작곡한 곳이며 또 지게꾼 품팔이를 하던 화가 이중섭이 버려진 담배의 은박지에다 그림을 그리곤 했던 곳이기도 하다.

고난의 시기에 피어난 온정

다행히 이런 어렵고 불행했던 시기에 그들을 따뜻하게 맞이하고 대해준 사람들이 있다. 그 당시 부산에 살고 있던 작가 김말봉과 오영수였다.

김말봉은 1901년생이니 피란 온 문인들에게는 나이로 보면 어머니뻘이나 큰누나나 큰언니뻘이었다. 시내에 나와서는 고생하는 문인들이 안타까워 술과 밥을 사기도 했고, 잠자리가 마땅찮은 사람에게는 잠자리를 제공해주기도 했으며, 또 가끔은 문인들을 집으로 초청하여 불고기 파티를 열어 영양 보충을 시켜주기도 했다. 참 갸륵한 인정이요 문정(文情)이 아닐 수 없다. 그런 일을 오히려 즐거움으로 삼았다고 하니 구세주가 따로 없다. 오영수 역시 문인들을 좀 챙겨주었다. 그는 실제 나이가 1909년생이니 그 당시 나이는 먹을 만큼 먹었지만 문단에서는 신인과 같은 시절이었다. 1949년에 『서울신문』에 「남이와 엿장수」(후에 「고무신」으로 개제)가 입선되었고, 다시 1950년도에 재도전하여 「머루」가 당선되었으니 신인이 아닐 수 없다. 물론 신인으로의 겸손함도 작용했겠지만 교직 생활을 하고 있었기에 여러 문인 선배들에게 도움도 주었다. 또 한 사람이 있는데 그는 부산 문인이 아닌 시인 김종문이다. 대구에서 부산으로 전속명령을 받고 온 그는 군 장성으로 지프차를 타고 스타다방에 가끔 나타나 배고픈 문인들에게 술과 밥을 샀다.

이런 고난의 시절에도 가끔 즐거움은 있었다. 황순원의 단편집이 피란 중인 어느 여름에 어렵게 나왔는데, 피란 중이라 출판기념회를 열 수 없는 형편이긴 하지만 그렇다고 그냥 넘기기에는 아쉬워하던 차에 아이디어가 하나 나왔다. 이왕 여름이니 해수욕도 할 겸 송도해수욕장에서 갖자고 해서 참가자 모두가 벌거벗고 모래밭에서 행사를 했다. 문단 사상 전무후무한 기념회인 셈인데, 그날 하루는 서로 드러낸 육체미를 보며 웃기도 했을 것이고 또 피란살이에 심신으로 찌든 때도 씻어냈으리라.

다방에 모여 앉아 있다 늦은 오후 때쯤에 혹시 술값을 낼 만한 어떤 전주라도 나타나면 자갈치 선창가 막걸리집으로 가 속칭 '예술대회'라 하며 서로 돌아가며 유행가를 부르는 것도 피란살이의 시름을 달래고 풀어내는 한순간의 즐거움이었다.

이런 피란살이의 크고작은 체험이나 경험들이 마치 김동리가 「밀다원시대」를 썼듯 후일 이른바 '전후문학' 이란 글의 소재가 되기도 했다.

좌익 아버지를 둔 작가들과 그 작품 성향

좌익이냐, 우익이냐, 거기에 따른 이데올로기 싸움으로 우리나라처럼 큰 고통과 피해를 당한 나라는 아마도 지구상에 없으리라. 해방 후 좌우익의 첨예한 갈등 그리고 6 · 25로 이어지는 전쟁은 민족 최대의 비극이요, 수난이었다.

이런 정치사의 회오리 속에 가족이나 친인척 중에 직접이건 간접이건 물론 사안에 따라 정도의 차이야 있겠지만 이런저런 피해를 보지 않은 사람은 아무도 없을 것이다. 우리 문인 사회에서도 마찬가지다. 사상 문제로 아버지를 잃게 된 경우도 있을 것이고 또 아버지가 남을 버리고 북으로 간 경우도 있을 것이다.

그래서 나는 시인 쪽과 작가 쪽을 나누어 조사해보았는데 그런 경우가 더러 있었다. 그러나 일단 작가 쪽에만 한정하여 유소년과 그 후 청소년기에 경험한 그런 가족사의 비극을 다시 찾아보니 서너 사람이 나왔다. 태어난 나이 순으로 적어보면 이문구(1941년생), 김원일(1942년생), 김성동(1947년생), 이문열(1948년생)이다. 따라서 아버지의 죽음 그리고 아버지의 월북으로 인한 가족의 비극이 각 작가의 작품 속에 어떻게 투영되고 어떻게 반영되고 또 어떤 음영을 던지고 있는가를 알아보는 것도 지나간 역사를 반추해보며 반성도 해볼 수 있는 계기도 되리라 싶어 이 글을 써본다.

김원일과 이문열의 아버지는 9 · 28 서울 수복 이후 인민군 후퇴 시 월북했고, 이문구와 김성동의 아버지는 6 · 25전쟁 발발 당시 국군이 남으로 후퇴할 때에 우익에 의해 죽음을 맞는다. 이와 관련된 각 작가의 간단한 가족사와 함께 작품 성향이나 경향을 정리해보겠다.

대표적 분단작가 김원일

김원일은 경남 김해군 진영읍 태생이다. 6 · 25가 나던 해 그는 아홉 살이었다. 그리고 6 · 25 발발 약 3년 전에 아버지가 좌익 운동에 뛰어든다. 그러나 고향에서의 좌익 운동이 어려워지자 혼자 서울로 올라와 남로당 책임 당원이 된다. 전쟁이 나고 국군에 의해 서울이 탈환되자 단신 월북한다. 김원일은 장남이다. 이때부터 그는 좌익의 자식으로서 한동안 주변으로부터 따가운 시선도 받아야 했고 또 생활에도 많은 어려움을 겪어야 했다.

이런 환경 속에서 유소년기는 물론 청소년기와 청년기를 보낸 그이기에 후일 작가가 되어서는 이와 연관 있는 기억과 경험들이 역으로 말해 문학적 자산이 되고 소재가 된다.

이 계통의 그의 작품은 크게 두 가지로 대별된다. 그 하나가 한 가정에 깊게 얼룩져 있는 분단의 상처와 그 피해자들이 타인에 대한 사랑과 이해로 그 상처를 극복해내는 계열이다. 출세작이라고 일컬어진 단편「어둠의 혼(魂)」(1973), 장편『노을』(1978), 단편「미망(未忘)」(1982), 장편『마당 깊은 집』(1988)이 이에 속한다. 다른 하나는 광복 직후부터 한국전쟁에 이르는 시기를 총체적으로 드러내보이고자 한 계열이다. 장편『불의 제전(祭典)』(1982), 장편『겨울 골짜기』(1987)가 이에 속한다.

김원일이야말로 이 두 계열의 작품을 혼신의 힘을 다해 정력적으로 또 지속적으로 써왔기에 대표적인 분단작가의 한 사람으로 자리매김이 되어 있는 것이다.

분단 문제를 회피한 이문열

이문열은 서울에서 태어났다. 6 · 25 나던 해에는 세 살이었다. 전쟁 직후 좌익 사상에 물들어 있던 아버지가 월북한다. 이로 인해 어머니와 가족은 잠시 경북 영천군에 있는 외가로 옮겨 가 살다가, 그 다음 아버지의 고향인 경북 영양군 석보면, 그리고 다섯 살 때에는 안동으로 옮겨 가 산다. 열 살 때는 또 밀양으로 옮겨가 거기서 국민학교 과정을 마친다. 그 후엔 집안 형편 때문에 안정된 학업을 계속할 수가 없었다. 고입 검정고시 그리고 고등학교 입학과 중퇴, 부산으로의 이사, 대입 검정고시 그리고 대학 입학과 중퇴로 이어진다.

이로 보아 유소년기는 물론 청년기에 이르는 그의 삶의 과정은 순탄하지 않았다. 새로운 생활 터전을 찾기 위한 가족들의 빈번한 이사 그리고 입학과 중단으로 줄곧 이어지는 학업 등은 곧 한 가정을 책임져야 할 아버지의 월북에서 비롯되었으니 아버지가 한없이 원망스러웠을 것이다. 좌익 2세로 태어나 겪는 불행을 뼈저리게 절감했을 것이다.

그래서 그는 작가가 된 이후 가능하면 일부러 이데올로기 문제나 분단 문제 그리고 불행했던 가족사를 피하려 했다고 볼 수 있다. 어쩌면 성장 환경에서 자체적으로 마음속에 자리 잡게 된 원천적 거부 반응일 수도 있다. 그래서 그 많은 작품 목록 중에서 그런 문제를 다룬 경우가 극히 드물다. 있다면 작가의 가족사를 배경으로 하여 이데올로기의 허구성을 비판적으로 써본 장편『영웅시대』(1984) 정도가 아닐까 한다. 사실은 다루고 싶지 않은 소재지만 작가로서 노상 그런 소재를 방기만 해둘 수 없다는 작가로서의 책무감에서 쓴 것이라고 해석할 수 있다.

이념보다 인간을 중시한 이문구

이문구는 지금은 보령시인 충남 보령군 대천면에서 5남 1녀 중 넷째로 태어났다. 양반 가문 출신인 아버지는 농어업에 종사하며 사법대서사를 겸했다. 6 · 25 나던 해에 그는 열 살이었다. 아버지는 남로당 보령지역 총책인 관계로 6 · 25가 나자 곧 빨갱이 집안이라 하여 예비검속에 걸려 둘째와 셋째 형과 함께 치안 당국에 의해 총살당해서 고향 앞 바다에 수장된다. 첫째 형은 징용에 끌려가 아예 돌아오지 못했다. 얼마 지나지 않아 어머니와 할아버지가 또 차례로 돌아가시는 등, 고아가 되다시피 한 슬프고도 한스러운 가족사의 비극을 체험한다.

이런 그이기에 이데올로기라면 생리적으로 치가 떨렸으리라 본다. 그도 이문열처럼 불행한 가족사를 들먹거리거나 사상 문제나 분단 문제를 일부러 기피했다 볼 수 있다. 어쩌다 만부득이 다루지 않을 수 없는 경우라면, 탈이데올로기적 성향을 띤다. 그나마 자전적 성장 배경이 나오는 연작 소설집 『관촌수필』에 그런 성향이 보이고 있다.

이 연작집은 6 · 25로 인해 집안이 풍비박산이 되자 주인공이 고향을 떠나 오랜 외지 생활을 하다 고향에 다시 돌아와 지난 시절을 더듬어보는 일종의 회고담 형식이다. 거기엔 아버지의 삶을 교훈적 타산지석으로 삼으려는 무언의 작가의식이 매설되어 있다. 보수와 반동 내지 극우와 극좌로 대별될 수도 있는 할아버지와 아버지의 사고나 삶의 방식에서 작가는 아버지 쪽이 아니라 오히려 할아버지 쪽을 긍정적으로 보며 그쪽으로 기울고 있다. 힘없는 서민들에 대한 애정이라면 거창하게 프롤레타리아란 계급 의식으로 포장할 것이 아니라 인간 본연의 애정이나 긍휼 의식에 기초되어야 한다고 보고 있다. 그래서 작가는 이데올로기란 한갓 권력을 정당화하고 유지하려는 수단 정도로 치부하고 있다. 인간이 우선이지 이데올로기 따위는 한갓 장식이요 구두선에 불과하다는 점을 내보이고 있다.

구도와 구원을 추구한 김성동

김성동은 충남 보령 태생이다. 6 · 25 나던 해에는 네 살이었다. 아버지는 좌익으로 6 · 25 때에 처형되었다. 그도 이데올로기의 상처로 얼룩진 유소년 시절과 청소년기를 보낸다. 서라벌고등학교 재학 중인 1965년도에 학업을 중단하고 입산하여 불교에 입문한다. 따라서 그의 문학의 행방은 크게 불교의 구도 세계와 가족사를 바탕으로 한 분단 문제에 모아지고 있다. 전자에 속하는 대표작이 『만다라(曼多羅)』라면, 후자에는 첫 창작집 『피안(彼岸)의 새』(1981), 연작 형식인 『붉은 단추』(1987)가 있다. 『피안의 새』에 나오는 여러 작품에서 그의 유년과 성장 배경의 이력 같은 것이 나온다. 아버지의 잃어버림은 곧 상처요 고통이라 이 사바세계를 벗어나 구원을 찾으려는 몸부림을 보여주고 있다. 그리고 『붉은 단추』에도 유년 시절의 가족사 체험이 나오긴 하지만 여기서는 시각을 넓혀 역사와 현실에 관심을 가지며 분단 문제를 다루고 있다.

가족, 이데올로기, 그리고 문학

위 네 작가는 유소년 시절과 청소년 시절 그리고 청년기를 거치면서 물론 정도의 차이야 있겠지만 공통적인 경험을 했다. 월북이건 죽음이건 한 집안의 기둥인 가장이 없어져버렸으니 생활의 어려움은 물론 한동안은 '빨갱이 자식'이란 멍애를 뒤집어쓰고 자라야만 했을 것이다. 또 성인이 되었을 때는 한 집안을 거의 몰락케 한 전쟁이니 사상이니 하는 것이 도대체 무엇이란 말인가 하고 회의도 해보고, 원망도 해보았을 것이다. 또 사회에 진출해보려 하니 연좌제란 복병도 만나보았을 것이다.

그리하여 작가가 되었을 때는 그동안 마음속으로만 간직해왔던 이런 환경의 상처 그리고 마음의 상처가 각 작가마다 서로 좀 다른 편차를 보이며 터져 오르거나 터져 나오려고 했을 것이다. 김원일과 김성동이 다른 두 작가에 비해 적극적이었던 것은 응어리지고 맺혀 있는 정신적 외상을 치유해보자는 뜻이 강했던 것 같다. 그러나 아버지를 바라다보는 시각에는 차이가 있다. 김원일에겐 애와 증이 교차하고 있다면, 김성동은 이데올로기 피해자로 비명에 간 아버지에 대한 애련함을 감추지 못하고 있다. 이와는 반대로 이문구와 이문열에겐 좌 쪽으로만 편향되었던 아버지의 삶이나 인생이 원천적으로 싫은 것으로 비추어져 있다. 그래서 가능하면 사상이나 분단 문제를 의식적으로 멀리하려는 경향을 보였다 하겠다.

이에 사족 삼아 한 가지 덧붙여본다면 나 자신도 이른바 이데올로기 피해자다. 아버지는 남로당은 아니었지만 공산주의란 낭만적 환상에 조금 물이 든 심정적 동조자였다. 자수만 하면 과거의 조그마한 좌익 활동은 일체 불문에 부친다고 해서 대명천지하에 외고 펴고 살려고 보도연맹에 가입했다. 결국 그것이 빌미가 되어 내가 국민학교 6학년 때에 6 · 25가 일어나자 곧 그만 불의의 희생자가 된다.

나는 작가가 아니기에 이런 가족사를 소설로는 남길 수 없어 아쉬운 대로 몇 편의 수필에는 담아내보았다. 할아버지가 한의원을 하셨고 아버지도 상당 수준의 지식인이었기에 무엇을 하더라도 중산층 이상으로 편안하게 아무 탈 없이 살 수 있는 분이 공연히 한때 좌익 사상에 감염되어 날벼락을 맞은 것이다. 나는 그것을 교훈으로 삼으며 사회생활에서는 가능하면 모든 일에 극단론을 피하려는 노력도 해왔다. 또 내 문학의 방향도 좌나 우의 극단론을 피하며 중도주의를 취하려고 의식적으로 노력도 해보았다.

좌는 우에서 배울 게 있고 반대로 우는 좌에서 배울 게 있다는 것이 나의 논리이다. 성경 말씀에도 좌나 우에 지나치게 치우치지 말라고 한 것을 금언으로 생각해보며 비근한 예로 몸에는 왜 오른손과 왼손이 있겠는가 하는 이치도 생각해보았다. 독선을 피하며 우리 몸의 중앙에 산맥처럼 위치하고 있는 등뼈의 조화로운 척추 정신을 본받아야 하겠다고 다짐도 해보았다. 나는 좌파 문학도 그렇게 신용하지 않으며 그렇다고 우파 문학의 신봉자도 아니다. 극단론의 밑바탕에는 자기를 드러내보이려는 감추어진 '소영웅심리'의 저의가 있다는 것을 간파한 지가 어언 반세기가 되었다.

죽음의 축제가 된 한강 밤섬 사육제

크게 보면 카니발(carnival)이나 페스티벌(festival)은 모두 축제를 의미한다. 그러나 두 축제에는 차이가 있다. 카니발이 자유방임적이고 비형식적이요 비조직적인 동시에 즐겁게 먹고 마시고 즐기는 놀이문화로 구속으로부터 해방되는 성격이 짙다면, 페스티벌은 조직적이고 좀 경건하며 기념 축제의 성격이 강하다.

이 카니발의 시원은 기독교에서 유래되었다. 초기 기독교회는 부활절 40일 전부터 사순절이라 하여 예수가 황야에서 단식한 것을 기리기 위해 육식을 금하였는데, 그 사순절을 앞두고 그전에 고기를 실컷 먹으면서 즐길 대로 즐겨보자는 봄맞이 축제 행사가 카니발, 즉 사육제이다. 이러한 축제가 수많은 세월이 흘러 각 나라마다 고유한 카니발로 발전하여 오늘에 이르렀다. 제일 유명한 것이 브라질 리우의 삼바춤 카니발과 이탈리아 베네치아의 가면무도회 카니발이다. 그 외에, 캐나다 퀘벡 카니발, 프랑스 니스 카니발, 서인도제도 푸에르토리코 카니발, 벨기에 뱅슈 카니발 등이 있다.

우리나라에선 단군 이래 최초의 카니발이 1956년도에 있었다. 처음인 동시에 마지막이 되고 말았다. 주최는 현재의 예총 전신 문화인총연합회(문총)이고, 일시는 그해 여름 8월 19일 11시부터이며, 장소는 마포 강 건너편 현재의 밤섬 모래사장이었다. 행사 제목은 제1회 문화인 사육제이다. 말하자면 카니발 성격의 행사였다. 그 취지문은 아주 거창했다. 한마디로 요약하면 원시의 자연상태로 돌아가 하루를 마음껏 즐겨보자는 것이다.

사상 초유의 이색 카니발

그 당시로 봐선 참 별난 행사였다. 평생 한 번 들어봤을까 말까 할 낯선 행사여서 시민들의 관심도 컸다. 시기적으로는 휴전이 되고 막 3년이 지나 6·25로 온갖 고생을 한 서울 시민들은 가까스로 허리를 펴고 한숨을 돌릴 때이고 또 라디오도 텔레비전도 없어 볼 만한 구경거리가 궁했던 시절이기도 해 더욱 시민들의 관심과 호기심이 높을 수밖에 없었다. 사람들은 전철을 타고 마포 종점까지 와서 대기시켜 둔 모터보트를 타고 속속 밤섬으로 모여들었다. 그날 모인 사람은 문총 회원 300여 명에다 일반 시민들과 학생들이 500여 명이라 백사장이 꽉 찼다. 문총의 각 예술단체의 회원들이 모였기에 문인, 미술가, 음악가, 국악인, 작곡가, 검은 색안경을 쓰고 온갖 멋을 낸 남녀 가수와 영화배우, 영화감독, 연극인, 사진예술가 등이 모였으니 이름을 대면 알 만한 유명인사나 인기 스타들을 직접 볼 수 있는 좋은 기회이기도 했다. 그때는 탤런트가 없었기에 아마도 가수나 배우가 최고 인기를 끌었으리라.

드디어 행사가 속속 진행되었다. 문화예술인들의 갖가지 경기도 있었다. 우리 문학인으로 보면 양주동, 모윤숙, 노천명, 조경희의 단거리 달리기 경주도 있었고, 김진섭, 이하윤, 송지영, 이헌구, 박계주, 무용가 김백초의 게임도 있었다. 또 여러 단체의 사람들이 참여한 씨름대회도 있었고, 박시춘 지휘의 밴드에 맞추어 노래하는 노래자랑대회도 있고, 화가 박고석이 나와 찰리 채플린의 흉내를 내기도 했었다. 서울방송국에서는 노래자랑대회를 녹음하기도 했다. 사진 찍기대회도 있었고, 수영대회도 있었다. 특히 김광섭과 백철은 한강을 왕복 헤엄치며 수영 선수 못지않은 기량을 보여 많은 박수도 받았다. 그런가 하면 대회 이름 그대로 사육제인 만큼 예술인들이 울긋불긋한 장식의 앞치마를 입은 식인종 차림으로 백사장을 누비고 있으니 진풍경이라 좋은 의미론 눈요깃감이지만, 나쁜 의미로 특히 나이 많은 구세대 어른들에겐 꼴불견이 아닐 수 없었다. 어떤 노인들은 미친놈들이라 욕을 하며 집으로 돌아갔다. '조용한 아침의 나라'에서 처음 보는 광경이라 문화인류학적으로 말하면 문화적 충격을 받은 것이다.

어떻게 보면 이 모든 행사는 종합예술제도 되고, 체육대회도 되며, 카니발도 겸한 행사였다. 밤 8시경에 모든 행사가 끝나고 드디어 세 대의 모터보트가 수차례 오가며 거의 모든 사람들을 실어 날라주었다.

죽음의 참사로 막을 내리다

그런데 이게 웬일인가. 8시 50분경에, 한 대의 보트에서 사고가

났다. 어두운 밤인 데다 정원 20여 명인 보트에 30여 명을 태웠으니 중간쯤에서 중심을 잃고 전복된 것이다. 수영을 할 줄 아는 사람들은 그나마 헤엄쳐 나왔지만 그렇지 못한 사람이나 어린이는 그대로 물귀신이 되고 말았다. 다음 날 정오에 인양된 시체는 모두 여섯 구였다. 아이러니지만 이 행사를 실질적으로 추진했던 당시 36세의 동방문화회관 김동근 사장과 열 살인 그의 아들, 열세 살의 조카 등이 끼어 있었다. 일가족이 참사를 당한 것이다.

이 김동근이란 분에 관해서는 별도의 소개가 좀 필요하다. 그는 여러 사업체를 가지고 있던 전도유망한 청년 실업가에다 명동에 있던 3층 건물 동방문화회관의 소유자였다. 앞에서 말했듯 이 행사의 주최는 문총이지만 모든 일이 그의 뒷받침으로 추진되었다. 그런데 이런 뒷받침도 뒷받침이지만 문화예술인들에게 더욱 고마운 일은 가난하고 갈 곳 없는 예술인들을 위해 회관 건물 전체를 내놓았던 일이다. 특히 이 건물 1층에는 1950년대의 명동을 이야기할 때 빠짐없이 나오는 그 유명한 '동방쌀롱'이란 카페가 있어 예술가들의 보금자리가 되었다. 여기에 문인으로는 주로 이봉구, 이봉래, 이진섭, 김규동을 비롯하여 김광섭, 이헌구, 조지훈, 김종문, 양명문, 장덕조, 박계주, 정한숙 등이 드나들었고, 성악가 임만섭, 화가 박고석, 문신, 백영수도 자주 드나들었다. 이곳에 모인 몇몇 문인의 발상으로 카니발 얘기가 나왔고 곧 그것이 추진되었다. 그러다 보니 자연 김동근 사장도 동참하여 실질적인 주관자 겸 후원자가 되었는데, 그만 예상 밖의 참사를 당하고 만 것이다. 지금 생각해보면 그 사람이야말로 그 어려운 시대에 예술인들을 위한 진정한 후원자였고, 그것이 요샛말로 하면 기업 메세나 운동 아니었나 싶다.

그리고 이 행사의 개최 장소로 처음 논의된 곳은 사고가 난 그 밤섬이 아니었다. 남이섬 아니면 팔당 등도 논의되었는데 너무 멀다는 모윤숙의 주장에 따라 밤섬으로 결정되었다 한다. 그러고 보면 주최 측 사람들은 알게 모르게 모윤숙을 제법 원망도 했으리라.

아무튼 사상 초유의 이색 카니발이 끝에 가서는 죽음이란 참사를 몰고 왔으니 그 후엔 아마도 카니발이란 말만 나와도 고개를 절레절레 흔들었을 것이다. 이런 사고만 없었다면 제1회가 곧 마지막이 아니라 어느 기간 동안은 지속되었을 것이며 낯선 카니발 문화도 안착되어 하나의 전통도 생겨나지 않았을까. 호사다마란 말이 바로 이럴 때 쓰라고 생긴 말이 아닌가 싶다.

별을 단 장군 문인들

문(文)과 무(武)는 매우 이질적이다. 문의 속성이 부드러움이라면, 무는 차가움이다. 펜 끝에서는 온기가 흐른다면, 칼 끝에서는 냉기가 서린다.

그래서 무인 중에는 문을 겸한 사람이 드물다. 그런데도 그나마 우리 문단의 과거와 현재를 둘러보면 문과 무를 겸비한 장군 문인이 몇 명 된다는 것은 다행한 일이다. 과문한 탓인지는 모르지만 육군에 다섯 명이 있고, 해군(해병)에 꼭 한 명이 있다. 먼저 이름부터 대보면 육군에 김종문, 장호강, 문중섭, 박경석, 조청호가 있고, 해군에 임종린이 있다.

총살 위기에서 벗어난 김종문

김종문은 1919년 평양 태생으로 1981년에 작고했다. 건국 이래 문인으로서 처음 장군이 된 시인이다. 바로 그 뒤가 장호강 시인이다. 해방 후 군에 입대한 김종문은 승승장구하여 국방부 정훈국장이 되고 1957년도에 소장으로 전역한다. 나는 그를 1970년대 초반에 조선일보사 옆 골목에 있었던 '아리스 다방'에서 오며 가며 몇 번 만난 적이 있다.

그는 시인 김광섭의 소개로 1948년에 문예지 『백민(白民)』을 통해 평론을 쓰기 시작했고, 시인으로서는 1952년에 『문예(文藝)』지로 데뷔했다. 군 재직 중인 1952년에 제1시집, 1953년에 제2시집, 1955년에 제3시집을 냈다. 그리고 예편 후인 1958년에 『인간조형』 등을 연달아 내놓았다. 그 후 여러 문학상을 받았고, 1977년엔 한국현대시인협회의 회장직을 맡은 바도 있다.

그는 문단 야사에서 제법 언급되는 인물이다. 그중 두 가지만 소개해본다. 그 하나가 정훈국장 시절, 임시 수도가 부산에 있을 때 이야기이다. 대통령 긴급 담화문 가두 벽보를 정훈국장인 자기의 재가를 받지 않고 함부로 거리에 붙였다고 모조리 떼어내버린 것이다. 이것이 바로 항명죄에 해당된다 하여 특무대에 연행되어 총살 현장으로 끌려갔다. 그런 상황에 관한 다급한 전화가 당시 대통령 공보비서인 김광섭에게 걸려왔다. 김광섭은 그를 잘 아는지라 바로 대통령에게 필시 어떤 오해에서 일어난 일이라고 애걸복걸해 생명을 가까스로 구해주었다.

다른 하나는 군복을 벗고 난 후의 일이다. 김광섭이 경무대를 나와 지금의 예총 전신인 문총의 최고 대표위원을 맡고 있을 때, 그 사무실을 제집 드나들 듯했다. 이 시절에 정부에서는 문총 주관하에 해마다 3 · 1절만 되면 문화예술인들을 동원해 가두행진을 했다. 마침 이 행사의 행사분과 위원장이기도 해서 옳다, 이때다 싶어 그가 직접 선두에 서서 장군다운 모습과 기개로 호각을 불며 지휘봉을 신나게 흔들어댔다고 한다. 이야기는 한동안 우리 문인들의 입에서 입으로 전해졌다.

광복군 출신의 장호강

장호강은 1919년 평양 철산 태생으로 2009년에 향년 90세로 작고했다. 중국 군관학교를 나와 중국 광복군 장교로 항일전에 참가했으며, 그 후 우리의 광복군에 입대했다. 해방 후 귀국하여 1949년에 입대하여 20년간의 군 생활을 마치고 1969년에 육군 준장으로 예편했는데, 제1군단 참모장과 육본 특전감 직에도 있었다.

이외에도 임지에 와 근무하는 과정에 대구와 부산과도 인연이 있었다. 1956년부터 약 3년간 경북 지구 병사구 사령관을 맡고 있을 때, 주당들의 정신적 고향이기도 한 대구 향촌동에서 문인들과 종종 어울렸다. 그리고 1960년대 초반 잠시 부산 군수기지 사령관으로 와 있을 때도 더러 문인들과도 어울렸다. 그 당시 나는 신출내기 평론가로서 두어 번 말석에 끼어 광복군에서 겪었던 그의 무용담을 꽤 흥미롭게 들었던 기억도 떠오른다.

예편 후 1971년도부터 문사로서의 글솜씨와 과거 중국 경험이 인정되어 3, 4년간『한중일보』주필을 맡았고, 1978년도에는 참전시인협회가 발족되자 초대 회장을 맡기도 했다.『한중일보』재직 시 부산에서의 인연도 있고 또 후배를 사랑하는 마음에서 술 대접도 두어 번 받은 적이 있는데 키는 작달막하지만 배포가 제법 크다 싶었다.

그의 문단 활동은 1949년『국방』지에 시를 발표하면서 시작되었다. 군 재직 중에 이미 예닐곱 권의 시집을 낸 바 있는데 모두가 전쟁 시편들이다. 가령 두세 권의 그 시집 제목만 보아도 짐작이 되리라 본다.『총검부』(1952),『쌍룡고지』(1954),『항전의 조국』(1956) 등. 그리고 1969년 예편과 동시에 자기 이름을 따『호강전진시선』을 펴냈다.

군인이자 교육자였던 문중섭

문중섭은 1924년 평양 태생으로 1996년에 작고했다. 육군 보병학교 교장, 1970년도에는 국방대학원장 등을 지내고 육군 소장으로 예편했다. 예편 후는 춘천제일고등학교 교장으로 취임하여 쭉 교육자의 길을 걸었다. 군 복무 중에 그는 그렇게 활발한 활동은 아니었지만 소설, 시나리오, 시를 발표했다. 1954년도에는 전쟁수기형 소설인『저격능선』을 출간했고 또『군번 없는 용사』,『판문점』,『철모』와 같은 저작도 있다.

이런 연고로 1984년도에 장호강 장군에 이어 참전시인협회 2대 회장을 맡았고 또 이 단체가 다시 확대 개편되어 전쟁문학회로 재탄생되어 있을 시기인 1992년도에 다시 회장직을 맡은 바도 있다.

그의 초기 작품은 조국과 민족을 위해 고귀한 생명마저 바친 이름 없는 용사들의 갸륵한 행동과 나아가 생과 사의 갈림길인 전쟁터에서 발휘되는 숭고한 휴머니즘을 주제로 하고 있다.

두 번째 인생을 사는 박경석

박경석은 1933년 충남 연기 태생으로 지금도 작품 활동을 하고 있다. 6 · 25 당시 소대장, 중대장을 거쳐 파월 맹호부대의 초대 재구대대장으로 참전했다. 1975년에 준장으로 진급했고, 1981년도에 육본 인사참모부 차장직에서 육군 준장으로 예편했다.

그에겐 6 · 25전쟁 당시 초임 소대장으로 겪었던 웃지 못할 아이러니 같은 일이 두 가지 있다. 그와 나는 문단 세미나에서 첫 인연이 되어 그후 보다 절친해졌다. 이로써 여러 차례 회식 자리를 가진 적이 있는데 그런 자리에서 생생히 들었던 이야기다. 초임 소대장 시절, 강원도 평창 전투에서 적의 수류탄을 맞아 사경을 헤매고 있는 중에 마침 적들이 개미 떼처럼 나타나자 소대원들이 일시에 후퇴하고 만다. 그는 상부에 전사자로 보고된다. 그 결과 나중에 멀쩡하게 살아 돌아온 그가 동작동 국립묘지에 안장된 것이다. 지금도 그 돌비가 그곳에 서 있다. 그 다른 하나는 바로 그 자리에서 부상을 입었지만 적군에 사살되지 않고 천운으로 살아남게 된 전후 사정 이야기다. 16, 7세 정도로 앳돼 보이는 외모 덕에 운 좋게도 여군 장교로 오인되어 호기심에 신기하다 싶어 그들이 후송을 시켜 약 한 달간 치료해주었고, 그다음 다른 수용소로 옮겨졌는데 필사적으로 탈출을 시도해 결국은 원대 복귀를 했다는 이야기다. 나는 이 이야기를 들으면서 그의 아담한 체구와 미남형의 용모를 유심히 바라보기도 했다.

그의 문필 활동은 대위 시절부터인데 한동안은 한사랑(韓史郞)이란 필명으로 활동하다 그 뒤 본명을 썼다. 이런 연고로 예편 후 전쟁 문학회 회장, 전우신문 사장을 역임했고, 군 관계로는 국방부 군사 연구위원, 한국군사평론가협회 회장직도 맡은 바 있다.

그리고 실질적인 왕성한 문필 활동은 예편 후다. 지금까지 20여 권 이상의 시집을 냈다. 또 군사 관계 저작도 대여섯 권 되는데 그 중에는 김홍일 장군 전기도 있고, 약간은 자전적인 군대 생활의 체험담을 담은 책도 있다. 『재구대대』, 『육사 생도 2기』가 그런 경우다. 2001년도에는 『빛바랜 훈장』이란 에세이집도 냈다. 아무튼 평상시의 그의 농반 진반의 표현을 직접 빌리면 '죽었던 몸이 다시 살아 두 번째 인생'을 살고 있으니 더 오래오래 살며 많은 글을 더 써주었으면 한다.

해병대 출신의 임종린

임종린은 1937년 경남 남해 태생인데, 2014년도에 작고했다. 그와 나는 나이도 비슷하고 또 다 같은 서부 경남 출신이란 점 때문에 친해져서 서로 e-메일을 주고받기도 했다. 1962년도에 해군사관학교를 졸업하고 해병 소위로 임관한다. 약 32년간의 군 생활을 하다가 해병대 사령관에까지 올랐고 1994년에 중장으로 예편한다.

그 역시 군 생활 중 아슬아슬하게도 위기를 넘긴 적이 있다. 월남에 파병된 청룡부대를 지원하던 중대장 시절이다. 월맹군이 설치해놓은 폭발물을 밟아 대원들은 물론 본인도 죽을 고비를 넘겼다 한다.

그의 문학 활동은 일단 해군사관학교 생도 시절로 거슬러 올라간다. 모 일간지에 수필이 당선되었고, 그것이 계기가 되어 군 생활 중에 틈틈이 글을 썼다. 그러나 본격적인 것은 예편한 후다. 월간 문예지와 계간 문예지에 차례로 소설로, 시로 다시 데뷔한다. 2000년부터 2007년 사이에는 무려 여섯 권의 시집을 펴내는 열정을 보여주었고, 또 수상집 한 권과 창작집 한 권도 엮어냈다. 그런가 하면 문단 활동에도 열의를 보여 서너 개의 관련 단체 회장직도 맡기도 했고, 명지대에서 강의를 맡아 한 적도 있다.

그는 해병대 출신이라는 인상과는 달리 조용하고 사색적인 사람이다. 지난날 여러 문학 단체의 행사에서 자주 만난 인연에다 그의 고향이 남해이고 또 나의 성장지가 바로 건너쪽 하동이라 우리는 더욱 각별히 지냈다.

현역 시절 등단한 조청호

조청호는 1944년생이다. 육사 출신이 아닌데도 예외적으로 장군이 되었다. 현역 시절인 1991년에 시인으로 등단했고 여러 권의 시집을 냈다. 준장으로 전역한 후 신흥전문대학 교수로 제법 오랜 기간 동안 재직하면서 시 해설이나 시론에 관한 여러 권의 저서도 낸 바 있다. 특히 그의 시 중 「한산모시 적삼」은 돌아가신 어머니를 생각하며 그 한산 모시 적삼에 얽힌 추억들을 더듬어보고 있기에 제법 많은 독자들이 있었다.

지금 여러 생각이 오가고 있다. 장군은 속된 말로 아무나 되는 것이 아니지 않는가. 지휘관으로서 능력도 능력이지만 우선은 생사 갈림길에서 살아남아야 하지 않겠는가. 그런 의미에서 위 여섯 명은 선택받은 사람이다. 그리고 그들은 문무를 겸했으니 아마도 장군 이전의 지휘관 시절이나 그 후 장군 시절에 지와 덕을 유감없이 보여주었으리라 본다.

끝으로 한마디 덧붙인다면 그들 모두는 정도의 차이는 있을지 모르지만 이른바 전쟁문학이란 장르의 활성화에 크게 기여했다 할 수 있다.

금배지를 단 문인들

1948년 5월 31일, 우리나라 제헌국회가 출범한 지 2016년 현재 68년이 되었다. 대수로 따지면 20대째다. 제헌에서 오늘에 이르는 과정에서 문인이란 타이틀을 가지고 금배지를 단 사람들이 제법 된다. 약 20여 명이다.

최초의 문인 의원들

4 · 19혁명으로 국회가 해산되고 새로 들어선 제2공화국에서는 양원제를 도입해 민의원과 참의원을 뽑았다. 이때 의외로 네 명의 문인이 참의원에 당선되어 기염을 토했다. 「파초」의 시인에다 이화여대 교수였던 김동명(1900~1968), 경북대 학장을 역임한 시인 이효상(1906~1989), 경남일보 주간에다 사장이었던 시인 설창수(1916~1998), 부산 혜화학원 이사장 시인 정상구(1925~2005)였다.

뒤의 세 분에 대해 개인별로 좀 언급해보겠다. 설창수 시인은 6년 임기로 당선되었지만, 이듬해 5 · 16군사혁명으로 국회가 해산되자 정계를 아예 떠나버렸다. 이후 군사정권과 타협하지 않고 독재 타도에 앞장만 섰다. 농담이지만 좋다 만 금배지였다. 대신 틈이 나는 대로 전국 순회 시화전에 몰두했다. 시화전을 가장 많이 한 시인으로서 한국판 기네스북 감이다.

그러나 다른 두 분은 거의 평생을 정계에 몸을 담았다. 이효상은 1963년도부터 1971년도까지 공화당 의원으로서 국회의장을 역임했고, 1973년도에는 8대 의원과 공화당 의장 서리를 지냈다. 예외적으로 화려한 경력을 향유했다. 정상구 시인은 야당 5선 의원을 지내고 자진해서 은퇴했는데 의원 생활 중에도 시작 활동을 꾸준히 해서 많은 시집을 냈다. '나는 정치인으로 존경받는 것보다 민족시인으로 존경받고 싶다' 는 말을 유언처럼 남겼는데 아닌 게 아니라 시인 정치가로서 뜨거운 민족애를 노래한 서사시집만 해도 여러 권 남기고 떠났고, 생전에 다산문화상과 아호를 딴 설송문학상도 제정해두고 떠났다.

문인 국회의원 계보

제3공화국이 민정 이양으로 들어선 이후 그 첫 번째 국회가 바로 제6대(1963~1967) 국회다. 의학자요 수필가인 김성진(1905~1991)이 민주공화당 국회의원이 되었다. 그는 평론가 팔봉 김기진의 아우로 서울의대 학장, 보사부장관을 역임한 후 금배지를 달았다. 공화당 원내총무도 지냈다. 신동준(1932~) 시인은 『동아일보』와 『경향신문』을 거친 언론인이다. 5 · 16 후 민주공화당에 들어가 언론인 경력자답게 당 선전부장, 당 대변인을 거쳐 1967년도에 제7대 의원 등

약 10여 년 정계 생활을 했다. 혹시 의아해할 사람이 있을 것도 같아 소개하는데, 그는 1955년에 『현대문학』을 통해 시인으로 데뷔한 경력이 있다.

1971년도 제8대 국회의원으로는 시인 모윤숙이 공화당 전국구 의원이 된다. 그러나 바로 다음 해 10월 유신으로 약 1년 3개월 만에 금배지를 뗀다.

1979년도 제10대에 새로이 금배지를 단 사람은 시인 김윤환(1932~2003)과 여성 수필가요 언론인인 박현서(1924~1990)이다. 김윤환은 20대에 시인으로 문단에 정식 데뷔하긴 했지만 문학 쪽보다는 언론인으로 충실했다. 『조선일보』 출신으로 1979년도에 제10대 유정회 의원으로 정계에 입문한 후 제11, 13, 14, 15대 의원을 역임했다. 노태우, 김영삼을 대통령으로 만들었다는 이른바 킹메이커다. 청와대 비서실장, 세 차례의 정무장관, 두 번의 여당 대표 그리고 5선 의원 경력까지 합해보면 역시 경력이 그 누구보다도 화려하다. 여성 의원 박현서도 앞의 김윤환처럼 3년 임기의 전국구 성격의 간접선거로 금배지를 달았다. 그때 지역구 의원의 임기는 6년이었다.

1981년도 제11대엔 세 사람의 새로운 문인이 금배지를 단다. 언론인 출신 소설가 송지영(1916~1989)과 교수 출신 시인 김춘수(1922 ~2004), 여성으로 아동문학가인 이영희다. 세 분 모두 제11대 민정당 전국구 의원이 되었다. 송지영은 1979년도에 한국문예진흥원장을 맡았다가 의원이 되었고 또 의원 임기가 끝난 후는 한국방송공사 사장을 맡았다. 김춘수는 영남대 문리대 학장에서 역시 제11대 민정당 전국구 의원이 되었다. 단임으로 그만두고는 시인 본연의 자리를 찾아 한국시인협회 회장을 지냈다. 금배지 단 것을 잘못 뛰어든 정치 오입이라 생각할 정도로, 아마 문인으로 국회의원이 된 분 중 가장 크게 후회하셨던 분이리라. 본인의 표현을 빌리면 '내 의사가 아닌 인생의 아이러니'였다는 것이다. 이영희는 문인 겸 언론인으로서 특히 여성이란 점이 고려되었으리라 본다.

1985년도 12대에는 의사와 성악가인 동시에 수필가인 박성태(1939~)가 민정당 전국구 의원이 된다. 그리고 수필가 김중위(1939~) 역시 민정당 전국구 의원이 같이 된다. 그 이후 김중위는 13, 14, 15대 지역구 의원을 지내며, 초대 환경부장관도 지낸 4선 의원이 된다.

1988년 제13대 총선에서 양성우 시인(1948~)은 직접 지역구 서울 양천갑구에서 당선되어 '문단의 경사'라 했다. 한때 간행물윤리위원회 위원장을 맡은 적이 있다.

1992년도 14대에는 시인 강인섭(1936~2016)이 언론인 출신으로 전국구 의원이 되었다가, 한 기를 건너뛰고 2000년도 16대 선거에 은평갑에서 출마하여 지역구 의원이 된다.

1996년 제15대에는 소설가 김홍신(1947~)이 민주당 비례대표로 금배지를 새로이 단다. 그리고 16대에선 한나라당 비례대표 의원이 된다. 2004년도 17대 총선에선 지역구로 종로구에서 출마했으나 낙선의 고배를 마시고는 완전히 정계에서 물러났다. 대신 본업인 소설로 돌아와 장편 『대발해』를 책으로 내놓기도 하고 또 한편 1993년도에 모교 건국대에서 문학박사 학위를 이미 취득도 해놓은 터라 바로 모교 대학에 석좌교수로도 나가고 있다.

2012년도 제19대에는 민주통합당 지역구 의원으로 소설가 김한길이 당선되었는데, 2000년대 초에 문화관광부 장관을 지낸 바 있다. 그리고 같은 당 비례대표로 시인 도종환이 당선되었다.

문학과 정치에 관한 단상

위의 자료에서 보다시피 대체로 정계에 진출한 문인들은 국회의원이 되기 이전, 직업으로서 교직 아니면 언론이나 출판 문화계 부문에 종사했었다. 정치가로서는 직업 근성이 강하질 못하다. 직업 정치인에 비해 나는 기필코 국회의원이 되어야겠다는 성취 욕구가 약해 처음부터 아예 지역구에 출마해 꼭 당선되어야 하겠다고 나선 분들은 맨 앞에 소개된 참의원으로의 진출을 제외하면 거의 없다. 어쩌다가 정치권과 선이 닿았거나 아니면 정치권의 권유로 유정회나 비례대표 또는 전국구로 당선된 분들이 거의 모두다. 예외가 있다면 양성우다. 그리고 또 비례대표 2번을 지낸 김홍신을 제외하면 대부분 직능대표적 차원의 1회용 금배지다. 직업 정치인 측면이라면, 김성진, 이효상, 정상구, 김윤환, 김중위 정도이고, 그다음이 신동준, 강인섭 정도이다.

그리고 우리나라에선 문인들이 정계에 진출하는 것을 그렇게 달갑게 여기지 않고 있다. 독자적인 자력의 입신이 아니라 거개 권력에 명예를 팔았거나 권력의 시녀가 되었다는 생각이 지배적이다. 특히 야당이 아니라 힘 있는 여당 쪽에 곁눈길을 보냈거나 아니면 그쪽의 유혹을 받아 동참한 경우가 대부분이라 이는 곧 출세지향주의에 대한 거부감인 동시에 올곧은 선비 자세가 아니란 판단에서다.

물론 보는 관점에 따라 차이야 있겠지만, 우리나라에서 이런 생각이 유독 심하지 않나 싶다. 가령 자유 프랑스의 지식인의 사회 참여나 정치 참여라는 열린 의식과는 큰 괴리가 있는 것 같다. 아마도 이는 일제 36년간 형성된 저항 민족주의나 저항 민주주의에 그 뿌리를 두고 있을 것 같다. 그래서 극단적으로는 순수치 못하다고 매도당한다. 그리고 문인으로서의 명성도 동반 하락한다. 그동안 쌓아온 문학적 업적이나 성공도 알게 모르게 무시당하는 경우도 없지는 않다. 가슴에 금배지를 달긴 했지만 그때부터 그의 문학은 납배지로 시세가 폭락하는 형국이다.

그렇지만 정치는 자유다. 문인이라고 해서 정계에 입신하지 말라는 법은 없다. 뚜렷한 소신이나 철학이 있다면 할 수도 있다. 지나친 결백주의도 병이다. 행여 콩고물이라도 얻어먹을까 싶어 공연히 일시적이라도 정치권력에 휘말려들거나 정치권 주변에서 어슬렁거리는 것이 문제지 당당한 소신을 갖고 제1선에 나서는 것을 욕할 필요는 없다. 민주주의 사회에서 그 어떤 것이라도 도덕적 죄가 되지 않는다면, 자기 능력껏 자기 기량껏 살고 볼 일이다. 나는 가끔 한솔 이효상의 정치 인생을 생각해본다. 만약 그가 정계에 입문하지 않았다면, 학자로서, 시조시인으로서 분명 많은 업적을 쌓았을 것이다. 그러나 분명 두 마리 토끼 잡는 법은 어려운 일. 놓친 것이 있으면 얻는 것이 있는 법. 대신 화려한 정치 인생은 마음껏 펼치지 않았던가.

이와는 달리 정상구는 양쪽을 조화롭게 양립시켰다 싶다. 수많은 시집, 수많은 기타 저서가 이를 웅변해주고 있다.

문인들의 단명과 그 내력

문인들은 예부터 대체로 일반인들에 비해 수명이 짧다는 속설이 있었고, 이제는 그것이 통설이 되다시피 한 상태다. 이는 문인들이 특별히 단명의 유전자를 타고나서가 아니라 환경, 생활 태도, 마음가짐의 성향 등에서 기인하는 것 같다.

통계로 본 문인들의 평균수명과 사망 원인

참고로 비록 아주 오래전에 나온 통계이긴 하지만 문인들의 단명에 관해 시사하는 바가 있는 자료를 하나 소개해본다. 약 30여 년 전인 1983년도 『문학사상』 11월호에서 1920년대부터 1980년까지 60년간에 작고한 문인 129명을 대상으로 '작고 문인 언제 어떻게 죽었는가'를 조사 분석한 적이 있다. 그 통계에 따르면 사망 원인 중 질병이 68퍼센트인 86명으로 물론 으뜸을 차지하고, 교통사고 등 사고사가 9명, 자살 5명, 일제 때 옥사가 2명이었다.

그런데 이런 작고 문인들의 평균수명이 일반인보다 크게 짧은 것으로 나타났다. 물론 10년 단위의 통계가 아니고 60년간의 합산 통계이긴 하지만 실로 놀랄 만한 일이었다. 여기서 만약 그 이후 20년간의 작고 문인들까지 더 조사하여 합산 통계를 내본다면, 그동안 우리의 평균수명이 의외로 많이 길어졌기에 물론 문인들의 수명도 더 길게 나오리라 본다. 1981년에서 2000년까지 20년 기간에만 한정해본다면 더더욱 길어질 것은 말하나마나다.

그런데 또 하나 보충해볼 만한 자료가 있다. 이선영 교수가 펴낸 『한국문학의 사회학』(태학사, 1993)은 1895년과 1990년도 사이 약 90년 기간에 돌아간 문인들의 평균수명은 대략 55세쯤 된다고 밝히고 있다.

어쨌든 두 자료에 의하면 지난 시절의 그때나 또 지금이나 문인들의 수명이 단명인 것만은 사실이다. 여기서 실제로 누가 몇 살에 돌아갔는가를 알아보는 것도 큰 참고자료가 되리라 보아 소개해본다. 괄호 안은 한국 나이다.

20대 사망 시인 : 이상(28), 윤동주(29)
소설가 : 나도향(25), 김유정(29)
평론가 : 고석규(27)

30대 사망 시인 : 박용철(35), 함형수(33), 박인환(31), 김관식(37), 이성환(31), 기형도(30)
소설가 : 최서해(32), 강경애(37), 심훈(36), 이효석(36), 김유정(30)
아동문학가 : 방정환(33)

40대 사망	시인 : 노자영(43), 이육사(41), 홍사용(48), 오일도(46), 이상화(43), 노천명(47), 구자운(47), 신동엽(40), 박정만(41), 김남주(49) 소설가 : 현진건(44), 채만식(49), 김내성(49) 아동문학가 : 최계락(41) 평론가 : 김현(49)
사고사	김수영(48, 교통사고), 김영랑(48, 총 유탄), 고정희(44, 등산)
자살	김소월(33, 뇌일혈로도 봄), 이장희(30), 김우진(30), 전혜린(32)

병사로 확인된 병명

폐결핵 : 현진건, 나도향, 김유정, 채만식, 박용철

뇌막염 : 이효석	뇌일혈 : 김내성
뇌빈혈 : 노천명	위암 : 이상화
위문협착증 : 최서해	간경화 : 오일도
신장염 : 방정환	장티푸스 : 심훈
정신착란 : 함형수	심장마비 : 고석규

이 명단에서 대충 확인할 수 있듯 그것이 병사이건, 사고사나 자살이건 50 나이도 넘기지 못했다면 단명은 분명하다.

그러면 왜 문인들 중에 단명이 많은지 그 요인을 알아볼 필요가 있다. 여기에는 간접적인 것과 직접적인 것이 있을 수 있다.

문인들이 단명하는 이유

간접적인 것으로는 첫째, 정신 노동자라 정신력의 소모가 매우 많다. 둘째, 별다른 이렇다 할 수입이 없는 경우라면, 생활의 어려움도 많이 겪는다. 셋째, 현실사회와 이상과의 괴리에서 오는 여러 갈등 등의 심한 정신적 홍역을 더러 앓는다.

직접적인 것으로는 첫째, 태생적으로 구속이나 제약을 싫어하는 자유주의자라 생활이 다소 무질서하다. 둘째, 평소의 글쓰기 습관의 연장선에서 형성된 생활습관도 문제다. 그래서 비근한 예로 체력 단련을 위한 운동이나 또는 심신을 재충전할 수 있는 야외 활동 등속을 싫어한다. 셋째, 건강을 해칠 수 있는 술좌석을 매우 좋아한다. 예로부터 문인에겐 술이 실과 바늘의 관계다. 작품을 구상하다 진통을 느끼면 곧장 술로 풀려는 성향이 있다. 또 작품이 완성되면 성취감이나 해방감에서 마치 산모가 미역국을 먹듯 술자리를 찾는다. 넷째, '호랑이는 죽으면 가죽을 남긴다'라는 말이 있듯 문인들은 은연중 설사 죽더라도 이름과 작품을 남길 수 있다는 자부심과 자존이 있어 구차스럽게 죽고 사는 문제에 그렇게 연연하지 않는다. 그 결과 체력 관리, 건강 관리, 질병 관리 등에 자연 등한하게 된다.

크게 말해 앞에서 열거해본 단명 문인들이 죽음에 이르게 된 병명을 따지지 말고 오로지 단명의 직접, 간접의 원인만을 추적해보면, 그 정도의 차이가 있을 뿐 모든 원인이나 이유는 바로 위에서 열거해본 항목 속에 다 들어 있다.

그렇다면 이제부터라도 우리 문인들은 가능하면 단명을 자초할 수 있는 그런 덫을 벗어던져야 한다. 작고 문인들이 물려준 단명의 유산을 과감히 내쳐야 한다.

천재는 과연 단명하는가

한때는 문인들이 선택받은 사람이었다. 일제 시대는 물론 해방 이후와 1960년대나 1970년대만 해도 사회의 지도자요, 선각자이며, 향도자 역할을 했다. 또 문학이 제2종교와 다름없었지만 이제는 힘을 잃어 거의 취미활동쯤이 되어 있다.

그리고 문학인의 단명은 특권도 아니고 큰 이야깃감도 아니며 또 '천재는 단명한다' 라는 속설의 주인공도 될 수 없다. 사실 항간에 유포되어 있는 이 속설이 우리의 판단을 흐리게 하거나 왜곡시킨 주범이란 생각도 이제는 반성적으로 생각해볼 필요도 있다. 사람들은 어느 시인이, 어느 작가가 빤짝 열심히 활동하다 어느 날 단명으로 한 순간에 가고 나면, 애틋함이나 아쉬움 또는 앞으로의 기대감 상실 등으로 신화나 전설 만들기를 좋아한다. 지난 시절에서 바로 그런 예를 찾아보면, 20대에 간 이상, 윤동주, 김유정, 나도향 그리고 30대에 간 김소월, 전혜린의 경우를 들 수도 있다. 나는 여기서 이들의 문학적 성취를 폄하하려는 뜻은 없다. 단, 단명에서 생겨난 '유사 신화' '천재 신화' 를 좀 반성해보자는 뜻이다.

그럼 전혜린의 경우를 한번 보자. 10여 권의 번역 작품은 남겼지만 순수 전문 문인으로서 남긴 수필집은 불과 두 권이다. 그런데 불과 서른두 살이란 단명으로 갔기에 그의 삶은 신비화되었고, 숱한 추측을 낳게 했다. 아주 훗날 이혼한 남편 김철수 교수가 어느 인터뷰에서 밝힌 바에 의하면, 평소에도 가끔 자살을 동경하는 듯한 말도 흘렸고 또 그의 죽음은 자살인데 자살이냐 아니냐로 세간의 제법 큰 관심사가 되지 않았던가. 또 죽음 당시나 그 후 항시 그의 이름에는 '불새', '불꽃', '광기', '천재'란 수식어가 장식처럼 붙어다니지 않았던가.

그래서 앞으로는 '단명하면 천재'란 과대 포장이나 '천재는 단명'이란 속설에서 해방할 필요가 있다. 물론 단명 문인 중에서 진정한 천재가 나오면 당연히 평가받아야 할 일이긴 하지만 속설의 폭력으로 '천재는 단명한다'고만 믿을 필요가 없다고 본다. 오히려 '장수하면 천재성이 나온다' '천재는 장수에서'란 말이 나와야 하리라. 만약 어느 천재가 더 오래 살다 보면, 연륜에 의해 그 이전보다 훨씬 더 좋은 명작들을 생산해낼 수도 있지 않겠는가. 또 장수를 하다 보면 전반에서는 천재성이 설령 보이지 않았다 하더라도 후반에서는 그야말로 대기만성으로 잠재해 있던 천재성이 발휘될 수도 있지 않겠는가.

이제는 우리 사회도 이미 장수 시대에 접어들어 있다. 우리 문인들도 오래오래 살며 이전보다 또 그 이전보다 더 좋은 작품을 더 많이 생산해냈으면 한다. '천재 단명'설만을 신용하지 말고, '천재 장수 연원'설을 믿어보았으면 한다.

수고(手稿)와 컴고(稿) 시대의 달라진 풍속들

세월과 함께 우리 문사들의 책상머리 풍경도 많이 달라졌다. 지난날 원고지와 손으로 씨름하던 것이 이제는 컴퓨터 자판기 앞에서 손가락으로 자판을 또닥거리고 있다. 그래서 일부러 제목에서 '수고(手稿)'와 '컴고(稿)'라는 말을 사용해봤다. '수고'란 한마디로 육필로 쓴 원고이며, '컴고'란 컴퓨터로 작성한 원고의 속칭이다.

가만히 생각해보면 글을 쓰는 도구에도 많은 변화가 있었다. 지난날 우리의 할아버지들은 붓으로, 그다음 세대는 잉크에 찍어 쓰는 펜으로, 그다음 세대는 만년필이나 볼펜으로 또 다음은 타자기로, 그다음은 잠깐의 과도기였지만 워드프로세서로, 이제는 명실상부 컴퓨터 자판 시대로 완전히 바뀌었다. 그 누구나 디지털 시대의 환경에 적응해 있다.

이런 변화에 따라 우리 문단 사회에서는 거의 '수고'가 사라지고 대신 '컴고'로 모든 거래가 이루어지고 있다. 출판사나 잡지사에 특별한 경우가 아니라면 원고를 들고 일부러 오갈 필요도 없이 송고만 하면 그만이다. 또 원고료도 온라인 입금으로 모든 일이 일단락

된다.

지난 시대에는 원고 청탁이라도 받으면 나들이 겸 직접 원고를 들고 찾아도 갔다. 원고료 나왔다고 연락이 오면 또 방문했다. 그럴 때면 더러 여러 문우들도 만났고 또 술이라도 한잔 걸치며 인정과 문정을 나누기도 했다. 그때만 해도 문인끼리 스킨터치를 나누는 시대였다. 이제는 비접촉 문화가 더욱 가속화되어 문인 사회 나름의 아기자기한 면이 점점 사라져버렸다. 문인들의 발걸음으로만 본다면 절간처럼 잡지사나 잡지사 주변의 골목 풍경이 한산해졌다.

원고지와 만년필이 사라진 문단

그리고 그동안 사랑을 받던 만년필도 무용지물이 되었다. 파커나 몽블랑 만년필이 문사들에겐 전쟁에 나가는 병사들이 차거나 들고 있는 성능 좋은 무기와 같았는데 퇴출 신세가 되었다. 설사 있다 하더라도 서랍 속에서 행복한 낮잠만 자며 혹시 후일 문학기념관에라도 나가 전시될 수 있을까 하는 꿈만 꾸고 있다. 또 생일날이나 출판기념회에서 흔히 받을 수 있었던 선물도 이 만년필이었는데, 이제는 선물 목록에도 아예 오르지 못하고 있다.

문득 작가 이병주가 생각난다. 1980년대 중반의 어느 날 저녁이었다. 그분과 나 그리고 서너 사람이 술을 한잔하고 헤어지려는데 각별히 나만 부르며 자기 차를 타고 집으로 같이 가자는 것이다. 동승했다. 우리 사이에는 그럴 만한 이유가 있었다. 세 가지 연이 닿아 있었는데 같은 하동이란 고향 연고, 같은 종친, 문단 데뷔 당시의 연고가 바로 그것이다. 도착하여 집필실에서 양주 한잔씩을 하고 있는데 책상 위에 놓여 있는 몽블랑 만년필을 들어 보이며 "이 교수, 이 만년필 한 자루로 딸린 식구 여덟아홉 명을 먹여살린다"고 약간 자랑스런 투로 말하였다. 즉 그때만 해도 만년필이 지금처럼 무용지물이 아니라 문사의 필수 유용지물이었다는 한 예화다.

골동품이 된 육필 원고

그런데 이젠 육필도 씨가 말라가고 있다. 육필이 지천으로 널려 있던 지난 시절에도 세월이 흐르고 흐르다 보면 소실되어 귀한 것이 되었는데, 하물며 육필이 귀한 이 디지털 시대에는 먼 훗날 가히 금값(?)이 되리라 보아 별도로 육필에 대한 관심도 필요할 것 같다.

아주아주 오래전의 이야기다. 고금을 통한 유명인사들의 자필 사인이나, 편지, 원고 등을 수집하는 색다른 취향의 수집 붐이 미국에서 폭발적으로 일어났다. 뉴욕에서 경매시장이 열려 큰 관심을 모았고 큰 인기를 끌었다. 이 중에서 문인들 것만 보면 18세기 영국 시인 로버트 번스의 10행시 원고는 1,200달러, 시인 로버트 프로스트가 케네디 대통령 취임식 때 직접 낭독한 「철저한 선물」의 원고 사본은 2천 달러, 윌리엄 포크너를 비평한 헤밍웨이의 편지는 1,550달러에 각각 팔렸다.

그리고 또 하나의 경매가 뉴욕 경매시장에 선을 보였다. 저명인사들의 육필 250건을 어느 육필 수집 전문가가 내놓았다. 에이브러햄 링컨, 케네디 대통령, 작가 마크 트웨인의 것도 출품되었는데 보통

급 서한이 1천 달러였다면 내용이 재미있는 것은 4천 달러를 호가했다 한다.

이런 육필 경매는 꼭 미국에서만 있는 일이 아니다. 유럽의 골동품 경매시장에서도 역사적으로 이름난 분들의 희귀 육필이 고가에 팔렸다는 외신 보도를 간혹 접할 수 있다. 생각컨대 만약 이런 그분들의 원고가 친필이 아니고 요즘처럼 규격식이었다면 도대체 누가 그것들에 관심을 가졌겠는가.

감히 여기서 이런 유명인물들의 육필과 우리 같은 문인들의 육필을 나란히 놓고 말할 수는 없는 노릇이지만 그래도 먼 훗날 언젠가는 그 나름의 값어치는 분명 인정되리라. 그동안 육필 전시회도 있어왔고 또 기념관이나 문학관 같은 곳에서 육필을 찾고 있지 않은가. 한술 더 뜨면 앞으로 우리의 생활이나 문화 의식이 훨씬 더 높아진다면 취미생활로 육필 수집 붐이 일어날 수도 있는 일이 아닌가.

'수고'의 육필에는 설사 사람은 가고 없더라도 글씨만은, 살아남아 있는 유품이 되고 본인의 몸체가 된다. 인간미가 있고 체취가 느껴진다. 감정의 흐름과 굴곡이 나타나 있고 성격도 짐작할 수 있는 흥미로운 좋은 자료다. '컴고'에는 내용만 있을 뿐 글을 쓴 '사람'이 없다. 평소에도 늘 이런 생각을 하고 있었기에 물론 나는 아날로그 세대의 습관성도 있었겠지만 원래 기계 만지기를 싫어해 컴퓨터를 배워두었을 리 없다. 10년 이전만 해도 꼭 '수고'였는데 혹시 '컴고'가 필요할 시는 그나마 대학교수 시절이라 조교들이 다 해결해주었다. 그러다가 막상 퇴직을 하고 나니 약간은 난감하기도 했다. 육필을 여전히 고수하면서 때때로 필요할 때는 아들의 도움을 받았고 혹시 분량이 많을 경우라면 입력 대행 사무실에 갖다 맡겼다. 새로운 변화의 시대에 적응이 안 된 '아날로그 세대의 슬픔' 같은 것을 약간 경험했다. 그러다가 시대가 완전 '컴고' 시대가 되었고 또 혹시라도 편집자로부터 푸념이나 뒷소리를 듣지 않겠는가 싶어 결혼 전이었던 두 아들들에게 짬짬이 구박(?)을 받으며 컴퓨터 원고 쓰기를 배워 6년 전부터는 아예 컴고로 송고한다.

그렇지만 다른 한편으로는 수고도 존중되어야 하리라 본다. 그런 존중의 일환이 바로 지식을만드는지식사에서 근년(2012)에 완간을 본 한국 대표 시인의 육필 시집이 아닐까. 선정된 시인이 43명인데 기존 작품 중에서 가장 애착이 가는 작품을 대략 50여 편씩 자선하여 손으로 직접 쓴 것이라 흥미를 끄는데 또 이와는 별도로 각 해당 시인의 시집 표제시를 또 한 권에 묶기도 했다. 각 시인들의 취향이나 습관에 따라 만년필로, 볼펜으로, 붓으로, 연필로 썼다. 글씨도 천차만별이라 또박또박, 삐닥삐닥, 동글동글, 길쭉길쭉, 흘림체, 깨알체 등 실로 각양각색이어서 보는 재미가 있다. 성격도 어느 정도 드러나 있다. 컴고 일색인 이 시대에 기획할 수 있는 특수 기획이라 시인 본인은 물론 구입 독자에게도 색다른 기념이 되리라 본다.

변화된 시대, 접촉에 대한 그리움

그리고 또 근년에 출판사 서문당에서도 육필 시화집을 내고 시화전을 열기도 했다. 또 한국문인협회에서는 2011년부터 가을에 특별기획으로 육필전시회를 매년 열고 있는데 나 자신도 빠지지 않고 매번 출품했다. 또 들은 바에 의하면 제법 오래전에 한국육필문인협회가 생겼고 여기에 자매기구로 육필문예보존회도 생겼다 하며, 역시 비슷한 단체로 2005년에 한국육필문학회가 결성되어 매년『육필문학』지를 내고 동시에 강화에 육필문학관을 열어 육필의 수집과 전시를 해오고 있다.

참 시대가 변해도 많이도 변했다. 아날로그 시대에서 디지털 시대로, '수고'에서 '컴고' 일색으로 변하다 보니 이전과는 달리 육필 시집, 육필 시화전, 육필 전시회 그리고 보존 단체까지 생길 정도로 세상이 변했다.

이런 변화의 시대에는 이미 강조했듯 뭐니 뭐니 해도 수고가 중요하다. 그리고 지난 '수고' 시대와 같은 아기자기한 인간 접촉에서 정을 나누고 사는 정신적 여유도 있고 볼 일이다. 풍요로운 사회란 꼭 물질적 풍요에만 있는 것이 아닐 것이고 또 삶의 질이란 문명 이기의 편리성, 신속성, 효율성에만 있는 것이 아닐진대 사람들이 직접 만나서 서로 대화를 나누고, 그런 과정에서 이해와 사랑을 쌓고 넓혀가는 데에도 있지 않겠는가.

정치권력에 휘말려들었던 문인들

어느 때, 어느 시대에나 정치권력의 유혹에 유독 약한 사람들이 더러 있다. 권력의 외압이나 회유에 마지못해 휘말려든 사람도 있고 아니면 스스로 추파를 보낸 사람도 있다. 그 어떤 연유가 되었건 결과는 '어용'이란 소리를 듣거나 매도도 당해왔고 당하고 있다. 지나고 보면 모두 자기를 지켜내지 못한 불명예이긴 마찬가지다.

특히 문인은 선비정신의 대명사라 그 누구보다도 지조를 지킬 줄 알아야 하고 또 모든 사람들이 그러기를 바라고 있다. 그런데 우리의 현대 정치사를 보면 정권이 바뀔 때마다 아니면 대선 바람이 거세질 때마다 제법 여러 사람들의 이름이 오르내렸다.

선거에 동원된 문인들과 조지훈의 「지조론」

그 시작은 자유당 말기다. 1960년 3 · 15 정 · 부통령 선거를 즈음하여 상당수의 문인들이 동원되었다. 대통령 이승만과 부통령 이기붕 당선을 위해 운동원 내지 나팔수 역할을 했다. 이은상과 김말봉이 전국 유세에 가담했다. 처음에는 박종화와 조연현에게도 자유당 선전부에서 참여를 의뢰하는 접촉을 해왔지만 거절했다 한다. 분명히 거절해서 마이크를 잡은 일이 없었는데도 결과적으로 오해할 일이 생기고 말았다. 그 자초지종을 1981년도에 나온 조연현의 『남기고 싶은 이야기들』을 읽고 비로소 나는 알게 되었다. 승낙하지 않았는데도 자유당 선전부에서 일방적으로 승낙한 것으로 여겨 며칠 후 당시 일부 여당계 신문에는 박종화와 조연현도 몇몇 지방에서 선거 유세를 한 것으로 보도되었다. 그 사달은 승낙하리란 짐작만으로 미리 선거용 포스터와 기타의 인쇄물에 버젓이 이름을 박아 넣었기 때문이었다. 요는 결백했지만 한동안 사람들에게 오해를 받은 것이다. 알고 보면 억울한 오해를 받고 억울한 누명을 쓴 셈이다.

그다음은 『서울신문』을 통해 상당수의 문인들이 동원되어 부통령 후보인 만송(晩松) 이기붕에 대해 찬양의 글을 쓴 경우다. 여기에 동원되었던 사람들은 자유당 정권이 무너지고 난 다음에는 이른바 '만송족'이란 패찰을 달고 심한 비판을 받기도 했다. '내가 겪은 이기붕' '나와 이기붕' '내가 본 이기붕'이란 타이틀 아래 각자가 자기 구미에 맞는 타이틀을 선택하여 쓴 글이다. 사회 저명인사가 약 30여 명 동원되었는데 그중 문인이 10여 명이었다. 시인 김종문과 이영순, 작가 박종화, 김동리, 김송, 그리고 평론가 조연현이 그런 면면들이다.

조연현은 선거 유세만은 과감히 거절했지만 결국은 만송 찬송 대열에 끼어들게 되었는데, 만부득이한 사정이었다는 점이 약간 변명으로서는 낯간지러운 면은 있다. 이기붕이 본인의 아버지와는 친구

지간이고 한때나마 지난 시절에 혜화동 이웃에 살았던 인연이 있어 글을 써주었다는 것이다. 그러나 문단의 한 지도자로서 또 가장 냉정해야만 할 평론가로서는 안 해야 할 일을 한 것만은 사실이다.

아무튼 그 당시 정 · 부통령 선거를 앞두고 이와 유사한 일들이 비일비재하게 일어나고 있음을 일찍 간파한 조지훈은 이런 것이 안타까워 한 편의 글을 썼다. 그것이 바로 「지조론」이다. 선거 바로 앞 해이다. 상당수의 문필인과 교수들이 자유당 앞에 알랑거리고 또 휘둘리고 있음을 알고 그것이 곧 계기가 되어 충언과 충고를 겸해 이른바 지조의 구체적 내용을 풀어내며 지조 지키기를 강조했던 것이다.

또 이와 유사하게 문인들이 정치권력에 휘말려든 현상은 전두환 시절에도 나타났다. 1980년 8월 28일 『경향신문』과 또 9월 7일 『일요신문』에 시인 조병화는 전두환 대통령 취임을 찬양하는 시를 지었다. 아동문학가 김요섭도 8월 27일에 「참 사람 새 사람」이란 축시를 신문에 냈다. 또 서정주는 전두환의 대통령 당선 후에 축시를 썼을 뿐 아니라 대통령 잔여 임기가 얼마 남지 않은 1987년 1월 18일에는 그의 56회 탄신을 축하하는 축시를 썼다.

가만히 생각해보면 특히 서정주 시인은 물론 좋은 시를 썼기에 추앙을 받고 존경은 받지만 참 마음이 여리고 약한 사람이 아닌가 싶다. 일제시대의 친일로 오점을 남겼다면 그걸 타산지석으로 더욱 꼿꼿하게 살았어야 했는데, 기회가 있을 때마다 이를 물리치지 못한 그의 유약성이 무척 안타깝다. 자유당 때 이승만 전기를 쓴 것을 비롯하여 광주항쟁 이후 1981년도에는 전두환을 위한 TV 찬조 연설에도 나섰지 않았던가.

또 작가 강유일은 대통령 취임을 앞두고 있었던 대장 전역식 참관기를 신문에 발표하면서 입에 침이 마르도록 칭송했는가 하면, 작가 천금성은『황강에서 북악까지』란 전두환 자서전을 썼다.

반체제 문인과 체제 문인이 뒤집히는 정치판

그런데 이게 또 웬일인가. 그동안 체제 문인이라고 돌아서서 욕하던 이른바 반체제 문인들은 야당이 정권을 잡자 그 주변을 어슬렁거리며 동지를 만난 듯 초록동색이 되지 않았던가. 결국은 자기모순에 빠지고 만다. 김대중 정권과 노무현 정권 때를 생각해보면 쉽게 해답이 나온다. 역대 정권에 빌붙었다고 또 정치권력에 유착하거나 시녀 노릇을 했다고 성토하고 비판하던 그들도 호기를 만난 듯 확 사람이 달라진다. 어리석게도 영원한 반체제 문인으로 남아 있을 줄 믿었던 그들이 그만 체제 문인으로 돌아서는 모순을 저지르고 만다. 가혹하게 말한다면 그동안 야당과 한통속이요, 그 2중대였다고나 할까. 이런 현상은 2012년 12월 대선을 앞두고 더욱 극명히 증명되었다. 이 점은 뒤에 가서 상세하게 언급하기로 하겠다. 고은 시인은 김대중의 북행길에 동참하여 그 모임의 사진 찍기 한 컷에 끼려고 서둘러 끼어드는 장면이 TV에 비추어져 빈축을 사기도 했다.

노무현의 대통령 출마 때 이야기다. 작가 조정래는 노 후보의 선거운동 막바지에 그를 공개적으로 지지하는 칼럼을 쓴 적이 있다. 그러나 그 정권이 실패로 기울자 '정치는 필연적으로 오류를 범하게 돼 있기 때문에 작가가 정치세력에 들어가는 것은 자기 파멸의 길'

이란 자기반성적인 말을 남기기도 했다.

다음은 2007년도 대선 때 이야기다. 대권 예상 후보로 손학규를 밀어주기 위해 황석영은 전면에 나서기를 자청하다시피 했다. 그러던 그가 뒤에 갑자기 중도를 표방하며 이명박 대통령의 중국 방문길에 동참한다. 그리고 작가 김진명은 소설『나비야 청산 가자』에서 직접 손 전 지사의 실명을 거론하며 여권 신당의 후보로 선출되어 대통령으로 당선된 뒤 북한 핵 문제를 평화적으로 해결한다는 내용을 넣었다.

또 다음은 이명박 정권 때 이야기다. 그 정권이 들어서 1년이 좀 지나자 2009년 6월 초순에 이명박 정부를 비판하는 시국 선언문을 종전의 반체제 문인 단체답게(?) 한국작가회의에서 발표했고 또 그와 직간접으로 연대 관계를 맺고 있는 젊은 문인 188인이 그와 유사한 내용의 '6 · 9작가선언'을 발표한다.

그리고 지난 2012년 연말 대선 선거 때 이야기다. 이때도 제철을 만난 듯 많은 문인들이 우후죽순처럼 얼굴을 내밀었다. 흡사 문인들의 정치 굿판이나 다름없었다. 안철수가 대선후보로 나왔을 때 작가 조정래는 지난날 노무현 지지 후의 자기반성은 온데간데 없어지고 그의 후원회장으로 다시 얼굴을 내민다. 그리고 평론가 백낙청이 야권 후보 단일화를 위한 이른바 원로들의 모임에 참여한 일을 문인들이 그렇게 곱게 보진 않았다. 아니 그 앞의 일련의 정치적 행보도 마찬가지였다.

그런가 하면 문재인이 야권 후보로 거의 단일화될 10월에는 1980년대의 정치적 억압에 저항하거나 그 주변에 있던 문인 40여 명이

문재인 당선 멘토단에 우르르 몰려든다. 여기에 신경림, 정희성, 현기영, 염무웅, 구중서, 공지영 등등이 참가한다. 또 선거가 막바지로 치닫는 12월 중순에는 『경향신문』에다 정권 교체를 바란다며 젊은 시인과 소설가 137명이 연명으로 각자 광고료를 갹출해가며 문재인을 지지하는 광고를 낸다. 그리고 야권 후보 단일화를 공개적으로 촉구하고 나선 '유권자연대운동'이란 단체에는 황석영 등 50여 명의 문인들이 참여했고, 시인 안도현은 문재인의 공동선대위원장도 맡는다.

그러고 보면 문단이나 문인들이 각양각색으로 대선 선거판에 뛰어든 형국이 되었다. 이 사람 저 사람 눈치나 체면도 볼 것 없이 아예 여봐란 듯이 거의 전면에 나선 것이다. 정치에 참여한 교수를 폴리페서라 한 적이 있는데 문인들도 폴리라이터가 되었다고 문단 일각에서는 이런 현상을 우려하며 혀를 끌끌 찼다. 심지어 시인 김지하도 325개 시민단체가 주최한 시국 간담회에서 새누리당 박근혜 후보를 공개적으로 지지했다. 그렇긴 했지만 그래도 여당 후보 쪽에서는 상대적으로 문인 정치 참여가 조용한 편이었다.

문인은 영원한 야당 체질

이제 우리 문인들은 좀 자중하고 냉정해져야만 한다. 남이 하면 불륜이고 내가 하면 로맨스라는 말이 통할 리가 없다. 기존의 정치체제가 무너지고 새로운 체제가 들어섰을 때, 그들 역시 체제 문인이 되는 것을 우리는 김대중 정부 때와 노무현 정부 때에 익히 보아왔다. 만약 이번 선거에서 문재인이 승리를 했다면 분명 정치 문인들이 많이 나타났으리란 상상은 누구나 쉽게 할 수 있다.

문인은 오로지 글로써 말하는 것이 정도요 왕도다. 물론 문인도 국민의 한 사람인 이상 전혀 정치와는 무관할 수만은 없다. 그러나 오로지 개인적 조용한 선택에서 끝내야지 누구를 공개적으로 지지하고 어느 정당을 공개적으로 미는 행위는 삼가고 볼 일이다. 정치판의 훈수꾼, 정치판의 나팔수, 정치판의 바람잡이를 양식 있는 사람들이나 독자들은 결코 원치 않는다. 나 개인이 잘나서가 아니라 유명세를 좀 탄 알량한 이름을 이용해 한 표라도 더 모아보자는 선거판에 이용당하고 있다는 생각을 해보면 자기 관리가 더 쉬울 것이다. 자기를 따르는 독자들을 위해 지탄받을 만한 행동은 삼가고 볼 일이다. 가장 존경받을 문인상은 영원한 야당 체질이다. 시대의 잘못이 있다면 언제고 비판하고 바르게 가도록 충고하는 사람이요 감시자다. 또 정신적 야당이라고 해서 정치적 야당과 한통속이 되어서도 안 될 것이다. 필요하면 야당도 비판하는 자세도 필요하다. 그것이 곧 문인의 사회 참여요 정치 참여다.

여기서 우리는 가능하면 정치와 유착되기를 거부했던 두 사람의 문인을 생각해볼 필요가 있다. 시인 구상과 작가 선우휘다. 구상은 박정희가 대통령이 되기 전부터 친구 사이다. 박정희가 대통령이 되고서 그를 장관이나 총장직에 앉히고자 설득했으나 완강히 거절하고 오로지 문학인 본연의 길만 걸어 후세에 사표가 되었다. 여러 번의 제안에 우스개로 '나는 수염 기르는 야인'이라며 거절했다 하는데 단 한 가지 박정희에게 부탁한 일이 있다. 그가 평소 받들고 모시었던 공초 오상순이 세상을 떠나자 수유리에 묏자리 100평을 얻어 낸 것이 고작이다. 그리고 선우휘는 박정희와는 맞담배를 할 정도로 친숙했는데 감사원 원장 자리를 제안했으나 거절하고 오로지 작가로서 언론인으로서 끝까지 충실했다. 또 한 사람이 더 생각난다. 황순원은 같은 세대의 김동리나 서정주 그리고 조연현과는 달리 정치권력에 결코 끼어들어 휘둘림을 당하지 않고 자기를 꿋꿋이 그리고 깨끗이 지켜냈다.

사실 여기서 자기 관리를 깨끗이 한 분들을 생각하다 보니 나도 조금은 부끄럽다 싶은 일이 하나 생각난다. 1983년 10월 11일 KBS TV 〈아침마당〉이란 프로그램 출연 건이다. 우리의 외교사절 17명이 버마(지금의 미얀마)의 아웅산에서 북한에 의해 무참히 희생된 추모 특집 좌담회였는데, 모든 국민이 치를 떨면서 슬퍼하고 있어 큰 부담 없이 가벼운 마음으로 좌담자의 한 사람으로 나갔던 일이다. 진행 내용은 오로지 북한의 정치, 사회, 문화예술에 관한 것이었지만 그것이 곧 전두환 시절이다 보니 지금 결코 유쾌한 기분은 아니다. 만일 희생자 추모 차원이 아니라 정치권력의 누구를 옹호하거나 변호했다면 나도 범법자일 것이다.

셋째 마당

문단 활동과 문필 활동

문협 이사장 선거에 얽힌 이야기들

문단권력은 아편이다. 문단의 단체장도 권력의 하나다. 그래서 단체장의 선거는 치열하다. 오랜 문학적 동지도 갈라서 맞붙기도 하고, 선후배 간은 물론 신구 세대 간에도 또 같은 세대의 동료 간에도 접전이 벌어진다. 이런 선거전의 양상을 우리 문단의 대표적 단체인 한국문인협회 이사장 선거를 통해 알아보자.

동지도 적도 없는 문협 선거

오랜 문학적 동지가 갈라서 맞붙은 경우는 1973년도 1월에 있었던 제11대 이사장 선거다. 40년 가까이 사귀어온 동지 김동리와 조연현의 대결이다. 김동리는 월탄 박종화에 이어 1970년도부터 이사장을 맡아왔으니 재출마이고, 조연현은 첫 출마였다. 결과는 김동리의 패배, 조연현의 승리였다. 이때는 직선제였는데 총 971명 회원 중 630명이 참석해 조연현 334표, 김동리 284표로 조연현이 61표 앞섰다. 그 당시 두 사람의 득표 가능 조건을 보면 정말 자웅을 구별하기가 어려운 상황이었다. 김동리는 서라벌예대에서 많은 제자들을 가르쳐 문단에 내보냈고, 조연현 역시 동국대 교수로서 마찬가지였다. 단 한 가지 김동리의 취약점은 조연현이 『현대문학』이란 막강한 발표 지면을 갖고 있는 데 반해 김동리에겐 그런 게 없었다는 점이다. 문학지를 갖고 있다는 것은 곧 선거에서 보이지 않는 후원군이나 응원군을 확보하고 있다는 얘기와 같다는 것이 상식이었다. 그래서 김동리 측은 문학지가 없다는 것이 패배의 주 원인임을 절감하고 1973년 11월에 『한국문학』을 창간하게 되었다고 한다. 그러나 『한국문학』은 경영난으로 1976년에 시인 이근배에게 또 그다음은 소설가 조정래에게 넘어가는 우여곡절이 있었다.

선후배 간의 대결은 1970년도 제9대 선거였는데 임기 1년의 간선제였다. 그동안 오랜 기간 이사장을 맡아왔던 박종화를 누르고 김동리가 당선되었다.

같은 세대 친구지간의 대결은 1971년도 제10대 2년 임기의 선거였다. 간선제였는데 김동리가 서정주를 누르고 당선되었다. 개표 결과는 263 대 182표였다.

신구 세대의 정면 대결

신구 세대 간의 대결은 1975년도 1월에 있었던 제12대 선거였다. 조연현과 이호철의 대결이었다. 바로 앞 선거에서 분패한 김동리가 예상과는 달리 불출마하는 것으로 가닥이 잡히자 40대의 이호철이 자유실천문인협의회를 등에 업고 출마했다. 같은 40대의 고은이 선거 사무장을 맡고 30대의 이문구, 박태순, 황석영이 실무를, 20대의 신인 송기원과 이시영이 행동대원으로 나섰다. 이 선거야말로 기성세대와 신세대의 대결이요 또 프로와 아마의 대결이었다. 총 회원 1,180명 중 800여 명이 참석해 이 후보가 266표, 조 후보가 528표를 얻어 재선되었다. 의욕이나 젊음의 혈기만으로 기존의 아성을 무너뜨리는 것이 정말 달걀로 바위 치는 격이라는 것을 절감했으리라. 득표 결과가 반쪽 게임이니 말이다.

신구 세대 대결이 또 있다. 1977년도 1월의 13대 선거였다. 서정주와 문덕수의 대결이었는데 모두 첫 출마였다. 개정된 정관에 따라 회원 1,300여 명 중에서 뽑힌 대의원제 간접 투표로 실시됐는데 서정주가 92표, 문덕수가 64표였다. 역시 기반이 약한 신세대의 한계가 입증된 결과였다.

그 외에 두 건의 선후배 간의 대결은 1981년도 제15대 선거 때의 조연현 대 이원섭, 그리고 1983년도 16대 때의 김동리 대 이원섭의 대결이었다. 먼저 조연현과 이원섭은 매우 가까운 사이다. 지난날 조연현이 주간을 맡고 있을 때 『문예』를 통해 이원섭이 시로 데뷔했기에 어느 의미에서는 조연현이 그의 문단 활동의 멘토와 다름없다. 그리고 바로 앞 14대 선거에서 조연현이 당선되고 부회장 다섯 명 중 정관 규정에 따라 세 사람은 선거에 의해 뽑히고 두 사람은 당선된 이사장의 구두 천거에 의해 총회의 인준을 받도록 되어 있었다. 이때 이원섭은 당선자 조연현의 배려로 공짜와 다름없이 부이사장 자리를 하나 얻었다. 문단에서 아무런 감투도 쓴 적이 없는 그로서는 첫 감투였다. 두 사람 사이에 이런 끈끈한 관계가 있음에도 이원섭은 과감히 도전장을 내밀었다. 조연현이 심한 배신감을 느꼈음은 당연하다. 결과는 예상했던 대로 이원섭의 참패였다. 그리고 또 다음 16대 선거에 재도전했다. 상대는 당시 예술원 회장으로 있던 김동리였다. 이원섭은 1981년도에 문협 주류에 불만을 품고 있던 사람들이 모여 만든 새 단체 한국문학협회를 등에 입고 출마했다. 이사장은 설창수였고, 그는 다섯 명의 부이사장 중의 한 사람이었다. 대의원 간선제로 218명 대의원 중 214명이 참가하여 투표한 결과 125 대 85표로 그가 패했다.

1995년도 제20대 선거는 선후배 간의 대결이었다. 조경희와 황명의 대결이었다. 직선제로 바뀌었는데 이때 나도 부이사장에 출마해 보았다. 황명이 당선되었다. 역시 회원이 많은 시에서 당선되었는데 선거에선 장르 이기주의가 불을 보듯 나타나기 마련이라 아닌 게 아니라 세 부족인 수필 부문으로서는 중과부적이란 것이 그대로 드러났다. 참고로 지금의 문협 부이사장 선거 방식은 러닝메이트제이지만, 그때는 개별 단독 출마의 직접선거였다. 그해 따라 부이사장에 12명이 출마하여 가장 심한 경쟁을 벌였는데, 결과는 시에서 3명, 수필에서 1명, 평론에서 내가 당선되었다. 역시 회원이 많은 시 부문의 막강한 힘이 그대로 입증되었고, 그나마 내가 회원이 가장 적은 군소 장르 평론에서 양념으로 끼게 되었으니 나로서는 천만다행이었다.

비슷한 나이의 같은 세대 동료 간의 대결은 1998년도의 제21대 선거다. 성춘복, 이근배, 이유식이 맞붙었는데 결과는 역시 시 쪽이고, 그나마 내가 위안을 삼을 수 있었던 것은 표 없는 평론에서 2등은 했다는 정도였다.

문단권력도 아편

현재를 기준으로 문협 이사장은 26대째다. 그리고 연임이나 또 중임을 거치다 보니 새로운 얼굴은 12명째다. 장르로 보면 시가 7명이고, 소설이 4명, 평론이 1명이다. 『현대문학』이란 막강한 또 다른 문단권력을 쥐고 있었던 평론의 조연현을 제외하면 역시 시와 소설에서 독차지한 격이다. 회원 수가 많은 쪽이 유리하다는 것은 불을 보는 듯한 일이다. 전임 정종명 이사장은 소설 쪽인데 그동안 조병화(3년)를 시작해서 황명(6년), 성춘복(3년), 신세훈(6년), 김년균(4년)에 이어지면서 장장 22년을 시에서 맡아왔으니 장르를 한번 바꾸어보자는 변화의 심리가 크게 주효했다 볼 수 있다. 그러나 현재 26대째는 역시 시가 맡고 있다. 미상불 이 선거 체제가 앞으로도 지속될 경우 시 쪽이 아니라면 이사장 자리는 꿈도 꿀 수 없는 형편임은 명약관화하다.

그리고 그동안 이사장 임기도 1년에서 2년으로, 2년에서 3년으로, 또 3년에서 4년 단임제로 바뀌어 현재에 이르고 있다. 선거 방식도 추대제, 대의원 간선제, 직선제, 다시 대의원 간선제, 다시 직선제, 또 직선제 러닝메이트제 등으로 그때그때 변화했다. 어떤 제도를 도입하건 장단점은 있기 마련이라 황금률 같은 선거 방식은 없지 않나 싶다. 그래서 문제가 생기면 이 방식도 저 방식도 도입해보았던 것이다.

아무튼 이사장 자리란 문단권력의 아편임에는 틀림없다. 그 자리 앞에선 오랜 친구도, 떼려야 뗄 수 없는 끈끈한 선후배 간의 관계도, 신구 간 세대 차이의 예의도 없다. 어차피 인간 사회는 경쟁이구나 하고 다시 한 번 절감한다. 원천적으로 우리 인간은 난자를 두고 3억 마리 이상 정자의 경쟁에서 이겨 태어났으니, 경쟁은 어쩌면 엄마의 뱃속에서부터 배운 태생적 삶의 생리요 또 산다는 것 자체가 그런 경쟁의 연장선이 아닌가 싶기도 하다.

내가 직접 경험해본 한국문협 선거

문단정치에 뛰어든 개인적 이유

내가 이른바 '문단정치'에 관심을 갖게 된 데에는 그럴 만한 이유가 있었다. 문단 경력이 어느새 20년이 되던 1980년대 초부터였다. 비록 10여 년간 서울 생활을 해왔지만 지방 출신에다 지방대인 부산대 출신이다 보니, 나에겐 이렇다 할 서울 학맥이나 인맥이 없다는 것을 실감했다. 물론 생각한 바 있어 곧 뒤에 석 · 박사 과정을 마치긴 했지만, 이와는 달리 주위에서 대학 학부의 학맥으로 서로 밀어주고 끌어주는 것을 볼 때 몹시 부럽기도 했다. 서울대, 연고대, 그리고 문인을 많이 배출한 서라벌예대, 동국대, 중앙대를 들먹이면 은연중 추위마저 느껴졌다.

또 그런 학맥이 없다면 문학지라도 하나 만들어 아쉬운 대로 필자와의 인맥이라도 만들 수도 있겠다 싶어 계획도 해보았지만 그것도 결코 쉬운 일이 아니어서 생각을 접어버렸다.

그래서 답답한 대로 생각해본 것이 사람을 많이 사귈 수 있는 기회가 늘 열려 있는 '문단정치' 쪽이었다. 한국문인협회 회원으로서

1980년대 중반부터는 이사직도 맡아보았고 또 1980년대 말부터는 3년 임기의 평론분과 회장직도 두 번 맡아보았다. 두 번 모두 단독 입후보라 무투표로 당선되었으니 그것은 선거다운 선거랄 것은 아니었다.

정치를 하려면 뭐니 뭐니 해도 좀더 비중 있는 임원이 되어야 하고, 또 그런 임원이 되려면 일단 선거판에 뛰어들어야 함은 자명지사다.

그래서 처음으로 선거다운 선거를 치러본 것이 부이사장으로 출마했을 때다. 1995년 1월에 있었던 제20대 임원 선거다. 지금의 문협 부이사장 선출 방식은 이사장 출마자와 러닝메이트제이지만 그때는 개별 단독식 출마의 직접선거였다. 그해 따라 부이사장 다섯 자리를 두고 12명이 출마하여 가장 심한 경쟁이 붙었다. 시에서 4명, 소설에서 1명, 수필에서 1명, 희곡에서 1명, 시조에서 1명, 아동에서 2명, 평론에서 2명이 각각 나왔다. 각 장르별로 망라되었다. 물론 제일 불리한 장르는 우선 투표 회원 수가 가장 적은 희곡과 평론인데 거기에다 평론에는 2명이 나와 그나마 적은 표를 서로 나누어 먹는 격이었다.

결과는 시에서 3명, 수필에서 1명, 평론에서 내가 당선되었다. 회원 수가 월등히 많은 시에서 세 자리를 차지했으니 역시 몸담고 있는 장르의 유리한 점이 증명되었다. 좋게 말한다면 자기 장르의 보호본능의 결과요, 나쁘게 보면 장르 이기주의의 결과다. 선거를 치러보니 회원 수가 적은 열세 장르가 불리하다는 것도 실감할 수 있었다.

그나마 내가 당선될 수 있었던 것은 회원들의 장르적인 다소의 배려와 그 당시 20여 회 가까이 세미나의 주제 발표자로 이 단체 저 단체에 얼굴을 내밀면서 의식적으로 더 돈독한 친분을 쌓기 위해 세미나 이후의 이른바 뒤풀이나 모임에도 어울려 문정을 나누어본 덕이었다.

겁 없는 도전과 명예로운 낙선(?)

그리고 3년 임기를 바로 앞두고 또다시 문협 선거가 다가왔다. 문협 규정에 연임까지는 할 수 있으니 그냥 재차 부이사장으로 출마한다면 기득권이 있으므로 당선은 별 어려움이 없었을 것이다. 그러나 여러 사정을 고려하여 준비가 아주 늦었음에도 겁 없이 이사장 출마 쪽으로 마음을 굳혔다. 당선만 된다면 하는 일루의 희망이 없진 않았지만 꼭 당선을 염두에 둔 것은 아니었다. 37년간의 문단 생활 중 내가 거두어들일 수 있는 표가 과연 얼마인지 알고 싶은 호기심도 있었고, 또 그 확인된 표를 기반으로 재도전할 수 있는 예행연습이란 생각도 해보았다.

출마자는 3인이었다. 결과는 물론 낙선이었다. 낙선이지만 가장 명예로운 낙선이라고 위로하는 문우들도 제법 많았다. 가장 단시간 내에 이렇다 할 조직의 준비도 없이 또 부이사장 출마자나 분과 회장 출마자들과 이렇다 할 단합의 연대라도 해볼 겨를도 없이 또 한편 가장 수적으로 열세 장르인 평론에서 시와 시조 쪽의 출마자와 겨루어 그나마 2등을 했으니 그것만도 큰 성과라는 것이다. 또 어떤 사람은 이번 득표 결과를 보니 다음번은 분명 '따놓은 당상'이라 부추기기도 했다. 시와 시조 양쪽 표를 얼마만큼 모을 수 있는 다른 낙선 출마자보다 거의 배가 되는 득표 결과를 보고 해온 말이다.

그런데 시간이 지남에 따라 냉정히 나의 분수와 주제를 차츰 파악하게 되었다. 아무리 다음번의 당선을 위한 예행연습이란 배수진을 치고 나서보긴 했지만 이사장 선거는 명색이 문단 대선이 아닌가. 내 경우는 당선자와 비교해보면 장르상으로 불리했을 뿐만 아니라, 발표 지면을 제공함으로써 인연의 고리를 맺을 수 있었던 문학잡지를 갖고 있는 것도 아니지 않은가. 아니면 미리 이사장 출마를 염두에 두고 지방이나 서울의 여러 모임에 선심 출행이라도 해두었어야 했는데 결과는 자업자득일 수밖에 없다고 위안을 삼았다. 차츰 마음도 바뀌었다.

그러면서 지난날 문협 선거의 결과를 타산지석으로 되돌아도 보았다. 1973년도에 있었던 제11대 이사장 간선제 선거의 결과를 곰곰이 생각해보았다. 출마자 조연현과 김동리를 보면 문단적 위치나 각자의 소속 장르 그리고 따르는 제자들의 인맥을 보아서는 정말 우열을 가리기 힘든 판세였다. 결과는 김동리의 패배였다. 그 주된 원인이 문학지가 없어서였다. 이런 점을 간파했기에 그해 말에 김동리 측에서 부랴부랴 설욕해본다는 마음으로『한국문학』을 창간했던 사정도 생각났다. 그리고 또 내가 부이사장으로 당선되었던 바로 앞 선거 때 이사장 출마자인 시인 황명과 수필가 조경희의 경우도 생각났다. 사회적 위치나 기타 정황으로 보아 조경희가 황명보다는 매우 유리한데 결과는 조경희의 패배였다. 이 경우는 뭐니 해도 유권자가 훨씬 많은 시 쪽이 유리하다는 결과다. 거기에다 동국대라는 막강한 학맥도 있었다.

그래서 이사장 선거 재도전을 접고 말았다. 평론가에다 지방대 출신으로서 그나마 부이사장을 한 번 지내봤으니 아쉬운 대로 다행이라고 자위하면서 대신 글쓰기에서 다른 보상을 찾기로 했다. 그 보상은 과부족 없이 받았다고 생각한다.

문단권력은 한때여도 문필권력은 영원하다

사실 권력이란 그것이 정치권력이 되었건 문단권력이 되었건 화무십일홍이요 또 그 자리에 있을 때만 빤짝한다. 물러나면 '정승의 개가 죽으면 문전성시요, 정승이 죽으면 개미 새끼도 안 비친다'라는 말이 있듯 오히려 더 삭막해지기 마련이다. 그런데도 그런 '빤짝 광영'에 너 나 할 것 없이 관심을 갖는 걸 보면 어차피 아편임은 분명하다. 솔직히 말해 문단권력에 연연하는 것보다 할 수만 있다면 앞날에 대한 값 있고 영구한 투자랄 수 있는 좋은 글 남기기가 더 보람차지 않겠는가. '문단권력'이 일시적인 것이라면, 내가 만들어놓은 '문필권력'은 영원한 나의 것이고 또 영구적인 것이라는 사실을 우리는 종종 잊고 있는 것 같다.

지금 나는 지난날 어쩌다 선거판에 뛰어들었던 나의 경우를 되돌아보며 만약이란 걸 한번 상상해본다. 설사 이사장 선거에 재도전해 운이 닿아 당선되었다고 치자. 그리고 또 욕심은 욕심을 부른다고 연임을 했다고 치자. 도합 6년이다. 그랬다면 이사장은 문단의 큰 머슴이라 대내외의 크고 작은 일을 돌보느라 분명 조용히 글을 쓸 시간은 거의 저당잡히고 말아, 문필 활동만은 거의 공백기와 다름 없었으리라. 그래서 남이야 무슨 소리를 하건 일찍 마음을 접은 일은 참 현명한 선택이었다고 자평하고 자위하고 있다.

그러나 사람마다 식성이 다르고 생각이 다르듯 꼭 문단권력을 잡고 싶다면 선택은 자유다. 단, 그동안의 나의 경험에서 얻은 결론이 있다. 선거에서는 문품(文品), 인품(人品), 면품(面品)도 중요하지만 뭐니 뭐니 해도 회원 수가 많은 장르가 유리하고 또 문학지를 가지고 있어야 하며, 거기에다 든든한 학연이 받쳐준다면 금상첨화다. 그다음이 선거조직을 움직이게 하는 자금이다. 어쩌면 이 모든 것이 필승 선거전의 7개 원칙이기도 할 것이다.

베스트셀러 뒤에 숨겨진 이야기

수많은 베스트셀러 중에 문학작품이 차지하는 비중은 크다. 여기서는 그런 작품과 관련 있는 숨겨진 이야기 중에서 1950년대부터 오늘에 이르는 것 중에서 10여 가지의 책에 관해서만 소개해 보기로 한다.

김내성의 『청춘극장』

6 · 25전쟁 와중에 베스트셀러가 된 소설이다. 일제 치하에 살던 남녀의 삼각관계를 그린 이 책은 특히 부산의 판잣집 피란민들에게서 크게 인기를 끌었다. 삶에 이렇다 할 위안이 없었던 힘든 피란살이의 어려움을 잠시 잊게 해주는 좋은 읽을 거리였다. 그중 이북 피란민들에게는 마침 평양고보가 작품의 중심 무대가 되어 있기에 두고 온 고향을 떠올리며 망향의 시름을 달래보는 계기도 되었다.

정비석의 『자유부인』

이 소설은 참 많은 에피소드를 남겼는데 상당한 부분은 이미 널리 알려져 있지만 아직껏 잘 알려지지 않았던 부분도 있다. 이 책은 1954년도에 출간되었다. 1950년대 초의 춤바람을 소재로 한 이 작품이 『서울신문』 연재 당시 그 얼마나 인기가 있었는지 연재가 끝나자 신문 가판 판매 부수가 5만여 부 줄었다. 그리고 당시 도시에서는 소설을 빌려주는 '대본소'라는 곳이 크게 유행하고 있었다. 대본소에서는 소설 1종에 2~3권 정도 비치해두는 것이 관례인데 하도 이 책을 찾는 사람이 많아 20~30권 정도도 부족할 정도로 불티가 났다. 그러나 그 수명은 그렇게 길지 못하고 말하자면 빤짝 인기에 끝나고 만다. 춤바람 소재가 처음이라 일어난 호기심의 바람이라 역시 바람은 바람이었다.

이어령의 『흙 속에 저 바람 속에』

이 에세이집은 1963년도에 『경향신문』 연재가 끝나고 곧이어 바로 그해 12월 말에 나왔다. 한국의 문화풍토를 소재로 함과 동시에 거기서 한글로 제목을 뽑아낸 이 책은 처음으로 에세이집의 돌풍을 불러일으켰다. 그래서 좀 지나 영어로 또 일본어로도 번역되었다. 그리고 대만에서는 영문판 번역본만을 보고 무단으로 번역한 해적판도 나왔다. 여기서 해프닝이 생겼다. 저자의 영어 이름인 'Lee O-Young'을 발음만 따서 '李奧陽'이라고 표기해버린 것이다. 이것을 읽고 한국에 온 대만 애독자 일부는 이 이름의 저자를 찾는 촌극도 있었다.

유주현의 『조선총독부』

『신동아』에 3년간 연재가 끝나고 1967년에 전 5권으로 출간된 역사소설이다. 제목 바로 옆에 '실록대하소설(實錄大河小說)'이 마치 부제처럼 붙었다. 그 당시로 봐선 '대하소설'이란 소설 장르가 일반인들에게는 낯설어서 '대하(大河)'가 바로 작가의 호인 줄로 착각하고 그를 '대하 선생'이라 불렀다는 웃지 못할 촌극도 더러 일어났다. 그의 아호는 '묵사(默史)'이다. 그리고 국내 최초로 그 저작권이 일본에 수출된 기록을 가지고 있다.

최인호의 『별들의 고향』

『중앙일보』 연재소설로 1973년에 책으로 나왔다. 처음 생각했던 제목은 '별들의 무덤'이었는데 신문사의 요청으로 '무덤' 대신 '고향'으로 바꾸었다. 참 현명한 선택이다 싶다. 일단은 이 제목의 환기력이나 흡인력만 해도 이 책에 손이 가도록 할 수 있는 자력성이 있다. 이 책은 연재가 끝날 무렵까지 달려드는 이렇다 할 출판사가 없었는데, 마침 예문관에서 앞으로 7년간 작가의 모든 출판권을 독점 계약하자는 조건까지 제시하며 출간하게 되었다. 아마도 한 작가의 모든 출판권을 2~3년간 계약한다거나 아니면 한두 권 정도를 장기 계약하는 것이라면 몰라도, 이렇게 오랜 기간 동안 입도선매식으로 미리 몽땅 독점해둔 사례는 이것이 처음이 아닌가 싶다. 그리고 이 작품의 주무대가 무교동이고 호스테스로 나오는 주인공의 이름이 '경아'이다 보니 그 계통에 있던 전국 일부의 호스테스들이 앞다투어 '경아'란 가명을 유행처럼 써 이 홀에 가도 경아, 저 홀에 가도 경아라 가히 경아 풍년을 만났던 시절도 있었다.

조선작의 『영자의 전성시대』

이 단편집은 1974년에 나왔다. 사실 이 작가의 동명 단편소설은 월간 『세대』를 빼놓고서는 이야기할 수 없는 사정이 있다. 『세대』지는 1971년에 신춘문예에 낙선한 이른바 선외소설 공모를 했다. 이때 30여 편의 응모작 중에서 이 작가의 「지사총(志士塚)」이 당선되어 작가로 데뷔했고 또 2년 뒤에는 이 잡지에 「영자의 전성시대」를 발표한 것이다. 창녀촌의 부조리를 고발한 이 작품이 실린 동명의 단편집은 마침 최인호가 일으킨 '호스테스 문학' 바람의 덕도 봐 단편집으로서는 희귀하게도 베스트셀러가 된 것이다

김홍신의 『인간시장』

이 소설은 '현대판 홍길동전'이라 불리며 1980년대 초부터 지속적으로 베스트셀러에 올랐다. 한창 인기를 누리고 있을 때 교도소 죄수들은 주인공 장총찬의 파노라마식 활약상을 보며 대리만족도 했고

또 곧이어 황석영의 『장길산』으로 관심이 이어지면서 교도소 내에서는 참 유별난 두 주인공이 서로 맞붙어 겨룬다면, 과연 누가 이길까 하는 질문을 서로 우스개로 주고받기도 했다. 평민사의 주간으로 있던 작가는 9평짜리 아파트에 살다가 이 소설 덕분에 좋은 집으로 이사 가기도 되었다.

서정윤의 『홀로서기』

1987년에 출간된 이 시집으로, 불과 4년 전에 문단에 나온 무명의 시인이 일약 베스트셀러 시인이 된다. 영남대학교에 재학 중인 1981년도에 교지에 발표했던 이 시가 복사본과 필사본으로 대구 지방에서 널리 유포된 바 있는데, 6년이 지난 후 다시 동명의 시집이 나오자 베스트에 오른 것이다.

최영미의 『서른, 잔치는 끝났다』

처음에는 출판을 퇴짜 맞았다. 1992년도에 원고가 창작과비평사에 들어왔으나 내용이 아주 파격적이라 퇴짜를 맞았고, 그 뒤 곧 『세계의문학』지에도 선을 보였는데 역시 퇴짜를 맞는다. 궁색한 김에 다시 창비로 와서 일부 내용을 수정하여 그 잡지에 신인 작품으로 몇 편이 소개되고 난 다음 1994년도에야 햇빛을 본 것이다. 시인이 미모의 이혼녀라는 사실도 독자들의 호기심을 자극해 시집으로서는 예상치도 못할 만큼 많이 팔려나갔다.

김훈의 『칼의 노래』

2001년에 나왔는데 결정적으로 바람을 탄 것은 출간한 지 3년 후인 2004년도이다. 그 당시 노무현 대통령이 탄핵의 대상으로 거론되고 있을 때인데, 마침 이 책을 다시 읽고 있다는 사실이 밝혀지고 나서부터였다. 이순신의 백의종군 그리고 비장한 최후의 죽음으로 끝나는 이 소설을 다시 손에 쥔 것은 아마도 그 당시 불편한 본인의 심기를 다스리며 자기의 처지와 고뇌를 비추어보려 했던 것이 아닐까 싶다. 이 책으로 보면 그것도 운이었고 천군만마였다.

베스트셀러가 베스트북은 아니다

숨은 이야기는 여기서 끝낸다. 나는 이 글을 쓰느라 자료 조사하는 과정에서 베스트셀러 탄생의 몇 가지 이치를 알게 되었다. 우선 힘 있는 좋은 출판사를 만나야 한다. 그다음은 시대적 운이나 독서 취향의 흐름세와도 맞아떨어져야 한다. 주변 매스컴의 조력은 물론 예상치도 않던 귀인도 만나야 한다. 또 열에 하나로 이른바 노이즈 마케팅에 이용할 수 있는 자료나 불씨가 있어 화제를 일으킬 수 있다면 일으킬수록 좋다. 이는 저자나 출판사에겐 독자를 끌어모을 수 있는 참 좋은 미끼다.

그러나 독자의 입장에서는 베스트셀러가 다 좋은 것이 아니다. 일시적인 흥미나 화제에서 끝나는 경우가 많다. 다시 말해 베스트셀러가 다 베스트북은 아니다. 오히려 장기적으로 두고두고 팔리는 스테디셀러 가운데에서 좋은 책이 많다.

속 · 베스트셀러 뒤에 숨겨진 이야기

오늘은 아주 오래된 지난 시대부터 해방 전까지의 베스트셀러 이야기를 해볼까 한다. 가능하면 지금껏 덜 알려졌다 싶은 것이나 아니면 설사 좀 알려졌다 하더라도 세월이 세월인 만큼 다시 옛 사진을 꺼내보는 셈 치고 알아보기로 한다.

춘원 이광수의 『무정』

1917년도 1월부터 6월까지 『매일신보』에 연재된 그의 첫 장편인 동시에 현대문학사에서 선보인 최초 장편 신문 연재소설이다. 책으로 나온 것은 1918년이다. 1924년 『조선문단』 창간호에 실린 기사를 보면 책이 나온 후 1만 부 이상이 팔렸다고 했으니 그 당시로는 베스트셀러에 들었던 모양이다.

춘원이 이 작품을 쓸 때는 와세다대학 철학과 재학생으로 25세였다. 돈이 없어 영양실조에 걸릴 정도로 어려운 형편에, 이 연재로 송금받은 원고료가 어려운 형편의 구세주가 되었다 한다. 그리고 또 다른 이야기, 연재가 쭉 계속돼나가자 춘원 자신의 체험에서 나오는 자전적 연애소설이란 오해를 받았다. 사실은 훗날 발표한「다난한 반생의 도정」이란 그의 글 속의 고백을 들어보면 사정이 아주 다르다. 이 작품을 쓸 때까지 연애도 몰랐고 또 기생이라는 것도 대해본 적이 없다고 했으니, 그만 순수 가공적 상상의 이야기가 세간에선 공연한 오해를 받으며 입방아에 오르내렸던 것이다.

만해 한용운의『님의 침묵』

1926년도에 아무 곳에도 발표하지 않은 전작 시집으로 출간되었다. 처음에는 독자들의 반응이 시큰둥했고, 8년이 지난 1934년도에 재판이 나왔으나 얼마 지나지 않아 곧 금서가 되는 불운을 당한다. 그러다가 해방이 되어도 곧 나오지 못하다가 1950년 4월에 다시 나오게 되었다. 그 후 소월시집에 못지않을 정도로 베스트가 되었다.

지금 이 시집 속의 '님'은 곧 '조국'이라고 누구에게나 알려져 있지만 처음 이 시집이 출간되었을 때만도 많은 설왕설래가 있었다. 일부 독자들은 '연애시집'이라 했고 또 여성 독자들은 만해를 '사랑의 시인'이라 착각하기도 했다. 더욱이 금서가 되기 전인 1932년, 이 시집의 시들이 월간『영화시대』란 잡지에 5개월간 연재될 때 게재 지면의 맨 윗부분에다 과감한 누드 삽화를 그려 넣다 보니 더욱 그런 소문이 퍼져나갔다. '연시(戀詩)'란 오해에서 그만 '음시(淫詩)'로까지 비하되기도 했다.

방인근의 『마도(魔都)의 향(香)불』

대중 연애소설이다. 1932년부터 1933년까지 일부 연재되다가 중단되었다. 뒤에 책으로 나와 대중적인 인기를 끌었다. 당시로서는 도색소설이라고 판정되었다.

이 작품에는 두 가지 일화가 있다. 그 하나는 제목이 정해지게 된 사연이다. 작가가 이 작품을 구상해놓고 마침 제목을 무엇으로 할까 고심하고 있을 때였다. 우연히 모윤숙을 만나 이런 이야기를 하다 보니 마침 자기 시 중에 「마도의 향불」이 있으니 그걸 써보라고 해 제목이 정해졌다. 다른 하나는 연재 중단 건이다. 연재 중이었던 글에서 마침 여주인공이 이화여전 학생임을 추측할 수 있는 부분이 나왔고 또 강간까지 당하는 부분이 나오자 당시 김활란 교장이 강력히 항의하여 중단하게 되었다. 신문 연재소설이 중단된 것도 그것이 처음 일이기도 하다.

김말봉의 『찔레꽃』

1937년 3월부터 그해 11월까지 『조선일보』에 연재된 소설이다. 단행본은 1939년에 나왔다. 여성 작가가 쓴 최초의 인기 소설로 선풍을 일으킨 연애소설이다. 방인근의 『마도의 향불』과는 달리 좀 격이 높았기에 지식층에게서도 공감을 얻었다.

이 작품의 제목 짓기에 한 일화가 있다. 김말봉의 첫 남편은 1936년에 죽었는데 살아 있을 당시 일본인들이 작사하고 작곡한 가곡

〈찔레꽃〉을 즐겨 불렀고, 아내인 작가는 피아노 반주를 해주곤 했다. 그래서 그 이듬해에 이 소설을 연재할 즈음 그런 추억들이 떠올라 소설 제목을 바로 그 가곡명으로 한 것이다.

박계주의 『순애보(純愛譜)』

1938년 매일신보사가 거액의 상금을 걸고 기성이나 신인 가릴 것 없이 응모할 수 있는 조건으로 주최한 현상 모집 당선작이다. 그때 당선자 박계주는 25세였다. 연재는 1939년 1월 1일부터 8월 31일까지였고 인기가 대단했다. 연재가 끝나고 곧바로 책으로 나왔는데 초판은 물론 재판도 잘 나가 3판 때부터는 5천 부를 찍어냈다. 깊은 사랑에서 나온 보기 드문 박애정신과 로맨틱한 내용으로 사랑소설의 고전이 되다시피 했다.

그래서 중고교 교사들도 학생들에게 이 책을 권해 학생 독자들도 많았다. 소설책이라면 선생 눈을 피해 읽어야 하는 그 시절에 이는 참 희귀한 일이다. 요샛말로 권장도서쯤에 들었다고나 할까. 그만큼 다른 연애소설에 비해 순수한 사랑소설로서 순도가 높았기 때문이다.

모윤숙의 『렌의 애가(哀歌)』

시인이 전혀 생각지도 않았는데 우연한 일이 단초가 되어 책으로 나왔다. 1939년 어느 날, 시인 조지훈이 술을 좀 마시고 모 시인의 회현동 집에 들렀다. 거기서 조 시인은 모 시인이 써논 서간체 일기를 봤는데 그만 그대로 들고 가버렸다. 모 시인은 그저 장난인 줄 알았는데 뜻밖에도 얇은 팸플릿 형태의 책으로 나와버린 것이다.

그런데 그 당시는 모 시인과 춘원 간의 염문이 화제가 되어 있는 터라 그 인기가 대단했다. 불난 데 기름을 부은 격이라 당사자인 모 시인은 크게 당황했다. 사실 시인의 속마음은 사후에 공개할 생각이었기에 출판사로 찾아가 저자의 허락 없이 책을 냈다고 강하게 항의하는 소동도 일으켰다. 그러나 이왕 그렇게 된 바에야 마음을 고쳐먹고 거기에다 더 보완하여 책다운 부피로 늘려 재판을 내게 되었다.

이상 여섯 권의 베스트셀러 이야기를 소개해보았다. 이 책들은 내가 고등학교 시절에 읽어보았던 책이기도 하다. 이 중 소설책들은 그 당시 유행했던 대본소에서 빌려다 읽으며, 사랑이나 연애에 관한 청소년기의 환상을 충족시켜보기도 하고, 미래에 있을 수 있는 나의 사랑에 대한 꿈도 꾸어보았다. 그리고 『렌의 애가』는 일부러 서점에 가서 구입해 읽어보았는데, 연애편지에 이용할 만한 여러 구절들을 일부러 별도의 노트에 적어두고 필요할 때 바람난 망아지처럼 이용했던 기억이 떠오른다. 어언 벌써 60여 년이 흘러간 과거의 일이다.

여성 작가 전성시대

80년대의 준비 단계

1970년대엔 여성 작가로서 베스트셀러 순위에 오른 사람은 한 사람도 없다. 몇 사람의 남성 작가뿐이었다. 『영자의 전성시대』(1974)의 조선작, 『난장이가 쏘아 올린 작은 공』(1978)의 조세희, 『사람의 아들』(1979)의 이문열, 『만다라』(1979)의 김성종 등이 그런 인물들이다.

그러다가 1980년대 들어와 비로소 세 사람의 여성 작가가 베스트셀러 반열에 오른다. 『먼 그대』(1983)의 서영은, 『숲속의 방』(1986)의 강석경, 『고삐』(1989)의 윤정모다. 앞의 두 편은 창작집이고, 뒤의 것은 장편이다. 이는 곧 1990년대의 여성 작가 베스트셀러 전성시대를 열기 위한 준비 단계라 볼 수 있다(참고로 괄호 속의 연도는 출판과 동시에 베스트셀러에 오른 연도일 수도 있고 아니면 베스트셀러에만 오른 연도일 수도 있다. 그리고 1981년도부터 2010년에 이르는 연도별 종합 베스트셀러의 자료는 교보문고 것을 참고했다).

이에 비해 1980년대의 남성 작가의 경우는 매우 활발했다. 여성 작가에 비해 상대적으로 작가의 수가 많은 것도 이유가 되었지만 무엇보다도 베스트셀러에 오른 종수가 월등히 많다. 김홍신의 『인간시장』(1981)과 『바람 바람 바람』(1982), 이문열의 『젊은 날의 초상』(1982), 『사람의 아들』(1987), 『레테의 연가』(1987), 『우리들의 일그러진 영웅』(1987), 『추락하는 것은 날개가 있다』(1989), 이청준의 『낮은 데로 임하소서』(1981), 최인호의 『깊고 푸른 밤』(1983), 김성동의 『피안의 새』(1981), 이외수의 『들개』(1982), 김신의 『대학별곡』(1983) 등이다.

특히 이문열은 연속 5종을 쏟아내듯 베스트셀러에 올렸는데 1980년대야말로 가히 이문열의 연대라 할 수 있다. 상상컨대 그가 앞으로 이런 행운을 잡기는 거의 불가능하지 않을까 싶다. 물론 독서계에 다져논 탄탄한 기반과 그의 지명도와 능력으로 보아 한두 종 정도의 베스트셀러는 생산할 수 있겠지만, 이처럼 한꺼번에 여러 종을 베스트셀러 목록에 올리기는 쉽지 않다는 뜻이다. 가령 1990년대엔 1종의 베스트셀러가 나왔고, 2000년대엔 한 종도 없다는 것이 그런 짐작의 예표다.

그리고 참고로 1980년대에 황석영의 『장길산』, 조정래의 『태백산맥』, 김주영의 『객주』, 이병주의 『지리산』이 나왔지만 이들은 모두 대하소설이라 꾸준히 장기간에 걸쳐 세트로 아니면 낱권으로 팔려나갈 수는 있었으나 속성상 어느 주어진 짧은 기간 내에 불이 붙는 베스트셀러와는 성질이 다르므로 베스트셀러의 목록에는 아예 없는 것이다.

아무튼 이렇게 남성들이 베스트셀러의 주도권을 쥐고 있던 작단에 의외에도 여성 바람이 본격적으로 불기 시작한 것은 1990년대부터이다. 가히 여성 작가 베스트셀러 전성시대를 맞는다. 이런 저력은 2000년대로 지속된다. 일단 1990년대를 먼저 살펴보면 여섯 명이 무려 11종의 베스트를 생산한다.

90년대, 여성 작가에게 주도권이 넘어가다

박완서의 『그대 아직도 꿈꾸고 있는가』(1990), 『너무나 쓸쓸한 당신』(1999), 양귀자의 『숨은 꽃』(1992), 『나는 소망한다 내게 금지된 것을』(1992), 『천년의 사랑』(1995), 『모순』(1998), 공지영의 『무소의 뿔처럼 혼자서 가라』(1994), 『고등어』(1995), 신경숙의 『기차는 7시에 떠나네』(1999), 은희경의 『행복한 사람은 시계를 보지 않는다』(1999), 김지원의 『사랑의 예감』(1997), 이렇게 여섯 명의 11종이다. 이 중 양귀자가 무려 4종의 베스트셀러를 내놓았으니 1990년대는 그의 연대라 해도 무방하다.

이에 비해 남성들은 월등한 수적 우세에도 불구하고 여성 작가들에게 주도권을 빼앗긴 형국이다. 베스트셀러 작가 수는 아홉 명이지만 12종에 불과하다. 이청준의 『서편제』(1993), 『축제』(1996), 이문열의 『선택』(1997), 김진명의 『무궁화꽃이 피었습니다』(1994), 『하늘이여 땅이여』(1998), 『한반도』(1999), 이문구의 『매월당 김시습』(1992), 김주영의 『홍어』(1998), 안정효의 『하얀 전쟁』(1990), 김한길의 『여자의 남자』(1993), 이인화의 『영원한 제국』(1993), 김정현의 『아버지』(1996) 등이다. 이 경우 남성 작가로만 보면 김진명이 단연 톱이다.

남성과 여성 작가의 이와 같은 대비에서 알 수 있듯 1990년대에 들어와서 여성 작가들의 괄목할 만한 베스트셀러에로의 진출에는 각 작가 나름의 그만한 이유야 물론 있겠지만 특히 사회학적으로는 페미니즘 바람이 거세게 불고 또 이에 호흡을 맞추어 이른바 페미니즘 문학이 강세를 보인 점도 그 이유 중의 하나다.

가령 박완서의 『그대 아직도 꿈꾸고 있는가』는 여주인공이 전통적인 가부장제와 이에 따른 여성 차별에 맞서서 자신의 꿈을 당당히 이루어가는 과정을 그려주었다. 양귀자의 『나는 소망한다 내게 금지된 것을』은 통상적으로 남성에게 지배당하기만 해왔던 여성이 반대로 남성을 지배하는 여장부 같은 여주인공으로 나온다. 공지영의 『무소의 뿔처럼 혼자서 가라』는 세 기혼여성의 삶을 통해 여성들에게 가해지는 차별과 억압을 사회 전반의 문제로 끌어올려 페미니즘에 관한 논쟁에 불을 붙여주었다. 그리고 비록 이 베스트셀러 목록엔 오르진 못했지만 제법 큰 인기를 끌었던 이경자의 『혼자 눈뜨는 아침』과 『절반의 실패』도 사실은 페미니즘 계열 소설로서 그 뿌리는 서로 맞닿아 있다.

2000년대에도 계속되는 여성 파워

여성 작가들의 이런 1990년대의 베스트셀러 진출은 2000대에도 그대로 이어지고 있다. 남성 작가들이 위협을 느낄 정도라고나 할까. 박완서의 『그 많던 싱아는 누가 다 먹었을까』(2000)와 『아주 오래된 농담』(2002), 공지영의 『봉순이 언니』(2000), 『우리들의 행복한 시간』(2006), 『사랑 후에 오는 것들』(2006), 『즐거운 나의 집』(2008), 『도가니』(2009), 신경숙의 『엄마를 부탁해』(2009), 『어디선가 나를 찾는 전화벨이 울리고』(2010), 전경린의 『황진이』(2004), 김별아의 『미실』(2005) 등이다. 여기서는 보다시피 공지영이 단연 톱이다. 10년 사이에 한 사람이 5종을 뽑아냈다. 양귀자가 1990년대에 4종을 뽑아내 기염을 토해냈는데 공지영은 이보다 1종이 더 불어났다.

이에 비해 남성 작가의 경우는 역시 1990년대와 마찬가지로 베스트셀러 만들기에는 매우 약세였다. 황석영의 『모랫말 아이들』(2002), 『바리데기』(2007), 『개밥바라기별』(2008), 최인호의 『상도』(2001), 현기영의 『지상의 숟가락 하나』(2003), 김훈의 『칼의 노래』(2004), 『남한산성』(2007), 조창인의 『가시고기』(2000), 김하인의 『국화꽃 향기』(2000) 정도다. 만약 이 목록에서 황석영과 김훈이 없었다고 가정하면 너무 비참할 것이다. 요는 여성 작가들에 비해 남성 작가들의 숫자가 월등히 많다는 점을 역시 고려해볼 때 그렇다는 뜻이다.

그러고 보면 이젠 뻔한 결론이 나온다. 남성 작가와 여성 작가의 숫자가 비슷하지도 않은데 베스트셀러 작가나 베스트셀러에 오른 작품 수가 엇비슷한 걸 보아 1990년대와 2000년대는 여성 작가의 전성시대였음은 사실이다. 그래서 일부러 비교도 할 겸 남녀 작가들의 베스트셀러 목록을 제시해보기도 했다. 아마도 이런 현상은 앞으로도 지속되리라 본다.

이유는 분명 있다. 1990년대에 페미니즘 바람이 일어 특히 여성들이 여성 작가들의 작품에 대해 같은 여성이란 동성의 입장에서 별도의 관심을 갖게 되었는데, 그런 바람은 어느 기간 지속될 것이다. 아니면 이름이 난 베스트셀러 여성 작가에 대한 무조건적인 신뢰가 일종의 신드롬이 되어 있는 걸로 미루어보아 결국은 앞으로도 일정 기간 동안은 그런 방향으로 흘러가리라 본다.

아무튼 질 좋고 질 높은 베스트셀러가 많이 나왔으면 한다. 베스트셀러 소설은 베스트 북이 아니라 대중소설이란 혐의를 더러 받아온 만큼 질적 제고가 있으면 저자나 독자 양쪽을 위해서도 좋다. 문학사에 남을 만한 작품이 많이 나온다면 그만큼 소설문학사도 풍성해질 것이다.

외설 시비 자초지종

예술이냐 외설이냐

예술작품에서 표현의 자유와 건전한 성윤리 보호라는 명제는 마치 동전의 앞뒤처럼 서로 맞닿아 있어 법적 공방이 따르기 마련이다. 정말 어디까지가 성 표현에 해당하고 또 반대로는 어디까지가 음란성이나 선정성 또는 외설성인지 가늠하기가 어려운 것이 많다. 법에서는 자연법에 맞게 자로 재듯 빡빡하게 해석하고 적용하려는 경향이 있다면, 문학에서는 무언의 탈출, 무언의 자유를 누리고자 하는 성향이 있다.

그래서 법과 문학 사이에는 늘 팽팽한 긴장과 마찰이 생기고 문제가 제기되기도 한다. 더욱이 어느 작가가 새로운 성윤리의 제창으로 기성 성윤리나 성도덕 그리고 성풍속을 파괴하거나, 파괴하려는 고투를 보였다면 당시나 당대에는 자연 커다란 저항을 받게 되어 있다. 그것이 곧 D.H. 로렌스의 『채털리 부인의 사랑』이다. 영적인 것만의 사랑도 불구의 사랑이고 반대로 육체적인 것만의 사랑도 불구의 사랑이라 보아 영과 육이 완전 합일된 사랑을 추구하는 것이 바로 그 작품에서 로렌스가 그리고자 한 새로운 성윤리요 성도덕이었다.

그렇긴 하지만 시대를 앞선 성윤리의 제창과 적나라한 성적 표현도 많아 외설 시비에 휘말려 1925년에 처음 나온 그 책은 금서가 되었다가, 오랜 재판을 거치며 세월이 무려 30년이 훨씬 지나 미국에서는 1959년에, 영국에서는 1960년에 비로소 완본 출판이 허용되었다.

대체로 이런 외설 시비는 주제 중심에서 보느냐, 부분 중심에서 보느냐, 또 당대의 윤리적 측면에서만 보느냐에 따라 그 판정이 엇갈릴 수도 있어 문학작품의 외설 시비는 정말 '뜨거운 감자'가 아닐 수 없다.

우리나라에서는 해방 전이나 이후 오늘에 이르기까지 외설 시비가 많지는 않았으나 더러 있었다. 어떤 작품은 법정에서 시비를 가리다 결국은 무죄로 판명나기도 하고, 어떤 작품은 판매금지를 당하기도 하고 또 어떤 작품은 저자가 벌금형이나 실형 선고를 받기도 한다.

여기서 그런 자초지종을 해방 이후의 다섯 작품을 예로 들어 알아보기로 하겠다.

이런저런 문학작품 외설 시비

방영웅의 『분례기(糞禮記)』는 1967년 계간 『창작과비평』이 신인 장편 발굴 형식으로 연재한 작품으로 그해 문단의 화제작이 되었다.

작가의 고향인 충남 예산군 어느 시골 마을이 배경이다. 어쩌다가 여주인공이 변소간에서 태어나다 보니 호적 이름이 '분례'가 되었는데, 평상시는 '똥예'라고 불리고 있다. 노름꾼 아버지 밑에서 어렵게 자란 이 주인공이 시집 가서 남편에게 결국 버림받게 되는 과정이 가련하고 슬프다. 원초적 욕망의 과감한 성적 표현과 묘사가 나오기도 해 책으로 나와서는 한동안 판금도서로 분류되었다.

그리고 이 소설에 얽힌 일화라면 『창작과비평』이 창간 초창기라 운영의 어려움을 겪고 있을 때, 이 작품이 6호부터 3회 분재로 나가자 발행 부수가 껑충 뛰어올라 형편이 좀 나아졌다는 것이다. 잡지로 보면 '똥예'가 '똥'이 아니라 바로 '금'이 되어 '효녀' 노릇을 한 셈이다.

1969년 7월에 건국대 교수요 수필가인 박승훈이 논픽션 르포물 시리즈인 『서울의 밤』과 『영점하(零點下)의 새끼들』 등 때문에 음란서적 제조 및 반포 혐의로 서울지검에 소환되어 신문을 받았다. 결국 문란한 남녀 간의 정사 장면을 묘사했다고 법정에서 유죄로 인정되어 벌금형을 받는다.

또 거의 비슷한 시기에 염재만의 장편소설 『반노(叛奴)』도 시비에 걸렸다. 1969년 4월에 음란성 때문에 검찰에 불구속으로 입건되어 1심에서 벌금형을 받는다. 내용은 부부간의 도착된 성생활을 그린 것인데, 1969년에 시작된 이 시비 사건이 무려 7년간이나 끌다 1975년 12월에 대법원에서 무죄가 확정된다.

대법원은 이 작품의 전체적 흐름으로 볼 때 음란성 조장으로 볼 수 없고, 아울러 문학작품의 음란성 여부는 어떤 한 부분만을 따로 떼어내어서는 안되며 작품 전체와 관련하여 판단해야 된다고 판시해주었다. 관심 있는 사람들은 이 무죄 판결을 보고 남녀 성애 묘사의 한계를 넓혀주었다고 평가했다.

마광수의 소설『즐거운 사라』는 1992년 10월에 사건화되었다. 작가는 음란물 필화 사건으로 전격 구속되어 1차로 두 달 동안 수감생활을 했다. 그때까지 나온 문학작품의 성 담론 중에서는 가히 핵폭탄급이었다. 특히 주인공 여대생이 대학교수와 사회의 통념에 벗어나 벌이는 부도덕한 성관계, 여자친구와의 동성애, 혼음, 항문섹스, 비속한 욕설, 임의의 남자와 즉흥적 동침, 카섹스 등등이 가히 포르노의 만화경처럼 펼쳐진다. 같은 대학교수로 있는 사람들은 어떻게 교수 신분으로 그렇게 용감한 작품을 내놓을 수 있는가 하고 의아해하기도 했고 또 어떤 사람들은 작가가 지니고 있는 어떤 정신적 장애나 성적 장애의 보상심리가 그런 형태의 작품으로 형상화된 것이 아니겠는가 하는 추측도 했다. 또 혹평가들은 변태심리라고도 했다.

사실 마광수는 시인이었지만 시인으로서는 큰 두각을 나타내지 못하다가 1989년도에 나온 수필집『나는 야한 여자가 좋다』로 좀 유명해졌다. 그러다가 이 소설로 그는 결정적으로 유명인이 된다. 교양주의나 교훈주의에서 180도 벗어난 이 창작물은 그 반응의 명암이 엇갈렸다. 일반인이나 젊은 대학생들에게는 신선한 충격을 주었고, 반면 문인, 교수, 종교인으로 부터는 호된 비판을 받았다.

1992년도에 벌어진 이 시비 사건은 1981년도에 유죄란 최종심 확정으로 마무리된다. 이로 인해 작가는 연세대 교수직에서 해직된다.

1998년에 복직되었으나 2000년 재임용에서 한번 탈락했다가 우여곡절을 거친 후에 다시 교수가 된다.

장정일은 1996년에 나온 장편『내게 거짓말을 해봐』때문에 1997년 1월에 음란물 제조죄로 불구속 기소된다. 재판에서 반성의 기색이 없다고 10개월의 실형을 선고받고 법정 구속된다.

이 소설은 중년 조각가와 고3 여학생의 변태적 성행위가 기본 줄거리다. 아내를 파리에 유학을 보내놓고, 현재 아무것도 하지 않으며 혼자 살고 있는 그 조각가가 20년 나이 차이가 나는 그 상대와 어울려 서울과 지방도시를 떠돌며 벌이는 애정 행각이 작품 내용의 7할을 차지하고 있다.

문학과 성, 멀리할 수도 가까이할 수도 없는 것

지금까지 우리는 다섯 건의 외설 시비 사건의 내막을 알아봤다. 어떤 건은 유죄로, 어떤 건은 무죄로 판명나는 것을 보며 외설이냐 아니냐 하는 판단이 참으로 어렵겠구나 하는 생각을 다시금 하게 된다. 문학작품이란 한마디로 그 속성상 성 문제를 너무 멀리할 수도 없고 또 너무 가까이할 수도 없는 처지다. 우리 인간이 원천적으로 성 본능을 무시하고 살 수 없듯 문학과 성 문제 사이에도 그와 같은 함수관계가 성립된다. 잘만 처리하면 맛도 나고 보기도 좋은 양념이나 고명이 될 수 있다.

문학과 성 문제를 놓고 보면 외설 시비에 걸리지 않을 그 최대 근사치나 그 한계가 있을 것이다. 분명 보이지 않는 무형의 황금비율

이 있을 것이다. 그것을 찾아내 작품 형상화에 잘 이용하고 적용하는 것이 곧 그 작가의 능력이리라. 성 그리고 사랑은 문학이라는 '예술의 집'을 밝혀주고, 집 안을 온기 있게 해주는 촛불이요, 벽난로임은 분명하다. 그러나 자칫하다간 외설이란 큰 불의 화도 당할 수 있으니 그 양면성은 늘 상존하고 있다.

그리고 이 외설 시비를 보며 또 한 가지 더 생각해본 것은 이제는 우리 독자들의 수준도 수준인 만큼, 그런 문제를 법에서 왈가왈부할 것이 아니라 독자들의 판단에 맡겼으면 한다는 것이다. 법에서 할 수 있는 최종의 보루와 배수진으로 판금조치 정도는 있으니 만사를 그렇게 어렵게 생각할 필요가 없지 않나 싶다. 역설적으로 말해 외설의 사건화는 오히려 해당 작품의 노이즈 마케팅이 되어온 점을 거꾸로 생각해볼 필요도 있다. 혹시 말썽이라도 나면 호기심에서라도 책이 불티나게 팔리는 것을 우리는 너무나도 많이 보아왔지 않았던가.

크고 작은 홍역을 앓았던 문인 필화 사건

언론이나 출판 등 이런저런 매체를 통해 문학 아닌 다른 문제로 야기된 필화 사건도 더러 있었는데, 이에는 우리 문단도 예외는 아니다. 발표된 작품으로 크고 작은 필화의 홍역을 치른 경우가 더러 있다. 해방 전은 별개로 하더라도 해방 이후부터 오늘에 이르기까지 크고 작은 여러 사건 중에서 우리의 기억에 남아 있는 사건은 약 10여 건이 좀 넘는다. 해당 작품이 작가들은 반공법, 국가보안법, 긴급조치 위반, 성풍속 문란 및 그 위반, 기타 등으로 체포 연행, 구금 및 고문, 실형 등의 화를 당했다.

각계의 공격을 받은 정비석의 『자유부인』

뭐니 뭐니 해도 휴전 직후 약간은 스산한 사회 분위기에 좀 색다른 화제를 불러일으켰던 소설은 정비석의 『자유부인』이다. 1954년 1월부터 8월까지 『서울신문』에 연재된 소설이다. 대학교수 아내의 춤바람 그리고 정계와 경제계 등장인물들의 타락상을 그려내다 보니, 이해관계가 있는 각계로부터 격렬한 비난과 견제가 터져나왔다. 대학교수를 사회적으로 모욕하고 왜곡했다고 발끈했던 서울 법대 황산덕 교수와의 논쟁, 북괴의 사주를 받은 '이적(利敵)소설'로 몰아가는 권력층의 압력, 여성을 모욕하고 있다는 여성단체의 고발 등등이 잇따라 있었다. 결국 갖가지 압력과 고발 등으로 여러 해당 수사기관의 취조까지 받았다. 작가가 처음엔 심적 고통을 받았지만 시간이 지남에 따라 모든 것이 큰 탈은 없이 잘 마무리된 필화 사건이다.

종교계를 들썩이게 한 송기동의 「회귀선」

1958년도에는 작가 송기동의 「회귀선(回歸線)」 필화 사건이 일어났다. 그해 『현대문학』 5월 호에 발표된 신인 추천작품이다. 이 단편은 예수를 모델로 한 것으로 기독교계의 예수상과는 정반대의 인물상을 그렸는데, 심지어 시신을 보니 남성 노릇도 할 수 없는 고자라고 하는 표현도 있었다.

이렇게 되자 기독교와 관련 있는 신문과 잡지에서는 비난의 글을 쏟아냈고, 교계는 교계대로 비난과 항의가 잡지사로 빗발쳤다. 그래서 발표지에서는 수습책의 일환으로 편집 책임자가 역시 그해 9월 호에 사죄의 마음도 담아 발표 경위를 소상히 그리고 정중히 밝혀 다소나마 진정을 시켰다. 또 10월호에서는 추천위원인 작가 계용묵이 직접 나서 어쩌다 실수에 의한 추천이었다는 내용의 해명 및 사과문을 실어 일단락되었다.

정치적, 사상적으로 문제가 된 필화 사건들

1964년에는 그 바로 앞해인 1963년 『현대문학』 12월호에 발표된 정공채의 장시 「미(美) 8군(軍)의 차」가 문제가 되었다. 1964년도에 일본의 문학지 『신일본문학』 『제3세계의 문학』 등에 이 시가 번역되어 게재된 것을 계기로, 작가가 반공법 위반 내지 반미주의 혐의로 연행되어 고초를 당하다 곧 기소중지로 풀려나온다.

1965년에는 남정현의 「분지(糞地)」 사건이 났다. 그때로서는 문학작품이 재판에 회부된 것이 처음이라 많은 이목이 집중되었다. 이 작품은 그해 『현대문학』 3월호에 발표되었는데 한동안 별탈이 없다가 5, 6개월이 지나고서 그만 작가가 구속 송치되는 일이 벌어지고 말았다. 문제의 발단은 이 작품이 북한의 조선노동당 기관지 『조국통일』에 무단 전재되어 반미 선전에 이용됨으로써였다. 구속 사유는 반미적이고 6 · 25를 우연한 충돌로 보았으며, 대한민국을 연합군이 흘리는 똥물이나 먹고 사는 나라라 했기에 이적 행위에 해당한다는 것이다.

미군에게 성폭행을 당하고 정신착란을 일으켜 사망한 어머니를 둔 주인공 홍만수가 여동생의 동거남인 미군의 아내를 겁탈한다는 것이 작품의 줄거리다. 과장과 희화화 등 우화적 수법으로 쓰다 보니 자연 반미적 요소가 가미되어 있었지만 용공은 아니었고, 밑바탕에는 민족 주체 의식이 강조되어 있었다.

재판에 회부되자 문단 일각에서 많은 진정과 탄원이 잇따르고 주요 문단인들이 창작과 표현의 자유 견지에서 변론을 맡아 가까스로 선고유예로 풀려나왔다.

1970년에는 김지하의 「오적(五敵)」 사건이 났다. 『사상계』 5월호에 발표된 이 작품은 판소리 형태의 저항적 풍자시다. 재벌, 국회의원, 고급 공무원, 장성, 장차관 등 특권층을 오적으로 몰아 비판한 내용이다. 사건의 발단은 이 시가 야당인 신민당의 기관지 『민주전선』 6월 1일자에 다시 게재됨으로써이다. 빈부격차를 부각시킴으로써 계급의식을 고취한 용공 작품으로 반공법을 위반했다는 것이 죄명이었다.

재판에서 징역 1년을 선고받았으나 국내외의 구명운동에 힘입어 선고유예로 풀려났다. 작가는 연이어 1972년 『창조』지에 발표한 장시 「비어(蜚語)」가 정치와 사회에 대한 신랄한 풍자로 지목되어 또 필화를 입었다.

1975년에는 양성우의 시 「겨울공화국」이 문제가 되었다. 유신 독재를 비판한 이 작품을 어느 문학 집회에서 낭독했다가 광주 중앙여고 교직에서 파면된다. 그다음, 1977년에는 장시 「노예수첩」을 일본 『세계』지에 발표했는데 국가모독 및 대통령 긴급조치 위반으로 구속되어 2년여의 옥고를 치른다.

1977년에는 박양호의 단편 「미친 새」가 문제화된다. 『현대문학』 10월호에 발표된 작품인데, 닭과 새를 등장시켜 당대 현실을 우화적으로 풍자하다 보니 긴급조치 위반으로 구속된다. 그러나 한 달 만에 기소유예로 풀려나왔다.

현기영의 중편 「순이 삼촌」은 1978년 『창작과비평』 가을호에 발표되었는데, 그 이듬해인 1979년 말경에 다른 작품과 함께 첫 창작집으로 『순이 삼촌』을 내자 문제가 생겼다. 금기시된 제주도 4·3사건을 다루었다고 책은 판매 금지를 당했고, 작가는 수사기관에 연행되어 심문의 고초를 당했다.

1979년에는 오영수의 「특질고」 사건이 생겼다. 『문학사상』 1월호에 발표된 작품이다. 여러 지방민의 특질적 성격을 향토적이고 풍속적 관점에서 쓴 글이다. 이 중에서 호남인들의 풍류의 멋 같은 좋은 면도 언급했는데, 때론 표리부동하고 신의가 없다고 한 말이 화를 불렀다. 이로 인해 호남인들의 집중적인 항의와 지탄을 받았다. 버스 두 대를 타고 서울로 올라와 문학사상사를 찾아가 규탄 집회를 갖고 또 요양차 울주군에 낙향해 있는 그의 집으로 찾아가 거센 시위를 하니, 작가는 무릎을 꿇고 백배 사죄하는 수모를 겪는다. 절필선언, 문인협회 제명 등등의 충격으로 건강이 더욱 악화되어 결국 그해 5월에 타계하고 만다.

지금 다시 생각해보면 그 사건은 그 당시 예민했던 호남 푸대접이라는 지역 감정이 주된 원인이었다 싶은데, 만약 그 작가가 경상도가 아닌 타도 출신이었다면, 그런 화를 면했지 않았을까도 싶다.

1981년 5월에는 『중앙일보』에 연재 중이던 한수산의 『욕망의 거리』가 문제화되었다. 군데군데 군인이나 베트남 참전 용사에 대해 묘사하는 과정에서 전두환을 비롯한 군부정권에 대한 비판을 에둘러 좀 집어넣은 것이 말썽이 되어 육군 보안사에 연행되어 심문을 당했다. 풀려나와서는 일본으로 건너가 수년간 머물렀다. 사람들은 소설 속의 극히 지엽적인 문제를 사건화한 것은 군부정권의 자격지심에서 나온 과민반응이라고 평하기도 했다.

1987년에는 이산하의 장편 서사시 『한라산』이 문제가 되었다. 그 해 무크지 『녹두서평』에 발표되었고 또 북한의 『노동신문』에 전재되었다. 40년간 은폐된 제주 4·3학살과 그 진실을 폭로한 것이라 해서 국가보안법 위반이란 사유로 구속되었다. 여섯 차례의 공판 끝에 징역 1년 6개월을 선고받았다. 석방 후엔 약 10년간 절필한다.

1994년도에는 조정래의 『태백산맥』이 국가보안법 위반으로 고발된다. 1983년에 이 소설이 처음 연재된 이후 많은 독자가 관심을 갖게 됨과 동시에 작가가 역사를 보는 눈이 종래의 관점에서 벗어나 새로운 해석을 하게 되자 여러 이야기가 알게 모르게 무성하기 시작했다. 불온하다, 좌경적이다라는 것이다. 드디어 1994년 10월경에 고발을 당했다. 그 후 오랫동안 재판에 계류되어 우여곡절을 겪다 2005년 8월에야 비로소 대법원으로부터 무혐의 판결을 받는다.

필화로 본 시대의 아이러니

여기서 별도로 주목해볼 점은 몇몇 필화 사건이 작품 발표될 당시는 아무 일도 없이 지나가다 해당 작품들이 북한이나 일본 그리고 국내 야당지에 이용됨으로써 사건화된 점이다. 재게재가 없었다면 무사할 수도 있을 가능성도 높았지 않았을까. 말하자면 불이 붙으니 소방차가 달려든 형국이다. 그러고 보면 각 필자들이 필화를 입게 성냥불을 붙인 주범은 각 재게재지가 아닌가 싶다.

그리고 세월이 지난 지금 필화의 내용을 다시 생각해보면, 지금은 그 내용을 법에서 왈가왈부할 일도 아닌데 사람이나 작품이나를 막론하고 좋건 궂건 그 시대는 그 시대의 법이나 규범 또는 관행에 어떤 형태이건 구속이나 제약을 받고 있었구나 싶다. 그런데 지나간 한 시대를 비웃기라도 하듯 그런 작품들 중의 무대이기도 한 보성군 벌교읍에 지금은 '태백산맥 문학관'이 세워져 있는 것을 보며, 변화된 시대의 아이러니 한 자락도 보게 된다.

문단 데뷔에 얽힌 여러 이야기들

등단의 방법—신춘문예와 문예지 추천

내가 평론으로 문단에 데뷔한 것은 1961년도다. 그 당시 우리 같은 문학청년들이 문단에 데뷔할 수 있는 길은 대체로 두 가지 길밖에 없었다. 신문의 신춘문예를 통한 당선과 문예지를 통한 추천의 길이었다. 신춘문예의 당선은 화려하고 하늘의 별 따기이긴 하지만 발표 지면에 대한 보장이 없는 대신, 문예지는 지면 보장은 물론 1회 추천이라도 받아놓으면 계속 노력하여 이른바 추천 완료를 따낼 수 있는 유리한 점이 있었다.

나는 군 복무를 마친 대학 복학생 신분이라 젊은 객기로 신춘문예를 생각해보기도 했지만, 설사 당선이 된다 하더라도 지방 출신이라 자칫 영원한 고아나 미아가 될 것도 같아 『현대문학』지에 추천을 받기로 작정했다. 운이 따랐는지 1961년 8월호에 1회 추천을 받았고 곧이어 3개월 후인 11월호에 추천 완료가 되어 23세의 대학생 평론가가 되었다. 특히 지방에서는 평론가 데뷔가 정말 귀한 시절이다 보니 사람들은 나에게 듣기 좋은 별의별 소리도 해주었다. 출신고

(진주고)로 보면 제1호요, 대학(부산대)으로 보면 단명에 떠난 고석규 다음의 제2호이고, 출생지(경남 산청)와 성장지(경남 하동)로는 제1호라는 등의 격려와 칭찬이었다. 어쩌면 알게 모르게 그런 아편에 감염된 것이 말하자면 50년이 넘는 세월 동안 펜을 놓지 않게끔 한 무형의 힘인지도 모르겠다.

아무튼 이런 추천제는 1939년에 창간된 『문장』지가 처음 도입했는데, 소설 부문에 이태준, 시 부문에 정지용이 추천의 선자였다. 이 제도는 해방 후의 『문예』, 6 · 25 이후의 『현대문학』, 『문학예술』, 『자유문학』으로 이어졌는데, 시 3회, 소설, 희곡, 평론 각각 2회로 추천 완료가 되었다. 이 추천 제도가 그나마 권위를 자랑하고 당당히 인정을 받은 시기는 이 제도 도입 이후부터 1970년대까지다. 이제는 이 제도가 거의 없어졌다. 우후죽순처럼 나온 잡지가 쉽게 신인들을 끌어들이기 위해 추천제 아닌 1회 당선으로 바꾸었다.

신춘문예의 역사

그래서 이번엔 신춘문예에 얽힌 이야기를 집중적으로 해보겠다. 이 제도의 첫 도입은 1925년 『동아일보』에서부터다. 그 뒤 각 신문마다 경쟁이라도 하듯 도입했는데 6 · 25로 잠시 쉬었다가 다시 시작하여 오늘에 이르고 있다. 신춘문예 당선은 문학청년이라면 누구나 한 번쯤은 탐내볼 수 있는 신년 연중 행사이기에 그 경쟁은 말 그대로 하늘의 별 따기요, 낙타 바늘구멍 들어가기다. 그래서 혹시나 하고 행운을 잡아보려는 수많은 중독증 환자도 생겨난다. 5, 6년 동안 계속 낙방하는 것도 예사다. 1970년대 작가로 입신한 조해일, 김주영, 황석영도 사실은 1960년대 신춘문예의 단골 낙방생이었다. 이 중 조해일은 1962년부터 응모하기 시작해 여덟 차례나 낙방한 경험이 있다. 그러다가 1970년에 비로소 운이 와 중앙일보에 「매일 죽는 사람」이 당선되어 결국 소기의 목적을 달성한다.

심지어 43차례나 고배를 마신 기록자도 있다. 그가 바로 뒤에 신춘문예가 아닌 문학지로 데뷔한 작가 심상대다. 17세인 고교 2학년 때부터 30세까지 무려 13년 동안이나 소설 분야에 응모했지만 번번이 낙방이었다. 그 과정에서 꼭 한 번 『동아일보』 최종심에 오른 것이 고작이었다. 매년 적게는 2편, 많게는 7편씩 1989년까지 무려 43편을 각 신문에 마치 융단폭격을 하듯 응모한 이력을 가지고 있다.

한때는 좌절감에 자살을 할까 하는 마음도 가졌다고 한다. 그러다가 주변의 권유도 있고 해서 마음을 바꾸어 1990년에 『세계의 문학』지에 소설 3편을 응모하여 당선된다. 등단에 얽힌 사연으로서는 전무후무하다고나 할까.

신춘문예 다관왕과 최연소 당선자

그런데 당선이 이렇게나 어려운데 천우신조 같은 행운이 따라 당선된 예도 있고 또 당선 다관왕도 태어난다. 그런가 하면 10대의 청소년이 당선되거나 가작 입선한 예외적인 사건도 있다.

행운의 당선자라면 응모 다섯 번 만에 당선되어 뒤에 작단의 인기 작가가 된 박범신이다. 1973년 중앙일보에 그의 소설 「여름의 잔해」

가 당선되었는데, 한때 그 작품을 두고 농으로 '쓰레기통에서 건진 당선작'이라 부르곤 했다. 거기엔 우연과 행운이 겹친 기막힌 사연이 있다. 지난날 원고지 시대에는 작품의 맨 앞 다섯 장 이내에서 예심 통과냐 탈락이냐가 거의 결정났다. 마감 후 제한된 기간 내에 1차로 예심을 마치고 본심에 넘겨야 하기 때문에 산더미처럼 쌓여 있는 응모작을 두고 꼼꼼히 읽고 완독할 시간이 없다 보니 부득불 첫인상에서 판가름을 냈다.

사실은 이 작품도 예심에서 탈락되어 쓰레기통 신세였다. 당시 문학 담당 기자였던 정규웅도 예심에 참여했는데 다른 예심위원이 탈락시켰지만, 행여나 하고 주워내 읽어보니 충분히 본심에 올라갈 만한 것이라 본심에 끼워넣었다. 당선된 것은 물론 아이로니컬하게도 그해 신춘문예 당선 소설 중에 매우 우수하단 평까지 들었으니 우연의 행운치고는 손꼽을 만한 일이 아닌가 싶다.

또 남들은 모두 추풍낙엽인데 유독 당선의 기회를 많이 거머쥔 응모자도 있다. 5관왕 이근배와 4관왕 문형렬이다. 이근배는 1차로 시조 부문에서 1961년도에 3관왕이 된다. 『서울신문』, 『경향신문』, 『한국일보』 당선이다. 그 이듬해인 1962년도에 또 『조선일보』에 시조가 당선되고, 그다음 1964년도에는 약간 장르를 바꾸어 다시 『조선일보』에 시가 당선되어 결과적으로 전체 5관왕이 된 것이다. 이로 인해 칭찬도 받았지만 한편에선 독식하고 있다는 소리도 들었다.

문형렬은 1975년도에 『매일신문』에 동화가 당선된 이후, 1982년도에는 『조선일보』에 시가, 『매일신문』에는 소설이 각각 당선되었고, 그다음 1984년도에는 『조선일보』에 다시 소설이 당선되어 전체 4관왕이 된다.

성인들과 겨루어 의외로 10대 당선자가 나온 경우가 더러 있어 세상을 놀라게도 했다. 저 멀리로부터는 1938년『동아일보』에 소설「실락원」으로 당선된 곽하신이 있는데, 그때 나이 18세였다. 1958년도에는 후에 〈기다리는 마음〉의 작사자가 된 김민부가『한국일보』에 시조로 당선되었는데, 부산고 3학년이었다. 1959년도에는『한국일보』에서 주문돈이 시로 또 같은 해『조선일보』에서 김재원이 시로 각각 당선되었는데, 둘 다 10대였다. 공교롭게도 두 지면이 10대의 시 당선이라 성인 응모자들은 모두 자존심이 무척 상했으리라.

이런 10대의 당선에 비해 10대의 가작 입선은 큰 화제는 아니겠지만 그래도 10대가 성인들을 제치고 가작에 들었다는 사실 하나만으로도 충분한 이야깃거리는 된다.『동아일보』 신춘문예 모집 첫해인 1925년에 윤석중이 동화 부문에 14세 나이로 가작 입선했고 또 같은 해『매일신보』에 최인욱이 소설로 18세 나이에 입선했다. 1958년도에는『동아일보』에 천승세의 소설과 박경용의 시조가 각각 입선되었다. 1963년도에는『한국일보』의 소설에 최인호가 입선되었는데, 고교 3학년이었다.

이런 사실들을 두고 볼 때 문학이란 꼭 나이나 학력과는 큰 연관이 없다는 것을 확인할 수도 있다. 박사라고 해서 또 교수라고 해서 또 아니면 일류 대학 출신이라고 해서 일류 문인이 되는 것은 아니다. 천부적인 재능과 감수성 그리고 개인적 노력 여하에 달려 있다. 문득 소설『슬픔이여 안녕』을 쓴 프랑스의 프랑수아즈 사강과 역시 프랑스의 귀재 시인 아르튀르 랭보가 떠오른다. 좀 예외적인 장르가 있다면 평론이다. 그렇지만 딱딱한 강단비평이라면 몰라도 창의력이 있는 창조비평은 꼭 높은 학력이나 공부만을 요하는 것이 아니라 창조적 에스프리만 있으면 족하기에, 다른 장르에 비해 좀 늦을 순 있지만 일찍 데뷔할 수도 있다. 그리고 참고로 국내외 비평사에 오래 남아 있는 글은 역시 창조비평이지 강단비평이 아니다. 강단비평은 창조비평에 비하면 속성상 2급 비평이라 생동감이나 생명력이 약하다.

이외에도 신춘문예 등단과 관련된 이야기라면, 심사위원 간 최종적으로 의견이 엇갈리기도 한다. 보는 관점이나 취향에 따라 대립될 수도 있다. 그 어느 쪽이 양보하지 않는 이상, 가장 쉬운 해결책은 공동 수상으로의 낙착이다. 1979년『동아일보』중편소설 부문의 이문열과 이순, 평론 부문의 정과리와 장석주, 1981년『한국일보』소설 부문의 황충상과 이건숙, 1995년『동아일보』역시 중편 부문의 은희경과 전경린이 바로 그런 경우다.

등단 제도의 한계

신춘문예에 당선이건 또 문학지 추천이나 당선이건 이것들은 우리나라에만 있는 등단 제도이다. 외국에서는 책임 있는 출판사에서 선별한 후 책이 나오면 그것이 곧 등단이다. 우리나라에는 이런 제도가 없다 보니 지난날 문학 지망생들은 자연 너도나도 신춘문예 아니면 추천으로 몰려들었다.

그러나 신춘문예 응모에서는 옥석이 잘 구별되지 않거나 시간이 없어 특히 예심 과정에서는 물론 본심 과정에서도 심사위원의 취향에 맞지 않아 억울하게 탈락하는 사례가 종종 있을 수도 있다.

그래서 행여 이런 작품이 있다면 구제해보기 위해 1971년도에 월간『세대』지가 신춘문예 선외작품 공모도 했다. 일종의 패자부활전이다. 이때 조선작은 이미 수차례 낙방해본 경험이 있는지라 낙방작「지사총」을 다시 내어 당선의 한풀이는 했고, 이것이 계기가 되어『영자의 전성시대』를 내어 한때나마 이름을 드날리기도 했다.

나는 지금 신춘문예가 되었건 추천이 되었건 문단에 나와 활동하다 그동안 명멸해간 수많은 문인들을 한번 생각해본다. 그중 빤짝하다 사라진 사람, 중도 포기하고 만 사람, 일찍 저세상으로 가버린 사람들을 별도로 떠올려본다. 그나마 나는 이렇게라도 50년 이상 펜대를 놓지 않고 있다는 것만도 큰 다행이 아닌가 싶다.

문협판 '황야의 7인'과 '4인방'

〈황야의 7인〉은 1960년대 초에 우리나라에 들어와 많은 관객을 동원한 할리우드의 서부영화 제목이다. 율 브리너, 스티브 매킨, 찰스 브론슨 등과 같은 명배우 일곱 명이 총잡이로 등장하여 어느 한 마을 사람들을 괴롭히는 악당들을 물리쳐준다는 스릴 넘치는 영화다. 그리고 '4인방'은 중국 문화혁명 말기에 해당하는 1974년과 1975년 사이에 무소불위로 활동했던 파벌 조직으로서 문화혁명의 실세였다. '방(幇)'은 '한패거리'란 뜻인데 거기엔 마오쩌둥의 처 장칭(江靑), 야오원위안(姚文元), 왕훙원(王洪文), 장춘차오(張春橋)가 가담되어 있었다. 결국은 당권과 국가 권력기관까지 넘보다 마오쩌둥 사후인 1976년 이후 모두 숙청되고 말았다.

이 두 사례에서 직접 따온 '황야의 7인'과 '4인방'이란 말이 한때나마 한국문인협회 소속의 어느 특정 소집단을 지칭해주는 별칭 아닌 별칭으로 입에 오르내린 적이 있다. '황야의 7인'이 1960년대 말부터 오르내린 말이었다면, '4인방'은 1970년대 중반부터 오르내린 말이다.

문협에 새 바람을 몰아오려 했던 황야의 7인

그 사연은 이렇다. 뭐니 뭐니 해도 문협의 장기 집권을 우선 막아 보자는 모의가 나온 것은 바로 이 '황야의 7인'이란 소집단이 발단이다. 그 멤버에는 시인 이동주, 이형기, 송영택, 성춘복, 이성교, 평론가 김상일 그리고 이름 미상인 다른 한 분이 포함되어 공교롭게도 7인이기에 그 당시 시인이요 영화감독으로서 예총 회장을 맡고 있던 이봉래가 '황야의 7인'이란 이름을 붙여주었다. 당시 문협 이사장은 월탄 박종화였다. 이 7인은 월탄이 초대 회장 전영택 다음으로 2대 회장이 되어 7, 8년간 이사장 자리를 너무 오래 붙들고 앉아 있는 것에 불만을 풀고 다음 9대부터는 새로운 사람으로 바꾸어야 한다는 의견을 퍼뜨리기 시작했다. 차기 이사장감으로 염두에 두고 있던 사람이 바로 김동리였다. 말하자면 김동리가 1대에서부터 그때까지 부이사장을 역임해오고 있기에 그를 적임자로 낙점해본 것이다.

그런데 선거전이 시작되자 의외로 조연현이 월탄을 지지하고 나섰다. 이런 상황에 처한 이때의 심정을 이 7인 중의 한 사람이었던 김상일이 그가 남긴 글에서 이렇게 적어놓고 있다.

> 사정이 이렇게 되고 보니 우리들 7인은 바야흐로 광대무변한 황야에서 모진 황사를 한몸에 받으며 전전긍긍하지 않을 수 없었던 것이다. 우리는 동리 선생을 업었지만(새 이사장으로) 외로웠다. 천하는 조연현 주간이 몽땅 장악하고 있었으니 우리는 고군분투하지 않을 수 없었다. 그런데 이게 어찌된 영문이냐, 선거전에서 우리가 이긴 것이다. 500명쯤 되는 문협 회원이 겉으로는

『현대문학』 주간에게 굽신굽신했지만 속으로는 염라대왕이 아주 미웠지 뭐야.

이렇게 뜻한 대로 김동리가 월탄을 누르고 승리는 했지만 결과적으로 그들은 조연현 주간으로부터 미움을 사서 서로 앙금을 풀기 전까지는 상당한 기간 동안 발표 지면을 잃고 만다. 그 당시 문단에서 유일한 발표 지면인 『현대문학』에 외면당하는 신세가 되고 말았다는 뜻이다. 사실 이 7인은 조연현 선생과는 등을 돌릴 수 없는 불가분의 인연이 있는 사람들이다. 모두 1950년대에 문단에 나왔는데, 이동주와 이형기는 『문예』를 통해, 송영택, 성춘복, 이성교, 김상일은 『현대문학』을 통해 데뷔했다. 공교롭게 두 문학지의 주간이 조연현이었고 또 종간된 『문예』의 필자들이 고스란히 『현대문학』의 필자로 넘어와 있던 사정을 감안하면 그들이야말로 한동안 '황야의 7인' 같은 신세가 된 격이라 문단 주변에서는 그들을 그렇게 불렀던 것이다.

문협을 실제로 좌지우지하던 4인방

'4인방'이란 말은 조연현이 현직 제10대 이사장 김동리를 꺾고 제11대 이사장(1973~1974)에 당선된 이후에 생긴 말이다. 조연현은 동국대 제자인 희곡작가 오학영을 자기의 손발인 양 문협 사무국장 자리에 앉혀놓았다. 거기에는 소설가 곽학송, 시인 김시철, 시인 성춘복 그리고 사무국장 오학영이 포함되어 있었다. 이들은 한마디로 모두 문협의 핵심 임원들로서 사무국장의 후견이나 비호 세력이었다. 당시 문협에서는 사무국장이 주요한 사안만 이사장에게 상의하거나 보고할 뿐이고 부이사장단이 있었지만 거의 보고받는 들러리에 불과할 정도로 권한을 축소시켜놓았기에 모든 주요 업무는 사무국장 선에서 일방적으로 처리되는 것이 관행이었다. 따라서 사무국장의 입장에서는 어쩌면 필요악처럼 의논할 상대가 되어주면서 동시에 혹시 이사회에서 공격이 들어오면 방어해줄 핵우산이 있어야 했다. 불가불 옥상옥 같은 이 실세 3인의 도움이 있어야 했던 것이다. 이 실세들은 한때나마 사무국장과 호흡을 맞추며 문협을 좌지우지했기에 비주류의 임원들은 그들의 쑥덕공론식 일처리가 몹시 못마땅하고 아니꼽기도 했다. 어떤 자리에서 그들을 비꼬기 위해 중국 문화혁명의 실세로 입에 오르내리던 그 당시의 '4인방'이 떠올라 한 말이 그만 입에서 입으로 퍼져버린 것이다.

그러다가 좀 세월이 지나다 보니 이 친위세력만으로서는 역부족이다 싶어 인원을 보강했다. 그것은 기존 '4인방'에다 여섯 명을 보강하여 이른바 '10인방'으로 확대한 것이다. 그 시기는 1983년도에 김동리가 다시 제16대 이사장 자리를 맡았을 때이고, 오학영으로 보면 사무국장에서 상임이사를 맡고서부터였다. 그 보강 인원이 부이사장 시인 황명, 소설분과회장 홍성유, 시분과회장 홍윤기, 희곡분과회장 홍승주, 평론분과회장 원형갑 등이었다. 다른 부이사장들이나 분과회장들은 자연 찬밥 신세를 면치 못했다. 이 체제는 김동리가 다시 제17대 이사장(1986~1988)으로 재임할 때까지 지속되다, 1988년도에 오학영이 교통사고로 세상을 떠나자 자연 소멸되고 말았다. 무려 15년이나 오학영이 사무국장으로서 또 상임이사로서 문협을 떡 주무르듯 하는 것을 보아온 반대파들에겐 눈엣가시 아니면 앓던 이가 하나 빠져나간 격이 되었다고나 할까.

문협의 발전적 변화를 기대하며

이 '4인방' 이나 '10인방' 체제를 다시 생각해보면, 바람직한 문협의 운영 방식이 아님은 분명하다. 이사회를 통해 공론화된 의견 수렴과 의사 결정 그리고 그 집행은 물론, 열린 문협 행정이 되게끔 하는 것이 모두가 바라는 일이 아니었을까. 그동안의 이사장, 즉 11대, 12대, 14대, 15대를 역임한 조연현, 중간 13대의 서정주, 그리고 16대, 17대의 김동리가 너무 사무국장이나 상임이사에게 모든 업무를 맡겨버린 데서 파생된 일이라 볼 때, 이사장의 책임도 결코 없지는 않다고 보인다. 반면에 실무진이 문협을 사유화했다는 혐의에서도 결코 자유로울 수는 없다.

나는 그동안 '황야의 7인' 시대는 물론 '4인방'이나 '10인방' 시대에는 문협 임원이 아니었기에 이런 것을 들어서 알고 있었을 뿐이었다. 1989년도에 조병화 시인이 제18대 이사장이 되고 또 그다음 황명 시인이 제19대 이사장이 되었을 때 비로소 두 번에 걸쳐 평론분과회장에 당선되어 지난 시절의 잘못된 운영 방식의 전철을 밟지 않도록 기회가 있을 때마다 황명 이사장에게 쐐기를 박아도 보았다. 더욱이 황명 시인이 제20대 이사장으로 연임되었을 때 나는 부이사장으로 당선되었기에 과거 그의 '10인방' 시절의 잘못된 관행들이 행여 습관처럼 되살아나지 않을까 싶어 무척 견제도 해보았다. 그리고 잘못을 그냥 바라다볼 수 없다는 평론가적 기질로 제법 투쟁도 해보았다. 그나마 다행히 과거에 비해 민주적으로 처리하려는 노력들을 보여 약간 안심은 했다.

내가 이 마당에서 이제는 우리 문협의 한 원로로서 지금 바라는 유일한 희망은 과거의 이런 잘잘못을 거울로 삼고 문협이 앞으로 더욱 발전해나갔으면 하는 것이다. 한때나마 깊이 관계했기에 마치 시집간 딸이 친정이 더욱 잘되었으면 하는 심정이요 노파심이라고나 할까.

베스트셀러 만들기 전략

베스트셀러를 만들려면 우선 좋은 의미로는 해당 책의 내용이 다른 경쟁 책들과는 차별되고 질도 높아야 할 것이다. 또는 비록 일시적일지라도 독자 대중의 호기심을 자극할 수 있는 색다른 내용이어야 할 것이다. 그다음 필요한 것이 여러 매체를 통한 광고 등 대대적인 홍보 선전일 것이다.

이런 점은 사실 베스트셀러 만들기의 기본이요 필수 조건이다. 그러나 이것만 가지고서는 결코 결정적인 승부수를 띄울 수 없다. 이른바 전략이란 것이 최대로 구사되어야 한다. 여기엔 거의 공개되다시피 한 전략이 있는가 하면, 은밀하게 이루어지는 전략도 있다.

독특하고 매력적인 제목

첫째, 제목 정하기다. 뭐니 뭐니 해도 제목이 호기심을 자극할 정도로 참신하고 멋져야 한다. 제목의 성공, 실패 여부가 일차로 책의 운명을 거의 좌우한다. 출판가에서는 '제목 장사가 반'이란 말을 공공연하게 하고 있는데 이는 곧 제목이 한 작품의 선전 간판이란 상술적 계산을 해보고 있다는 말이다.

이래저래 제목은 참 중요하다. 가령 지나간 오랜 시절의 외국 책 제목을 한번 생각해본다. 『25시』『제8요일』을 처음 접했다고 가정해보면, 우선 그 제목의 특이한 독자성에 압도당할 것이다.

그래서 제목이 얼마나 중요한가라는 것을 알려주는 국내외의 에피소드 네 가지를 소개해본다. 일찍이 모파상이 『비계덩이』란 소설을 출간하여 서점에 내놓았다. 그런데 통 팔리지 않아 『기름진 여인』으로 개제하여 다시 내놓았더니 불티나게 팔렸다. 또 일개 무명의 교사에 불과했던 슈펭글러가 서구의 황금기에 그 몰락을 예언한 역사서 『서구의 몰락』을 내놓자 그 반응은 상상 밖이었다.

그리고 우리나라의 경우에서 찾아보면 비근한 예로 먼저 김홍신의 소설 『인간시장』을 들 수 있다. 매우 자극적이다. 처음 연재 당시의 제목은 『스물두 살의 자서전』이었다. 참 평범하다. 그래서 출판할 때에는 매력적이다 싶을 정도의 『인간시장』으로 바꾼 것이 성공을 거두는 데 큰 힘이 되었다. 또 다른 하나는 김진명의 『무궁화꽃이 피었습니다』이다. 이 작품의 내용이 핵 문제와 관련이 있기에 처음 다른 출판사에서 나왔을 때의 제목은 『플루토늄의 행방』이었다. 제목이 무슨 화학방정식 수수께끼와도 같아 밋밋하고 평범해서 아예 이렇다 할 반응이 없어 빛을 보지 못하자 다시 다른 출판사로 옮겨 제목을 바꾸었다. 작품 속에 나오는 핵 개발 프로젝트의 암호명인 『무궁화꽃이 피었습니다』로 바꾸었는데 공전의 대히트를 쳤다.

이런 예에서 보다시피 때론 제목이 사업의 성패를 가른다. 그래서 행여 베스트셀러 감이 될 만하다 싶은 작품이 출판사에 들어오면 제목 바꾸기나 새로운 제목 달기에 초심초사다. 여러 개의 가제를 만들어 영업사원들에게 주어 서점의 일선 판매사원들의 의견을 종합하여 최종 결정을 하는 것도 출판가 관행 중의 하나다.

검증된 작가 모셔오기

둘째, 출판사가 새로운 베스트셀러가 될 만한 작가의 작품을 만나는 것은 서로의 운이 닿아야 하니, 우선은 보증수표나 다름없는 기존 베스트셀러 작가를 잡고 보자는 것도 하나의 공개된 전략이다. 이는 곧 이름값의 덕을 보자는 발상이요 전략이다. 사실 한 작가가 평생 베스트셀러 한두 권이라도 낸다면 그것도 큰 다행인데, 우리 독서계는 이해가 안 갈 정도로 한번 베스트셀러 순위에 오르면 십중팔구 거의 연속적으로 베스트셀러가 된다. 1980년부터 2010년까지 30년간에 걸쳐 베스트셀러 순위에 한 번이 아니라 두 번 이상 오른 작가는 약 15명쯤은 된다. 심지어 이 중에는 네 번, 여섯 번, 일곱 번 오른 작가도 있다. 독자들의 편식 현상이라고나 할까. 독자들에게는 일단 그 이름값을 무조건 신뢰하고 책을 구입하려는 습성이 있다. 그래서 '베스트셀러 순위에 한번 오른 작가는 계속 베스트셀러를 만든다'라는 말이 출판가에선 신통력 있는 주문인 양 통용되고 있다. 그러니 인맥을 최대로 동원해 베스트셀러 작가를 모셔오는 것은 결정적인 전략이 아닐 수 없다.

여기에는 좀 반성해볼 여지도 있다. 베스트셀러 작가가 계속 베스트셀러가 될 만한 내용의 작품을 마치 빵틀에서 빵을 구워내듯 쭉쭉 뽑아낸다는 보장이 없는 이상, 우리 독서계의 장기적 발전을 위해서라도 차분한 분별력이나 선택력도 있어야 할 것이다.

언론을 활용한 전략적 홍보

셋째, 책 광고만이 아니라 별도로 신문이나 TV에 책 소개가 나가도록 하는 것도 전략이다. 신문에는 출판 담당 기자나 외부 이름 있는 인사의 서평 아니면 저자와의 인터뷰가 실린다. TV의 책 소개 코너도 잘 활용해야만 한다.

이 두 가지 전략이 주효해 베스트에 오른 소설의 예가 있다. 2000년에 나온 조창인의 『가시고기』다. KBS의 〈TV, 책을 말하다〉, MBC의 〈느낌표〉 그리고 『중앙일보』와 『조선일보』에 각각 소개가 나갔다. 이것이 큰 힘이 되어 결국 170만 부가 팔렸다.

그다음, 외부의 이름 있는 인사의 서평을 받아 신문에 내보내 크게 성공한 예도 있다. 이문열이 다음 두 책의 서평을 쓴 일이 있다. 이은성의 『소설 동의보감』이 1990년에 나왔는데 나온 지 두 달이 되어도 반응이 거의 감감무소식이었다. 그러다가 두 달 후 『조선일보』에 흡인력이 예사롭지 않다고 한 이문열의 서평이 나가자마자 폭발적으로 팔렸다. 이인화의 역사추리소설 『영원한 제국』도 비슷했다. 이 책은 1993년에 나왔는데, 마침 여름 휴가철이라 휴가를 떠날 때 배낭에 반드시 챙겨 넣어가면 좋겠다는 이문열의 『조선일보』 서평이 세찬 바람을 몰고 와 한 달 만에 10만 부 이상이 팔려나갔다.

이런 예들을 익히 보고 듣고 했기에 출판계에서는 이른바 빽줄을 잡아보려고 보이지 않는 로비가 대단하다. 메이저 출판사와 신문사나 방송국 사이에는 이미 '짜고 치는 고스톱판'이 구축되어 있지만 그 틈새에 끼어들어보려는 2급 출판사 정도에게는 정말 힘든 싸움이다. 혹시 선이 닿아 퇴근 후 고스톱판이라도 벌어질 경우에는 일부러 돈을 잃어주어 환심을 사둔다. 또 메이저 출판사는 앞으로도 계속 잘 봐달라고 설, 추석을 맞이하면 떡값을 돌린다는 이야기도 있다.

공공연한 비밀, 사재기

넷째, 자사의 책 사재기다. 처음은 자기 살 자기가 베어 먹는 식이지만 일단 출간 후 첫 주 안에 베스트셀러 순위에 올려놓고 보자는 전략이다. 이는 출판가의 공공연한 비밀이다. 이전에도 이런 꼼수가 없진 않았는데 최근 10년간 대형화, 지능화되고 있어 큰 해악이라는 우려의 소리도 높다.

그러나 이렇게라도 해놓지 않으면 기껏 만들어낸 책이 곧 고사하고 마니 출판사로서는 자구책으로 온라인상의 인터넷 서점과 오프라인의 대형 서점에서 기술적으로 노출은 피하며 마구 사들인다. 그래야 인터넷 서점 귀퉁이에라도 책이 진열될 수 있고 또 1주일 단위로 집계하는 베스트셀러 목록에 낄 수 있기 때문이다.

뿐만 아니라 책을 찾는 사람이 있어야 대형 서점의 판매대에서 퇴출당하는 불운을 면할 수도 있다. 책은 판매대 위에 진열되어 있어야 잘 팔리고 또 판매대 위에 있다는 것은 곧 잘 팔린다는 증거이니 이왕이면 판매대 위의 좋은 자리나 명당 자리를 차지하려는 보이지 않는 경쟁은 치열할 수밖에 없다.

시간 끌기 전략

다섯째, 책이 나오면 출판사 측이 일부러 서점이 문을 여는 시간보다 아주 늦게 책을 팔도록 하는 전략이다. 책을 사려는 사람들이 정해진 시간을 기다리기 위해 줄을 서 있으면 그것도 제법 큰 선전 효과다. 만약 이런 장면이 신문에 소개가 나왔다면 판매 효과에는 원자탄급일 것이다.

바이럴 마케팅

여섯째, 입소문 내기 전략이다. 여기에는 전통적인 방식과 디지털 방식이 있다. 전통적인 방식에는 두 가지가 있다. 책이 나오기 전 입소문과 나온 후 입소문이다. 책이 나오기 전 입소문을 내는 것은 주로 시집과 수필집일 경우 활용할 수 있는 방법인데, 그중 일부 작품을 어느 집단에 미리 알려뒀다가 마침 그 작품이 실린 책이 나오면 입소문으로 퍼져나가도록 하는 것이다. 신달자의 수필집 『백치 애인』과 서정윤의 시집 『홀로서기』가 기억 나는데 결국 입소문으로 베스트셀러가 되었다. 「백치 애인」이란 표제작은 약 7매 조금 넘는 짧은 글인데 먼저 여고생들 사이에서 읽히고 있었고, 「홀로서기」란 표제작은 대학가에서 읽히고 있었다. 그러다가 책으로 출간되자 호기심에서 많이 팔려나간 것이다.

또한 책이 나온 후 주된 독자가 될 만한 계층을 겨냥해 그 사람들에게 맛보기 책을 공짜로 배포하여 결국 그 반응의 입소문이 불을 당겨 베스트셀러를 만들기도 한다.

그리고 디지털 방식은 곧 인터넷상의 이메일, 블로그, 카페 등을 이용해 책을 홍보하여 차츰 입소문이 나게 하는 마케팅이다. 이는 전문 용어로 '바이럴(VIRAL) 마케팅'에 속한다.

지금까지 언급해본 전략은 판매와 연결될 수 있는 간접 전략이거나 직접적인 판매 촉진 전략인 셈이다. 우리가 이런 사실들을 발가벗기듯 투명하게 알고 나면 베스트셀러의 허상과 실상이 과연 무엇인지도 대충 짐작할 수도 있으리라 본다. 나쁘게 보면 독자 대중이 출판사들의 전략에 의해 좌지우지당하는 독자 우중이 되는 것 같기도 하다.

베스트셀러 속에 베스트 북이 들어 있을 수도 있다. 그러나 베스트셀러를 마냥 신용해서는 안 된다. 서점에 직접 나가 이 책 저 책을 들춰보며 정말 좋은 책을 고르는 노력도 필요하다.

1990년대, 추리문학의 황금기

지난 세기 추리문학의 거장이라면 우선 두 사람이 떠오른다. 벨기에 태생으로 프랑스에서 활동했던 조르주 심농과 영국의 여성 작가 애거사 크리스티다.

심농은 86세로 타계하기까지 그 유명한 '메그레 경감 시리즈'를 비롯해 콩트, 장편을 합해 무려 1,900편 이상을 발표했다. 일찍이 앙드레 지드는 그를 두고 '현대 프랑스 문단에서 가장 위대한 참다운 소설가'라고 격찬했고, 알베르 카뮈도 '20세기 가장 중요한 작가'라고 칭송했다. 그리고 애거사 크리스티는 1976년 85세로 세상을 떠나기까지 장편 66권, 단편집 20권을 펴내며 '추리소설의 여왕'이란 타이틀을 얻었다. 그러기에 1971년에는 엘리자베스 여왕으로부터 작위를 받기도 했다.

사실 이 두 사람을 생각해보면 그들의 화려하고 왕성했던 활동이 부럽다는 생각도 든다. 그렇지만 아쉬우나마 우리 추리문학의 전통을 찾아보면 빛을 내준 분들이 없었던 것은 아니다.

한국 추리문학의 전통

추리문학이 첫선을 보인 것은 1930년대이다. 작가 채만식이 서동산(徐東山)이라는 필명으로 『조선일보』에 1934년 5월 15일부터 같은 해 11월 5일까지 124회에 걸쳐 『염마(艶魔)』를 연재하였는데 원고지 약 1,300장 분량의 장편 추리소설이다. 그 뒤 김내성이 「타원형 거울」을 발표한 것이 1935년 3월이었다. 이 단편소설이 발표된 지면은 일본의 추리 전문지인 『프로필』이다. 그후 그의 대표작 『마인(魔人)』을 발표함으로써 추리문학계에는 그의 1인 시대가 도래했다. 그리고 그가 돌아가자 우리 추리문학의 맥은 거의 끊어지다시피 해왔다. 군소 작가들이 간헐적으로 그 맥을 이으려 했으나 이렇다 할 성과가 없었다.

그러다가 1980년대에 와서 비로소 본격적으로 뿌리를 내리기 시작했다. 따라서 1930년대에 출발한 우리의 추리문학이 그 이전인 1970년대까지는 추리소설사적 측면에서 보면 태동기라 할 수 있고, 1980년대는 그 정착기라 정의할 수 있다. 그다음 1990년대가 황금기요 그 전성시대였다. 또한 1980년대는 1990년대의 전성시대를 열기 위한 준비 기간이기도 하다.

이런 준비 기간 중인 1983년도에 처음으로 한국추리작가협회가 창립되었다. 이보다는 조금 앞서 대학의 주로 영문학과 교수 중에서 평소 미스터리를 좋아하던 사람들의 모임인 '미스터리 클럽'이 있었는데, 말하자면 이를 기반으로 이 작가협회가 탄생한다. 창립 당시 8명이던 회원이 불과 몇 달 뒤엔 20여 명이 될 정도로 세가 확대된다. 초대 회장은 영문학자 이가형 교수였다. 그는 세계의 추리 명작들을 많이 번역하여 직간접으로 추리문학의 분위기 형성에 기여하면서 때론 추리소설 해설이나 관련 평론을 쓰기도 했다.

여름추리학교의 추억

그리고 협회의 연중 행사로 1988년도부터 여름추리학교를 열어 회원 상호 간의 친목을 다지며 일반 독자들도 참여시켜 추리문학에 대한 관심을 높여나갔다. 1989년도 제2회 추리학교에는 내가 초청되어 '한국문학의 추리소설'이란 제목으로 강연을 하기도 했다. 이 강연에서 나는 우리의 독자들이 외국 추리소설 일변도의 관심에서 벗어나 우리 것에도 관심을 보이기 시작했다고 지적하면서 근년에 상당히 우수한 작품들도 나와 베스트셀러의 가능성도 보여주고 있기도 하다며, 그 예로 김성종과 이상우를 들어보기도 했다. 그리고 앞으로 더 높은 문학성의 도입의 필요성을 비롯해 한국형 추리소설의 개발과 이를 밑받침할 수 있는 평론의 활성화와 이론 개발의 필요성도 제언해보았다.

이 여름학교는 그후로도 매년 7월에 1박 2일 아니면 2박 3일 정도로 서울 아닌 외지에서 열렸고 지금도 매년 열고 있다. 그중 1991년도 제4회 행사에서는 전혀 예상치도 못한 일이 생겼다. 서해 무인도인 사승봉도로 추리작가와 독자 150여 명이 2박 3일 일정으로 배를 타고 갔었다. 그런데 귀가하는 날 태풍이 그만 서해로 올라와 모든 선박에 출행 금지령이 내려 꼼짝없이 발이 꽁꽁 묶이고 말았다. 준비해간 음식과 물이 동이 나 절박한 상황이 되었다. 천신만고 끝에 인근 섬에 있는 해군 기지와 연락이 되어 상륙정을 이용해 그 기지로 이동해서 피난했다. 거기서 다시 해군본부와 연락하여 마치 '007작전'처럼 전투함정 두 척이 와 무사히 인천항으로 탈출(?)할 수 있었다. 이른바 '추리작가 긴급 구조작전'이었던 셈이다. 이때 나는 참여는 안 했지만 그 당시 회장이었던 이상우에게 들었다

이야기를 다시 협회의 초창기인 1980년대 말로 돌려보자. 1989년에는 추리소설 전문 출판사 현대추리사도 생겨났다. 또 계간 『미스터리』도 선보였다.

그리하여 드디어 1990년대 와서 추리문학은 전성기를 맞이한다. 당시 일간 『스포츠서울』의 편집국장이요 한국추리작가협회의 부회장인 이상우가 1991년도에 회장을 맡으면서 더욱 활력을 얻는다. 이 전성기에 활동한 작가들의 면면을 보면 추리소설 전문 작가인 김성종이나 이상우와는 별도로 순수문예 소설가들도 큰 관심을 갖고 참여했다. 현재훈, 박범신, 박양호, 송숙영, 유홍종, 정현웅, 김광수, 손영목 등이다. 또 방송이나 드라마 작가들도 참여했다. 희곡작가 하유상, 〈섬마을 선생님〉으로 유명세를 얻은 이경재, 당시 방송극작가협회장 김광섭, 한대희, 이환경 등이다.

이러한 시기인 만큼 출판사들도 추리문학 출판에 각별한 관심을 갖게 되었다. 한길사, 청어람, 행림출판사, 시공사, 명지사, 지금 그룹출판사가 되어 있는 해냄 등이다. 그 당시 즉 1990년대에는 책이 나왔다 하면 기본이 2만 권이고, 좀 나갔다 하면 5만에서 심지어 50만 권도 팔렸다. 가령 이상우의 소설 중 어느 책은 40판 이상 중판을 내어 약 50만 부가 나가기도 했다. 그런가 하면 그의 『북악에서 부는 바람』은 역사추리물인데 종합 베스트셀러 3위에 오른 적도 있다. 당시 그와 쌍벽을 이루었던 김성종의 표현을 빌리면 추리소설이 곧 '황금광맥'이었고 그는 그것을 순수 소설가들에게 은연중 자랑 삼아 말하기도 했다.

그리고 1990년대 추리소설계를 위한 특이한 사항이라면 스포츠신문에서 신문 사상 처음으로 추리소설 신춘문예 모집을 시작하여 추리작가의 발굴에 각별히 힘을 쏟고 크게는 추리문학의 활성화에 이바지했던 사실이다. 이것은 뭐니 뭐니 해도 추리작가로서 당시에는 스포츠신문의 총편집을 맡았고 나중에는 신문사의 대표로서 경영까지 해냈던 이상우의 힘이었다.

추리문학의 부활을 기대하며

그 이후 2000년대에 들어와서는 추리문학계가 약간 주춤해진다. 그러다가 인터넷을 통해 판타지, 무협 등 이른바 '장르소설'이 새롭게 유행하자 그 여세에 힘입어 그 '장르소설' 중의 한 장르인 추리소설이 다시 힘을 얻고 있다. 그렇지만 제1세대 작가들은 지난 1990년대에 대한 진한 향수를 느끼고 있을 것이고, 그 이후의 제2세대 작가들이라면 그때를 못내 부러워하며 자기들에게도 다시 한 번 그런 때와 같은 제2의 전성기가 오길 기대하고 있을지도 모른다.

때를 만난 의사 문인들

풍년이 들었다. 근년부터 최근에 이르기까지 정식 등단 의사 문인들이 주축이 되어 여러 단체가 때를 만난 듯 태어났다. 정식 문단 데뷔는 아니더라도 평소 문학에 관심 있거나 아마추어로 글을 써온 의사들도 동료나 동지 의식에서 함께 참여했다. 수필가, 시인과 같은 전문 장르별 모임은 물론 의료 전문 과목별 모임 그리고 또 학회도 결성되었다.

우후죽순으로 결성된 의사들의 문학 모임

2006년도에는 대한치과의사문인회가 결성되었다. 약 15명의 회원으로 출발하였는데 정식 등단 문인과 취미로 글을 쓰는 의사들로 구성되어 있다. 창립 이듬해인 2007년에 회지『치인문학』제1호를 내고 2013년에 4호까지 나왔는데 부정기 무크지 형식으로 2년마다 내고 있다.

2008년도에는 한국의사수필가협회가 결성되었다. 각종 칼럼을 쓰거나 수필집을 낸 의사 100여 명이 참여했는데 이 중에 수필가로 정식 등단한 사람이 40여 명이다. 창립 다음 해 2009년에 첫 작품집 『너 의사 맞아?』, 그다음 2010년에 『아픈 환자, 외로운 의사』를 내고 해마다 한 권씩 내고 있다.

여기서 전문이 되었건 취미가 되었건 의사 수필가 모임을 말하다 보니 그 원조랄 수 있는 모임이 생각난다. 1965년도에 창립된 의사 수필동우회인 '수석회(水石會)'다. 처음은 12명으로 출발했고 초대 회장은 최신해 박사였다. 최초이자 최고의 장수 모임이다. 회원도 이제는 30여 명으로 불어났으며 수필집 발간도 1966년을 시작으로 하여 한 해도 거르지 않았기에 현재 거의 50여 권에 달한다고 한다.

2010년도에는 문학의학학회가 결성되었다. 과학자로서 의사인 그들이 인문학 특히 문학을 이해함으로써 편향되지 않고 폭넓은 의사 생활을 영위한다는 것이 그 취지다. 여기에는 시인, 소설가, 평론가 등이 참여하고 있다. 학회지 『문학과 의학』을 내고 있으며, 매년 학술대회를 열고 있다.

2012년도에는 한국의사시인회가 탄생했다. 인문학적 교양을 넓히고 시적 능력을 키워보자는 뜻에서 창립되었는데 등단한 시인은 물론 취미로 시문학 활동을 하거나 관심을 가진 의사들로 구성되어 있다. 2013년에 25명의 첫 공동 사화시집 『닥터 K』를 선보였다.

이런 현상이 최근 불과 10여 년 이내에 이른바 의사 문인들이 주동이 되어 새로이 생겨난 새로운 풍속도다. 앞으로는 이런 모임이 계기가 되어 이왕이면 나도 정식 시인이나 수필가가 되어보자고 마음먹을 사람들이 더욱 많아지리라 본다. 그리고 또 성형외과다, 정신의학과다, 내과다 하여 전문 분야별 모임도 더 생겨날 것이며 그리하여 언젠가는 전국의사문인협회도 생겨나리라. 그렇게 되면 앞으로는 의사 문인들의 새로운 풍속도가 하나 더 생겨나리라 예상된다.

이런 의사 문인의 모임들이 얼핏 생각해보면 우후죽순 같아 보일 수도 있다. 그럴 만한 이유가 있다. 그러나 의사들은 원래 교육계나 문화계가 아닌 다른 직업의 사람들, 가령 경제인, 법조인, 정치인과는 달리 상대적으로 책을 더욱 가까이하고 글쓰기를 좋아한다. 또 문학이나 의학은 모두 대상을 사람으로 하고, 아픔에서 출발하여 궁극적으로 사람을 치유하는 과정이 몸이냐 정신이냐의 차이일 뿐 서로 닮아 있다. 그리고 진료 과정에서 환자들과의 상담이나 문진을 통해 많은 것을 듣고 확인도 하며, 치료 과정에서는 삶과 죽음의 경계를 넘나드는 것을 직접 보기도 해 많은 글쓰기 자료나 소재가 생긴다. 뿐만 아니라 환자만 늘 대하다 보면 정신적 피폐감도 생기고 스트레스도 쌓인다. 이럴 때 글을 쓰다 보면 자기 구제나 자기 치유도 될 수 있고 감성적, 정서적 충일감도 체험한다.

이것이 바로 의사 문인이 많이 생길 수 있는 1차적 이유다. 그리고 2차적 이유도 있다. 요즘은 통섭이 강조되는 세상이다. 따라서 의학 하나만이 아니라 다른 분야와의 통섭을 통해 새로운 의술로의 비약도 요청되고 있다. 의술이 의사의 문학 행위와 접목되면 쉽게 말해 의료 기술자로서의 차갑고 딱딱한 의술이 문학적 '인술(仁術)'로 승화되리라 본다. 그래서 상당수의 의사들이 의사 문인이 되려 하는 것이 아닐까. 물론 글을 남겨둔다는 자기 성취감도 있다.

그리고 이런 시대적 추세와 맞물려 의사 문인 단체가 하나 생기고 또 하나 생기다 보니 자극이나 파급 효과와 같은 동기 부여도 있어 여러 단체가 생겨났다고 풀이할 수 있을 것이다.

또 세계적으로 보면 의사 출신 중 유명한 문인도 더러 있다는 사실이 은연중 자부심도 부추겨 그들을 롤모델로 삼았고, 삼고 있을지도 모른다. 러시아 작가 안톤 체호프, 내과와 외과의 자격을 가지고 『달과 6펜스』와 『인간의 굴레』란 작품으로 유명한 영국 작가 서머싯 몸, 20세기 초반의 독일의 시인이요 작가였던 결핵 전문의 한스 카로사, 현대 중국의 대작가 루쉰(魯迅) 등을 떠올려보며 가끔씩 용기를 얻고 있을 수도 있다.

그렇지만 오늘날의 의사 문인 풍년 현상은 꼭 이런 사실 때문만이 아니다. 넓게 보아 지난 시절의 선배나 앞서 나갔던 동료 의사 문인들이 개척하고 쌓아둔 텃밭이 있었기에 가능도 했고 또 용기도 얻은 것이라 볼 수도 있다.

그래서 편의상 1960년대에서부터 1980년대까지만 살펴보기로 한다. 처음의 본격적인 활동 시기나 데뷔 시기에 의한 편리상의 분류는 해보겠지만 가능하면 그런 시기 이후의 개인 활동은 생략한다. 이는 곧 그 시기에 해당하는 의사 문인들의 활동 약사 겸 풍속사도 되리라 본다.

장르별로 살펴보는 의창문학사

1960년대는 의사 문인으로서 활동할 수 있는 여러 장르 중 수필의 개화 시대라 할 수 있다. 의외로 능력 있는 분들이 나와 의사의 위상은 물론 수필의 위상도 높여주었다. 서울대 의대 학장을 지내고 1960년에 보사부장관을 지낸 김성진은 곧 외과 개업의가 되어 많은 수필과 칼럼을 썼고 여러 권의 수필집도 냈다. 최신해는 청량리뇌병원을 운영하면서 『심야의 해바라기』, 『문고판 인생』 등을 내어 지가를 한껏 올려주었다. 박문하는 부산 동래에서 민중의원을 열어놓고 많은 글을 써서 곧 『배꼽 없는 여인』, 『인생쌍화탕』, 『약손』 등을 2, 3년 간격으로 연달아 펴냈다. 김사달 역시 개인병원을 운영하며 첫 수필집 『소의낙수(少醫落穗)』, 『내 말과 네 말』 등을 냈다. 가히 처음으로 이른바 '의창(醫窓)수필'이 꽃핀 시기가 바로 1960년대라 할 수 있다.

이에 비해 다른 장르는 그 등단 활동이 좀 한산한 편이었다. 시에서는 허만하와 마종기가 있다. 이 두 사람은 의학 전공자로서 문예지를 통해 데뷔해 의학 전공자도 시인이 될 수 있다는 길을 열어주었다. 그러나 각자의 사정으로 한때의 활동에 그치고 만다. 허 시인은 의대 교수 정년 후에 비로소 왕성한 활동을 한 셈이고, 마 시인은 유학차 미국에 갔다가 그곳에서 의대 교수가 되었는데 정년 후 한국에 돌아와서야 후배 의사 문인들을 이끌어주고 뒷받침해주고 있다.

소설로 보면 윤호영이 개업의로서 1960년 중반에 문예지를 통해 작가로 등단했고 첫 창작집 『인간들』을 냈으며, 전주에서 산부인과 의원을 개업하고 있던 유기수는 1960년 후반에 『경향신문』 신춘문예를 통해 등단한다. 그후 그는 특히 분단 문제에 관한 소설을 집중적으로 썼고 한때 대한의학협회 부회장을 맡은 바 있다.

한의사로서 시조시인으로 등단한 사람이 한 사람 있다. 유성규는

1959년도 『한국일보』 신춘문예로 나와 1960년대부터 꾸준히 활동했는데 오래전에 계간 『시조생활』을 창간하여 시조 생활 운동을 열성적으로 펼치고 있다.

1970년대에 들어 와서는 의사 수필가로 한형주, 이장규, 빈남수, 이철호, 이병태가 새로 등장한다. 한형주는 특히 개업의로서 낚시 수필을 많이 써 1970년대에만도 두 권을 냈는데 1971년도에 월간 『낚시춘추』를 창간하기도 했다, 이장규는 원자력병원장으로 있으며 많은 재미있는 수필을 써 역시 1970년대에 한형주처럼 두 권의 수필집을 냈다. 빈남수는 포항에서 내과 개업의로서 여러 문예지에 발표하면서 1975년도에 『괄호 밖의 인생』이란 수필집을 냈다. 이철호는 앞에 나온 적 있는 유성규 시인처럼 한의사인데 열정적으로 수필 활동도 하면서 뒤에는 문인협회의 중요 임원도 역임했다. 이병태는 치과 전문의인데 1970년대 중반경에 『현대문학』으로 등단하여 1978년도에 수필집 『깍두기로 통하는 나』를 펴냈다.

시 쪽으로는 『현대문학』으로 등단한 세 사람이 있다. 바로 1970년도에 데뷔했는데 전남대 의대 교수를 잠시 지내고 광주에 내과 개업의로서 꾸준히 활동한 진헌성, 부산대 의대를 나와 1970년대 중반에 의사 시인이 된 이상호다. 그는 현재 부산과 서울의 우리들병원장이다. 그리고 1970년대 말경에 역시 『현대문학』으로 등단한 신승철이 있다. 그 외에 충남대 의대 교수 손기섭이 다른 지면으로 등단했다.

1980년대에 와서는 의사 시인이 제법 많이 등장한다. 성형외과의 나해철은 1982년도에 『동아일보』 신춘문예에 당선된다. 치과 개업의인 김영훈은 1984년도에 『월간문학』으로 등단했으며 대한치과의사문인회 초대 회장을 지내고 지금은 고문으로 있다. 김수경은 서울대 치대 교수 시절에 문예지로 등단하여 후에 서너 권의 시집을 냈다. 이들에 비하면 좀 아래 세대인 정영태는 부산대를 나온 개업의인데 1984년도에 『시문학』지로 등단했다. 초기에는 해마다 한 권씩 다섯 권의 시집을 내고 그 뒤 나온 두 권을 남겨두고 떠났다. 살아생전에 의사 시인으로서의 열정도 대단해 1994년도에는 계간 시전문지 『시와사상』을 창간해 부산 지역에 의사 시인을 상당수 배출하기도 했다. 그리고 1980년대 말에 『창작과비평』으로 나온 국립암센터의 서홍관, 내과 전문의 배광훈도 표함된다.

수필가로는 1982년에 수필전문지 『수필문학』으로 나온 외과 전문의 박성태가 있다. 그는 성악가이기도 하며 12대 국회의원을 지냈을 뿐만 아니라 여러 병원의 원장직을 맡기도 했다. 그리고 가정의학전문의인 부산의 한영자는 1982년도에 『한국수필』로 등단했고, 1980년대 말경에는 지금은 가정의학으로 진료과목이 바뀌어 있지만 당시 정형외과의 윤주홍이 『월간문학』으로 등단한다. 덧붙여 작가로서는 정신과 전문의 이나미가 바로 1980년대 말경에 『서울신문』 신춘문예로 등단한다.

자, 그럼 마무리하겠다. 물론 1990년대와 2000년대에도 제법 많은 의사 문인들이 태어났겠지만 편의상 여기서 끝낸다. 의사 문인의 명부를 만들자는 것이 목적이 아니라 근래의 의사 문인의 모임이 활성화되게 된 그 원류나 그 텃밭을 대충 넘겨다보자는 것이 이 글의 취지이기 때문이다.

이쯤에서 결론적으로 우리가 바라는 것은 현재의 의사 문인이나 앞으로 태어날 모든 의사 문인들이 말하자면 글쓰는 행위를 통해 자기 스트레스도 치유함과 동시에 좋은 의창문학을 선보여주고 또 모두 문학인으로서 인술을 행하는 의사가 되어주었으면 하는 것이다. 끼고 있는 청진기에는 환자의 감동받은 고동소리가 들리고, 메스 끝에는 인술의 아름다운 꽃이 활짝 피었으면 한다.

춤바람 다룬 1950년대 두 소설 필화 사건

해방 후 한국 사회를 유혹한 춤바람

바람, 바람, 춤바람은 태평양에서 불어온 양키 문화의 큰 바람이었다. 해방과 미군정 시절로부터 6 · 25와 그 이후에 이르기까지 치즈와 버터가 입안에서 살살 녹아들 때, 춤바람은 유부녀의 가슴이건 처녀의 가슴이건 앙가슴 속을 살살 간지르는 별난 유혹이었고 가히 아편이었다. 일부 유한부인들이나 양키 문화에 젖어 있는 이른바 오피스걸이라 통칭되던 신여성들에겐 낯선 남자의 품에 안겨 블루스 스텝을 밟거나 또 손을 잡고 돌리고 흔드는 지르박이나 트롯은 황홀경의 리듬이라, 그런 서양춤의 춤판이 펼쳐지고 있는 댄스홀이나 카바레는 가히 새로운 자유와 해방의 별천지였다. 겉으론 사교춤이란 근사한 이름을 내걸었지만 사실은 일탈과 짝짜꿍의 온상이었다. 뜨거운 입김의 용광로 앞에서는 자연 종래의 정조 개념이란 것도 살살 녹아내리기 십상이었다.

지금 생각해보면 그것은 새로운 외래 생활문화에 익숙하지 않았던 과도기적 부작용이나 새로운 문화충격이 빚은 역현상의 어두움이었다고 좋게 해석도 할 수 있겠지만, 근원적인 문제는 춤이 남녀 불문하고 저 마음속 깊은 곳에 도사리고 있는 성적 호기심이나 충동을 충족시킬 수 있는 새로운 기회의 고급 도락으로 변질되었던 것에 있다. 이런 부작용이 큰 사회문제가 되자 드디어 정부는 1947년도에 고육지책으로 미풍양속에 거슬리는 불건전한 영업을 막는다고 유흥업정지법안을 통과시켜 댄스홀, 카바레, 바 등의 간판을 내리게 했다. 그러나 마치 음지의 독버섯처럼 사설 비밀 댄스홀이 여기저기 때를 만난 듯 생기기 시작했다. 그리고 6 · 25전쟁이 일어났던 1950년대엔 미군과 유엔군 상대의 댄스홀이 합법적으로 운영되었고 또 정부가 공식적으로 허가한 댄스홀도 다시 생겼다.

이런 배경하에 생겨난 댄스홀의 춤바람을 소설에서 다루고 동시에 그것이 빌미가 되어 커다란 사회적 이슈가 된 1950년대의 소설이라면 두 작품이 있다. 작가 김광주의 단편 「나는 너를 싫어한다—어떤 절연장」과 정비석의 연재소설 『자유부인』이다. 앞의 작품은 전시하 부산 피난 시절이 배경이고, 뒤의 것은 수복 후 서울이 배경이다.

폭행 사건으로 비화된 「나는 너를 싫어한다」

이 김광주의 단편은 야당 정치가 조병옥을 발행인으로 1952년도에 나온 월간지 『자유세계』 창간호에 실린 작품이다. 피난 생활을 하며 그나마 올곧은 생활을 하려는 성악가인 주인공이 춤을 추다 만나게 된 어느 부인과의 관계를 끊는다는 내용의 절연장 형식의 서간문이다. 작가의 의도는 향락적인 춤바람의 시대 풍조와 그 부도덕성을 고발코자 한 것인데 공교롭게도 춤바람 난 상대역이 '선전부 장관 부인'으로 설정되어 이 말이 무려 16회나 나오다 보니 급기야 문제가 되어 작가가 화를 당한 사건이다.

그 당시 자유당 치하에는 공보처가 있었는데 즉 소설 속의 그 '선전부'가 곧 공보처로 오해될 수도 있었기에, 아니나다를까 공보처장 부인이 문제를 삼았다. 작품 속의 '선전부 장관 부인'이라면 사람들은 바로 자기를 모델로 한 것이라 여길 수 있다는 항의였다. 사실은 작가의 입장에서는 그 처장 부인의 성도 이름도 모르고 단지 가공의 인물로 설정했는데 그만 작가가 날벼락을 맞은 것이다. 일종의 폭행 필화 사건이다.

그 사건의 경위는 이랬다. 어느 날 부산 시내 어느 다방에서 항의차 온 그 부인과 작가가 직접 만났다. 부인이 이 문제를 두고 자초지종을 거세게 따졌는데 일이 순조롭게 풀리지 않자 다른 사람들의 눈과 귀도 있고 하니 조용히 자기 집에 가서 이야기하자고 차에 태워 집으로 데려갔다. 그 집 안방에서 다시 이 문제를 따졌는데 작가가 실명 모델도 아니고 또 표현의 자유도 있는 만큼 그쪽에서 제시하는 공식적인 사과나 해명의 요청을 들어줄 수 없다고 완강히 거부하자 서로 자연 언성이 높아지기 시작했다. 그때 마침 이 언쟁을 듣고 있던 그 집 젊은 청년이 방으로 뛰어들어 작가를 심하게 폭행하고 말았다. 작가는 그 위협적인 상황에서 가까스로 '일부 독자의 오해를 샀다면 사과한다'는 요지의 글을 남기고 풀려난다.

이 사건은 전시 중에 한 작가가 권력자의 집에서 당한 폭행 사건이라 신문에 크게 보도되었고 큰 화제가 되었다. 그 뒤 곧 기관에서의 잡지 압수, 이에 대한 기자협회의 항의, 문화인단체의 인권 유린에 대한 처벌과 공보처장 부인의 사죄 등등에 관한 성명서 발표 등으로 이어졌고, 결국은 이 사건의 주인공 처장 부인의 해명성 기자회견으로 끝이 났다. 말하자면 춤바람을 다룬 필화요 해프닝이다.

『자유부인』 필화 사건의 이모저모

다음, 『자유부인』 사건은 너무나 잘 알려진 사건이다. 이미 '크고 작은 홍역을 앓았던 문인 필화 사건'이란 글에서 언급한 바는 있지만 거기서 다 담아내지 못한 이야기를 좀 보충해둘까 한다. 뿐만 아니라 4, 50대 이하의 세대라면 까마득한 1950년대 이야기라서 잘 모를 수도 있기에 다시 한 번 소개하겠다.

이 작품은 1954년 1월부터 8월까지 『서울신문』에 연재된 소설이다. '자유부인'이란 유행어가 생길 정도로 유명했기에 연재가 끝나자 가판 부수 5만여 부가 쑤욱 줄어들 정도였고 또 단행본으로 나오자 10만여 부 이상이 팔려나가 최초의 10만 부 이상 판매라는 기록을 남겼다. 대학교수 부인인 주부 오선영이 젊은 대학생과 춤바람이 나서 가정을 파탄의 위기로 몰고 가는 과정이 흥미로워 인기가 있었는데, 끝에 가서는 잘못을 뉘우치고 가정으로 돌아온다는 내용이다.

그런데 연재를 시작한 지 두 달쯤 되었을 때, 춤바람이 난 부인을 대학교수 부인으로 설정하여 교수의 신분을 모독하고 있다는 글이 나왔다. 서울대 대학신문에 나온 글인데 필자는 후에 문교부 장관을 지내게 되는 법대 교수 황산덕이었다. 이에 대해 작가는 열흘 후에 바로 연재지『서울신문』에 '문학의 속성을 모르는 편협한 사고'라는 내용의 반박문을 실었다. 그러자 곧 황 교수는 같은 지면을 이용해 '문화의 적, 문학 파괴자'라 하며, 더 나아가 '중공군 50만 명에 해당하는 조국의 적'이라고까지 몰아붙였다. 이렇게 되자 이를 지켜본 한 변호사가 제3자로서 1주일쯤 지나 작가의 표현의 자유를 옹호해 주는 글을 발표했다. 그러자 주변에서 당사자들로서는 서로의 견해를 밝히며 주고받은 논전이 되었다고 극구 만류해 결국은 끝이 나고 말았다.

이런 논전을 불러일으킨 것도 어쩌면 필화라면 필화이겠지만, 이보다도 더 큰 필화도 파생되었다. 이북에서『자유부인』이 남조선의 부패상을 선전하는 교양 자료로 이용되고 있다는 사실을 안 치안기관에서 작가를 소환하여 불순 세력의 공작비를 받은 게 아닌가 하고 추달한 것이다. 작가는 가벼운 홍역을 치렀고, 결과적으로는 이북이 싫어 월남한 신분임을 밝히고는 아무 탈 없이 해결되었다.

사교춤으로 비교해보는 과거와 현재

아무튼 1950년대 소설 작품에서 이런 춤바람 문제를 다룬다는 것은 휘발유 통을 들고 불 가까이 가는 격이었다. 좋은 의미로는 잘못되어가는 세태 풍속의 교정이나 고발이겠지만, 역으로는 사회나 세태 풍속의 치부를 드러내보이는 일이라 이해 계층이나 집단 혹은 개인에게는 뇌관이나 다름없었다.

나는 위 1950년대 두 소설에 나오는 춤바람과 거기 연루된 사건을 보며 그 당시 춤이란 미상불 사교라는 순기능보다 역기능이 더 많았다고 본다. 실제로 1955년도에 세상을 발칵 뒤집어놓은 세칭 '박인수 사건'이 이를 증명한다. 당시 26세였던 그가 해군 장교를 사칭해 댄스홀을 돌며 여대생을 포함해 무려 70여 명의 여인들을 농락하지 않았던가. 그가 만난 여성 중 처녀는 단 한 사람밖에 없었다는 그의 법정 진술을 물론 100퍼센트 믿을 것은 못 되지만 성적 타락만은 불을 보는 듯한 일이다.

그리고 그후 참 많은 세월이 흘러왔다. 서양춤에 대한 올바른 이해와 그 태도 변화에 따라 심지어 1991년도에는 댄스교습소까지 정식으로 허가되었고, 이제는 그 사교춤이란 것이 새 시대의 새로운 춤의 종류로까지 확대되어 당당히 댄스스포츠까지 개발된 시대가 되었다. 실로 금석지감이 든다.

그러나 그 어디를 가도 춤추는 곳에는 지난날이나 지금이나 이른바 '제비족'과 '꽃뱀족'이 있다는 사실을 우리 모두 늘 조심해야 하리라.

끝으로 이 글을 읽는 분 중에서는 혹시 '그럼, 너의 경우는 어떤가?' 하고 의아해할 분도 있을 것도 같아 양념 삼아 양심선언해둔다. 나의 체격이나 자세로 보아서는 지난날 춤도사(?)쯤은 되리란 오해도 받을 순 있었고, 지금도 다행스럽게 신체 조건이 그렇게 망가져 있진 않지만, 춤에서만은 맹물신사다. 그나마 젊은 시절에는 서양문화와 더욱 가까워질 수 있는 영문과 출신이라 적어도 현대 신사(?)가 되려면 좀 배워두어야겠다는 생각에서 두어 번 시도는 해보았지만 이런저런 사정으로 그만둘 일이 생겨 초보 시작 단계쯤에서 매번 중도하차하고 말았고 그것이 끝이었다. 분명 춤을 제대로 마스터했다면 조그마한 접촉사고는 났을지도 모른다. 아니 만약 혹시라도 큰 바람이라도 났다면 내 인생이 그 얼마나 달라졌겠는가. 정말 다행스럽고 다행한 일이다.

그러나 교수 시절에 학생들과 MT를 가거나 또 세미나 뒤풀이에서 혹시 문단인들과 어울릴 수 있는 경우가 있다면 그래도 흥은 살아 있어 이른바 '막춤'만은 추어보았다.

넷째 마당

생활의 여백

바둑 두기를 좋아하는 문단골 사람들

문인들은 대체로 바둑, 낚시, 화투나 포커 등 앉아서 하는 도락을 선호한다. 등산이나 여행, 운동 등과 같이 서서 해야만 하는 입식(立式) 도락보다는 말하자면 앉아서 하는 좌식(座式) 도락을 더 좋아한다는 뜻이다. 이는 문인들의 타고난 성격 탓도 있겠지만 조용히 앉아서 책을 보거나, 생각도 하고 또 글을 쓰는 습관성에서도 기인되지 않았나 싶다. 동적인 것보다는 정적인 도락이나 취미를 즐기는 셈이다.

명동과 종로의 기원에 모이는 문인들

1960년대와 1970년대에는 주로 기원을 많이 이용했다. 파한한다는 목적의 출행도 있었지만 약속이나 원고 전달 장소로도 자주 이용하며 내기 바둑 후 술 한잔 걸치는 재미도 있었다. 1960년대의 그 대표적 장소가 바로 명동에 있었던 송원기원이다. 국수 조남철이 그의 아호를 따 경영하던 기원인데 명동 한복판 송옥양복점 4층에 있었다. 특히 1960년대는 문인들의 명동 출행 시대라서 사랑방 노릇을 단단히 했다. 나도 1960년대 중반쯤에는 월간지 기자로서 원고 청탁이나 원고를 받기 위해 간혹 들르곤 했다. 단골손님으론 시인 신동문과 초등학교 동기인 친구 최백산을 비롯하여, 시인으로는 이인석, 김수영, 김윤성, 박재삼, 신경림, 박봉우, 이근배, 소설가 이종환 등을 쉽게 만날 수 있었다. 평론가 조연현이나 소설가 오영수도 바둑 취미는 대단했지만, 기원 체질이라기보다는 사무실 바둑 체질이라 잘 나오지 않았다. 그 당시는 문단 전체 인구가 불과 300여 명 이내이다 보니 자연 출입하는 문인들도 한정적이었다. 나는 실력이 겨우 초짜를 면한 처지라 노상 구경만 했다.

그리고 '원님 덕에 나팔'이라고 술집 행차에도 간혹 낄 수 있는 기회가 있었다. 주로 기원 바로 건너편 골목길 안쪽에 있던 조그마한 규모의 '쌍과부집'이란 곳이었는데 막걸리와 홍어회 무침으로 소문난 집이었다. 누구에게나 그 상호가 군침이 돌 듯해 좀 소개해보겠다. 30대 중반과 40대 초쯤 되는 친자매가 마침 둘 다 과부라서 손님 끌기 장삿속으로 재미있고 호기심 나게 붙인 상호이다. 더욱이 두 과부가 얼굴이 곱상해 놓이지만 문단의 껄떡쇠나 헐떡쇠에겐 바둑 두는 일이 아니더라도 그냥 나와 한잔 하는 곳으로도 인기가 있었던 집이다.

그다음 1970년대에 들어와선 범문단적인 단골 기원이 명동 시대에서 종로 시대로 바뀌었다. 한국 바둑의 총본산인 종로2가 관철동의 한국기원에서 1970년 초부터 '한국문인협회' 주최로 해마다 몇 년간 전국문인바둑대회가 열렸고 곁들여 현대문학사와 영화예술사가 주최가 된 문인과 영화인 공동 바둑대회도 열렸다. 1972년도 제2회 그 공동 대회의 상위 고수급에서 시인 이인석이 우승을 해 우리 문단인의 실력을 과시해주기도 했다. 그는 그 당시 자타가 인정하는 최고 실력자였다. 드라마작가 조남사가 비슷한 수준이었고, 그 아래쯤에 신동문, 이근배가 오고, 그다음 아래쯤에 박재삼, 김윤성, 작가 송영이란 평이 있었다.

그리고 1970년대 후반인 1976년도에는 또 하나의 새로운 단골 기원이 생겼다. 작가 천승세가 종로구 청진동 동양통신사 바로 옆에 한돌기원을 열었다, 그 부근에 문학잡지와 출판사가 제법 모여 있고 또 본인이 문인이다 보니 상당수의 많은 문인들이 드나들었다, 작가 이호철, 이문구, 김원일, 조선작, 황석영, 조해일, 송영, 방영웅 그리고 시인 신경림, 황명걸, 이근배와 평론가 구중서 등이 그 주요 면면이다. 그러나 경영을 오래는 못 하고 얼마 지나 문을 닫고 말았다.

문인들의 바둑 대회

1980년대에 들어와서는 또 하나의 풍속도가 생겼다. 1980년도 전후해서 문학과지성사에서 '작가-평론가 신춘대국'이란 이름으로 해마다 빠짐없이 대회를 열었다. 그리고 그동안 있었던 이런저런 문인 관계 대회는 없어져버린 대신 1983년도에 제1회 문인친선바둑대회가 새로운 이름으로 한국기원에서 열렸다. 이때 대전에서 올라온 충남대 교수요 평론가인 김병욱이 실로 다크호스로서 문인 바둑계의 최고 실력자로 군림해온 신동문을 꺾고 1등을 차지해 화제가 되었다. 또 1980년대 중반에는 미래의 문단 바둑계의 내로라 할 작가 이문열이 대전에서 서울로 이사를 왔다. 1984년도에 서초동으로 옮겨온 그는 곧 집들이 겸 오롯이 작가들만 불러 바둑대회를 열었다. 1990년대 초 작단의 실력자로 등극하기 위한 예행연습이요, 바둑을 무척 좋아한다는 관심의 표시이자 그 선언이었다. 40대의 유재용, 전상국, 김원일 등 '작단' 동인과 그리고 바로 아래 세대의 본인과 윤후명, 손영목, 정종명 등 30대 '작가' 동인의 대결이었다.

1990년대에 와서는 새로운 문학단체 두 곳에서 바둑대회를 처음으로 열기 시작했다. 먼저 '한국소설가협회'에서 1992년도에 소설가를 위한 '소설기왕전'을 처음으로 열기 시작했는데 이해에 이문열이 바둑왕으로 등극하였다. 그리고 최고 고수급엔 송영과 『만다라』의 작가 김성동이 있다는 사실도 이 대회를 계기로 널리 알려지게 되었다. 이 대회와는 별도로 1993년도부터 '소설가협회 바둑대회'라는 이름으로 또 행사를 했는데 이때도 이문열이 우승을 하여 이른바 '공포의 3급'이라는 별명 아닌 별명을 얻었다. 그 당시로 그의 맞수는 김원일과 이창동 정도였다. 이 대회가 그 뒤 유명무실해진 대신 1996년부터는 새로운 이름의 대회가 생겨 그 맥을 이어갔다. '신춘 소설가 바둑대회'라는 이름인데 역시 몇 해 계속하다 시지부지해져버렸다. 그다음 다른 단체의 행사로는 '민족작가회의'가 창립 10돌 행사로 제1회 '전국문인바둑대회'를 열었다.

고수는 누구인가

지금껏 약 40년간에 걸쳐 우리 문단골 사람들이 과연 어느 기원을 많이 출입했고, 또 주로 어떤 사람이 출입했으며 어떤 행사가 있었는지를 대충 주마간산식으로 알아보았다. 이런 행사에서 이름을 떨친 상고수급은 적어도 10여 명은 되는 듯하다. 기원 출입을 좀체 하지 않았던 조연현과 오영수도 바둑을 무척 좋아는 했지만 상고수는 아니었다. 오영수는 5급 정도이고, 조연현도 문단 쪽에서만 통하는 이른바 '문단급수'로 5급이었다. 특히 조연현은 시간 나고 상대만 있으면 사무실에서 바둑 두길 좋아했다. 현대문학사가 기독교방송국 건물에 있을 때나 또는 문협이 종로2가에 있을 때 원고 전달차 들러 보면 종종 바둑을 두는 것을 볼 수 있었는데 이인석, 김윤성, 작가 이종환, 평론가 이영일이 단골 상대였다. 간혹 볼일로 찾아온 방문객이 있으면 한 손으로는 바둑 두고 한쪽 귀로는 용건을 듣느라 바빴다. 한두 마디 듣자마자 상대가 오히려 면구스러울 정도로 더 이상 들을 것 없다는 듯 속전속결로 매듭짓는 것을 보며 참 머리 회전이 빠르다 싶기도 했다.

1980년대에 이르러 신동문과 이근배는 문인 바둑대회에서 우승한 경력으로 한국기원 측으로부터 각각 아마 5단과 4단의 인허장을 받기도 했다. 그리고 박재삼도 『서울신문』에 바둑 관전기를 쓰고 있기에 한국기원을 출입하는 단골 바둑쟁이들로부터 '박 국수(國手)'란 애칭도 들었으니 역시 그런 공로로 실력은 좀 못 미치지만 4단 인허장을 받았다. 1990년대에는 이문열이 아마 2단증을 받았다. 그는 고교 2학년 때 친구들이 두는 바둑을 어깨너머로 배워 1년 만에 그것도 기원에서 인정해주는 4급을 받았다 하니 일찍부터 잠재된 소질이 있었던 모양이다. 또 아마 내가 몰라서 그렇지 몇 사람은 더 있으리라 본다.

나는 원래 바둑이나 노름 같은 기박에는 아예 소질이 없는 사람이다. 그렇지만 적어도 반풍수는 되어야 세상 사람들과 어울릴 수 있다 싶어 지난날 좀 배우고 실습도 해 겨우 10급 정도는 된다. 그래서 이 글도 써보고 있다. 일찍 벌써 저세상으로 떠난 내가 잘 아는 조연현, 오영수, 이인석, 신동문, 박재삼, 이문구가 내가 이 글을 쓰는 오늘쯤 어느 시원한 정자나무 아래에서 도낏자루 썩는 줄도 모르고 신선처럼 마냥 바둑을 두고 있을지도 모르겠다.

물가에서 글을 낚는 문단 강태공들

동서양을 막론하고 강태공의 후예들이 많다. 낚시가 도락이나 취미로서 쉽고 편리한 편이기 때문이다. 이름난 낚시꾼들의 이름이 떠오른다. 영국의 넬슨 제독, 독일의 정치가 비스마르크, 20세기 초 미국 서부 팽창 시대의 대통령 시오도어 루스벨트와 아이젠하워 대통령, 음악가 베토벤과 로시니, 바다낚시 전문의 작가 헤밍웨이가 우선 떠오른다.

그리고 우리나라 정치인 중에서 꼭 두 사람만 찾아보면 첫째가 이승만 박사다. 진해, 거진, 화진포 별장으로 자주 간 것도 거의 낚시 때문이었고 또 결정적인 급박한 역사의 순간에 있었던 아이러니라면 6 · 25전쟁 발발 당시 일요일이긴 하지만 경회루 연못에서 혼자 여유로이 낚싯대를 드리우고 있다가 남침 소식을 들었던 일이다. 그리고 다음은 자유당 때 국회 부의장을 지낸 이재학 의원이다. 그는 가히 낚시광이었다. 경기도 연천군 군남면 진상리나 양주군 백석면의 저수지를 얼마나 자주 찾았는지 그런 못들을 '이재학 못'이라 했다니 대충 짐작이 갈 것이다. 그런 관심으로 1958년도에 처음으로 전국낚시연합회를 만들어 회장을 맡기도 했다.

『낚시춘추』 창간과 문인낚시회

우리 문단 사회 역시 예외는 아니다. 1960년대에 입에 오르내린 프로급 낚시꾼은 10여 명 된다. 그러다가 낚시에 대한 관심이 끼리끼리가 아니라 다소 단체적으로 일기 시작한 것은 1970년대부터였다. 그 이전이야 아무리 꾼이라 할지라도 동행하는 친구 두세 사람이거나 아니면 연고 있는 동리의 낚시점에서의 출행이 고작이었다. 가령 작가 오영수는 『현대문학』 편집장이었던 시절인 1960년대 전후로는 종로3가에 있는 '한양낚시회'의 부회장을 맡고 있었는데, 자연 그쪽 문인 회원인 박연희, 홍성유, 서기원, 황명, 성춘복 등과 어울렸고 아니면 작가 곽학송과 새로 개척해둔 낚시터로 살짝 나가곤 했다.

그러다가 결정적으로 바람을 일으켜준 계기가 왔다. 의사요 수필가인 한형주 박사가 1971년도에 월간 『낚시춘추』를 창간하고 나서부터다. 문단에 익히 꾼으로 명이 난 분들이 필자로 참여도 하고 또 꾼으로서 한몫한다는 문인들도 불러모은 것이 결정적인 계기였다. 그동안 마음속으로만 생각해오던 문인들까지 낚시에 눈을 뜨기 시작했다.

이런 분위기에 발맞추어 1972년도 6월에는 현대문학사가 주최가 되어 안성에서 문인 낚시대회가 열렸다. 그 이듬해 여름, 전주 삼례에 있는 주교저수지로 15여 명의 문인들이 원정 출행도 갔다. 이름난 꾼들인 시인 김시철, 시인 성춘복, 시인 박성룡, 소설가 서기원, 소설가 강용준, 현대문학사에서 나온 김수명 편집장과 차장이요 소설가인 김국태 그리고 그 외에는 나와 같은 아마추어가 면면들이다.

서울에서 내려왔다고 전주의 몇몇 문인들이 우리를 맞이해주었다. 그날 낚시를 일찍 마치고 저녁을 먹고 마침 버스에 오르는데 평론가 천이두가 올라가면서 마시라고 맥주를 한 궤짝 실어준 것이 화근이 되었다. 식사 때 이미 한두 잔 해 약간 취기가 올라 있었는데 상대적으로 좀 젊은 축들이 뒷좌석에서 곧바로 서로 주거니 받거니 술판을 벌였다.

그런데 그만 난감한 일이 생겼다. 밖에는 갑자기 여름비가 쏟아져 내리는데 소변이 마려운 것이다. 기사에게 물어보니 비가 오니 중간에 세우기는 그렇고 다음 휴게소까지 30분만 참으라는 것이 아닌가. 이때 궁여지통이라고 묘안이 떠올랐다. 빈 맥주병에다 실례해서 마침 창밖에는 비도 내리고 있으니 그걸 밖으로 살짝 감쪽같이 부어버리면 되겠다 싶어 나 그리고 다른 한두 친구도 같이 용감히 결행을 했다. 그때 내가 30대 중반이었는데, 그것이 첫 경험이라 지금도 그때를 생각하면 웃음이 절로 나온다. 천우신조처럼 하늘에서 내리는 비가 우리에겐 성경 속의 '만나'요, 요강 대신의 그 빈 맥주병은 바로 구원의 '노아의 방주'였다고나 할까. 젊은 날 한 토막의 위기 탈출의 삽화로 내 기억 속에 아직 살아 있다.

아무튼 낚시가 매개가 된 이런저런 모임이 생기고 또 친교의 폭이 차츰 더 넓어져가자, 이제는 친목단체로 출발하는 것이 좋겠다 하여 1975년도에 결성을 본 단체가 바로 '문인낚시회'였다. 시에 김시철, 정공채, 강민, 성춘복, 박성룡, 김원태 등 23명, 소설에 박연희, 곽학송, 이범선, 서기원, 홍성유, 강용준, 천승세 등 약 15명, 평론에 장백일, 이유식, 시조에 이우종, 수필에 최신해, 서정범 등 모두 합쳐 회원이 약 50명이었다. 친목단체이니 구태여 회장 같은 것은 필요 없어 김시철 시인이 연락 간사를 맡았다. 봄, 여름, 가을, 이렇게 1년에 세 번씩 상당한 기간 동안 지속되었다.

물가에서 꽃핀 낚시문학

그리고 결성 후 3년째인 1978년도에는 이 단체의 편저로 '세월과 예술을 낚는 문학인의 수상선'이란 문구를 단 『붕어야 붕어야』를 내기도 했는데, 여기에는 내로라 하는 13인의 글이 40여 편 실렸다. 그리고 또 이런 활동의 일환으로 『낚시춘추』를 비롯하여 기타 매체에 낚시수필은 물론, 낚시소설, 낚시콩트가 제법 많이 발표되어 이른바 '낚시문학'이란 장르가 자리잡히기 시작했다.

특히 오영수, 곽학송은 많은 낚시소설을 썼다. 또 낚시수필집도 그 당시 문인의 수에 비하면 상대적으로 제법 많은 권수가 마치 줄줄이 낚여 나오는 대어처럼 물 밖으로 얼굴을 내밀었다. 1976년도에 세칭 의사 수필가인 한형주는 『어신(漁信)을 기다리며』를 제1착으로 내고 곧 뒤이어 1978년도에도 『팔자(八字)섬의 메뚜기』를 냈다. 역시 청량리정신병원장인 의사 수필가 최신해 박사도 1977년도에 『물가에 앉은 철학』을 냈다. 같은 해 김시철은 『물가의 인생』을, 그리고 그 다음 해인 1978년도에는 곽학송이 『문학 속에 낚시 속에』를 내면서 여기에 낚시수필 일부를 담았다. 어쩌면 이 시절이 '낚시문학'이란 꽃이 활짝 핀 때일지도 모르겠다.

그러고 보면 1970년대는 문단의 강태공들에겐 매우 중요한 연대로 기록될 수 있다. 『낚시춘추』지의 창간, 낚시 친목단체의 결성과 그 모임, 낚시문학의 정착 등등. 그러나 그 이후 1980년대, 1990년대에 이르러서는 열기가 차츰 식기 시작했다.

그렇지만 1980년대에 문인 강태공의 역사에서 빼놓을 수 없는 한 가지 일은 있었다. 『낚시춘추』를 창간해 약 6년간 운영하다 다른 사람에게 넘겨준 수필가 한형주 박사가 그 후 약 10여 년 가까이 쉬다가 1986년도에 사단법인 '한국낚시진흥회'를 설립하여 초대 회장으로 새로이 나선 일이다. 여기에 상당수 많은 문인들이 임원으로 동참하게 되었다. 3인의 부회장 중 문학 측에서 김시철 시인이 한 자리 맡았고, 자문위원에 최태호 아동문학가, 수필가 최신해 박사, 작가 박연희와 서기원이 그리고 이사에 문인으로 작가 곽학송과 홍성유가 선임되었다.

그리고 1990년대에는 그나마 '한국소설가협회'에서 1970년대 선배들의 본을 따 낚시대회를 몇 차례 가져 그 명맥을 이어주었다. 그리고 조력에 비해서는 아주 늦었지만 한국방송공사 사장으로 있던 서기원이 1991년도에 낚시수필집 『물 따라 고기 따라』를 냈고 또 제2대 '한국낚시진흥회' 회장직도 맡았다. 1993년도에는 천승세가 『하느님 형님, 입질 좀 봅시다』를 냈다. 참고로 2012년도에는 공교롭게도 작가 안정효의 『인생 4계』와 평론가 하응백의 『나는 낚시다』가 마치 쌍둥이처럼 태어났다는 소문도 들렸다.

낚시, 명상하는 사람들의 레크리에이션

나의 경우로 말해보면 1970년대의 출조 성적은 중간쯤이었다. 단체 출행에 10여 번 따라나서보았고, 오영수, 곽학송이나 김국태와 개인적으로 어울려 몇 차례 다녀도 보았고 또 여벌로 그 당시 내가 운영하던 학원의 직원들이나 강사들과도 어울려보았다. 문단 강태공들과는 물론 저수지 낚시 위주였지만, 여벌일 때는 주로 견지낚시였다. 다 그 나름의 묘미와 손맛이 있었다. 그러나 1980년대 초에 대학으로 자리를 옮기고부터는 아예 낚싯줄을 거두어버렸다.

그러다가 정년 이후 시간과 마음의 여유가 생겨 다시 시작했다. 매년 여름이면 이제는 수석 탐석도 겸해 저수지 낚시에서 강 낚시 쪽으로 바꾸었다. 그런데도 나는 아직도 지난날의 이름난 달인에 비하면 이 낚시나 저 낚시나 실력이 견습생 수준을 살짝밖에 못 넘어서 있다.

문득 1970년대에 사부님 같은 선배 문인을 따라다니며 직접 들었던 이야기가 생각난다. 오영수 선생은 낚은 붕어의 낚시가 윗입술에 걸려 있으면 실력으로 잡았다 생각하고, 입 옆이나 아랫입술에 걸려 있으면 고기가 운이 없어 우연히 걸린 것이라 여기고 방생해준다 했다. 나야 붕어가 어떻게 물었건 감지덕지인데 역시 고수들은 다르다 싶었다. 곽학송은 드라마 원고를 쓰거나 밀린 원고를 쓸 때면, 간혹 용인의 신갈저수지 부근 민가 밥집에 방 하나를 얻어 밤에는 낚시를 하고 낮에는 글을 쓴다 했다. 어즈버, 이런 것도 이제는 모두 '아, 옛날이여'다. 세월도 세월인 만큼 위에서 직접 이름이 나온 전체 문인 중에서 단 몇 사람만 제외하고 거의가 물가가 아니라 땅속으로 들어가버렸다.

그나저나 낚시는 참 좋은 것이다. 지금으로부터 꼭 360년 전에 영국의 문필가 아이작 월튼이 써내 낚시인의 바이블이라고 일컬어지고 있는 『조어대전(釣漁大典)』의 부제 '명상하는 사람들의 레크리에이션'이란 문구가 생각난다. 생각도 하며 글을 써야 하는 우리 문인들에겐 안성맞춤의 도락이요, 취미요, 여가생활이다. 기다림과 설렘이 있고, 요샛말로 느림과 여백이 있으며, 여유와 사색이 있다. 답답한 방 안 책상 앞의 우리 문인 강태공들은 어신을 기다리며 하늘도 보고 물도 보며 여유로운 휴식을 즐기며 각자 나름으로 좌대 위에서 시인이, 작가가, 수필가가 되며 또 다 같이 좌대 위의 철학자도 되리라.

수석(壽石)을 사랑하는 문인들

생명이 깃든 돌을 찾아

우리나라 수석의 역사는 일본에 비하면 아주 짧다. 불과 40년이 조금 넘는다. 수석 탐석과 감상이 개인 취미에서 벗어나 좀 폭넓게 다수의 대중적인 취미로 확산되기 시작한 것은 1960년대 말부터다. 우리나라에서 최초 개인 수석 전시회를 가진 인물로 기록되고 있는 부산의 문용택이라는 분이 부산시 공보관에서 개인전을 연 것이 그 효시였다. 그 이전에는 극소수의 문인과 서화가들이 수석을 몇 점 모아놓고 감상하는 수준에서 그쳤다. 같은 해 이분이 다시 서울에 올라와 예총회관에서 개인전을 연 것이 비로소 서울에서는 커다란 자극제가 되었다. 감상하는 취미로 가지고만 있던 사람들이 적극적인 수집에 나서게 되었고 또 입에서 입으로 소문이 퍼져 다른 사람들도 깊은 관심을 갖게 되었다.

우리 문인으로서 첫 전시회를 연 사람은 수필가 김일두였는데 대검 검사 시절이다. 1970년 11월에 명동 코스모스백화점 개관 기념으로 열렸다. 이분은 나의 진주고 대선배이시라 축하 인사도 드리고 구경도 할 겸 평생 처음으로 구경을 갔다. 이런 값진 돌들도 있구나 싶어 정말 놀랐다. 나도 한번 관심을 가져보겠다고 다짐했으나 차일피일하다 세월이 좀 지났다. 1972년도 여름에서야 문인 아닌 다른 전문 탐석가와 동행을 해보았다. 수석 채석의 요령도 잘 모르는 처지라 그저 뒤따라만 다녔다. '아는 만큼 보인다'는 말이 있듯 괜찮은 돌이 물론 보일 리 없다.

그래서 그해 수석 관련 입문서와 기타 자료가 될 만한 것을 사 공부를 했다. 그것이 바로 1971년도에 첫 출간된 최초의 수석 안내서인 장준근의『돌의 멋』이었다. 많은 상식과 요령을 얻었다. 그 이전에 분명하게 이해되지 않았던 용어가 완전히 내 것이 되었다. 가령 산수 경치가 돌 하나에 그대로 축소되어 있으면 산수석 또는 산수경석, 짐승, 새, 사람, 탑 과 같은 형태라면 물형석 또는 물상석, 석면에 삼라만상의 그 어느 무늬라도 나타나 있으면 무늬석 또는 문양석, 우아하고 화려한 색깔로 되어 있으면 색채석, 무어라 딱 꼬집어 말할 순 없지만 마치 추상화처럼 보이면 추상석이라고 하는 등속의 분류 용어도 알게 되었다. 뿐만 아니라 괴석, 진기석, 전래석 등, 기타 유용한 용어들도 많이 알게 되었다.

이쯤 되니 자신도 생겨 수년에 걸쳐 탐석도 해보았다. 쓸 만한 돌 20여 점을 주웠다. 탐석해온 돌을 두고 그 모양이나 형태, 문양을 보아 알맞은 이름을 갖다 붙이는 일이 참 재미가 있었다. 문사의 문방에 전통적으로 문방사우라면 종이, 붓, 먹, 벼루이겠지만, 돌이란 품목이 하나 더 늘어 문방오우가 생긴 셈이다. 글을 쓰다 지루하면 파한하는 기분으로 그것을 감상하고 갖가지 상상을 해보는 재미가 여간 쏠쏠하지 않았다.

이러는 과정에서 우리 문단인 중에서 누가 수석을 좋아하는지도 알게 되었다. 1976년도에는 수석 동호인으로 박두진, 전봉건이 주축이 되어 수석문인회가 출발했다. 아무튼 이 모임의 회원이건 아니건 간에 그 당시 수석의 명인으로 소문난 사람은 수필가 김일두, 시인 박두진, 시인 전봉건을 필두로 해서 소설가 정비석, 수필가 조경희. 시인 김광림, 시인 박이도, 시조시인 윤금초, 시인 김광협, 시인 김석, 시인 김유신, 시조시인 지광현, 시인 신대철 등이었다.

이 중 뭐니 뭐니 해도 문인 중 수석 분야를 개척한 1세대는 김일두와 박두진 그리고 전봉건이다. 그리고 원조라면 김일두와 박두진이다. 김일두가 좀 앞서 시작했고, 박두진은 1970년부터였다. 박두진은 그로부터 약 20여 년간 전국 방방곡곡 돌밭을 뒤지고 다녔는데 채석한 돌들을 지고 나르기가 너무 버거워 덩치가 있고 힘이 센 둘째 아들과 늘 동행했다고 한다.

박두진이야말로 문단인들에게 수석 취미를 갖게 해준 전도사요 일등 공신이다. 그 제1호가 바로 전봉건이다. 전봉건은 180을 넘는 훤칠한 키에 체격도 알맞게 다듬어지긴 했지만 평생의 고질병이 된 당뇨를 앓고 있었다. 1970년대 초쯤에 그가 주재하던 시 전문지『현대시학』의 필자로 박두진이 자주 드나들면서 수석에 눈을 뜨게 되었다. 취미도 되고 건강을 챙길 수 있는 일거양득이요 일석이조였다. 시인 박이도는 박두진 선생에게 인사차 방문한 것이 계기가 되어 전문가가 되었다. 1975년도부터 충주댐이 수몰되기 전까지 열심히 다녔다. 시인 김유신은 1975년도『현대시학』을 통해 박두진의 추천으로 데뷔했다. 역시 문단 제자에다 수석의 제자도 되었다. 신대철도 역시 대학과 문단 제자인 동시에 수석 제자다.

수석과 문학의 어울림

여기 김유신 시인이 스승 박두진 시인을 추억하며 지은 시 「수석을 바라보며—오석쌍봉」의 일부를 소개해본다.

> 여기 서재방에 놓인
> 여러 수석 중에서도
> 오늘따라 눈에 들어오는 것은
> 설이면 으레 세배 드리러 찾던 발길
> 지난해 이승을 떠나가신 후
> 한때 수석에 미쳐서 돌밭 찾던 일이 가슴에 저며 온다.
> 유독히 혜산(兮山) 선생님과 탐석할 기회가 많았던 일들이
> 아지랑이 피어 오르듯이 떠오르는
> 오석쌍봉을 만져보며 생각하게 된다.

수석이 이렇게 우리 문단인들의 취미활동의 하나가 되다 보니 이런 과정에서 보고 느낀 시집 그리고 수필집도 더러 나왔다. 박두진이 제일 먼저 제9시집으로 『수석열전』(1973)을 펴냈고, 3년 후에 또 『속 수석열전』을 냈다. 전봉건은 시집 『풀』(1984)과 수필집 『뱃길 끊긴 나루에서』(1987)를, 서정춘은 시집 『시인의 돌』(1986)을, 김석은 시집 『수석연가』(1997)를, 최신해와 이번영은 각각 수필집 『수석 10

년』(1975)과 『거기에 섬이 있었다』(1998)를 펴냈다. 취미활동으로 낚시문학이 생겨났듯 수석문학도 생겨나게 되었다.

나는 수석으로 보면 지금도 아마추어급이다. 대학 정년 후 오랜 세월 동안 버려두었던 수석 탐석을 다시 시작했다. 주로 여름이면 강 낚시도 겸해 부부 단둘이서 이곳저곳을 다녀보고 있다. 괜찮은 표준석 10여 점이 그동안의 큰 수확이다. 신이 나서 내 멋에 이름을 붙여놓은 돌을 호명해보겠다. 에덴의 아담과 이브, 황소 등을 탄 신선. 아라비안 나이트의 무희, 기도하는 여인, 상모놀이꾼, 눈 덮인 후지산, 투구, 지리산 천왕봉 호랑이, 항진 중인 군함, 사랑의 하트 등등이다. 그리고 1970년대에 주워 모아놓은 것 중에는 평원석, 태백산맥, 용두암, 백록담, 이스트섬의 석상, 독수리, 백곰 등도 있다.

수석은 자연이 준 선물이요, 자연이 세월과 함께 만들어낸 창작품이다, 조각이 되고 그림이 된다. 영국 19세기 낭만파 시인 존 키츠가 그 옛날 그리스의 항아리에 그려진 그림을 쳐다보며 자유로운 상상으로 시를 썼듯, 나는 우리집 여러 돌들을 감상하며 상상의 자유를 즐기곤 한다.

끝으로 욕심을 한번 부려보면 이럴 게 아니라 문인들의 수석을 상설로 종합 전시할 가칭 '문인수석전문관'이라도 하나 생겼으면 오죽이나 좋을까 하는 생각도 해보고 있다.

섯다판과 포커판의 문인들

지난날이나 지금이나 우리 문인들은 여가생활이나 취미활동에서는 동(動)적인 활동보다는 조용한 정(靜)적인 활동을 선호했다. 바깥 활동보다는 실내 활동을, 서서 하는 활동보다는 앉아서 하는 활동을 좋아한 셈이다. 그러다 보니 자연 바둑판에 어울리길 좋아하고, 섯다판이나 고스톱판 또는 포커판은 물론 술판에도 잘 어울린다. 이는 아마도 늘 앉아서 글 쓰는 체질적 습관이 그 연장선의 여가활동이나 취미생활로 나타나는 것으로도 해석할 수 있다.

오늘은 지난날 어떤 문인들이 어느 곳에 모여 앉아 화투판이나 포커판을 벌였는가를 알아보기로 하겠다.

앉아서 노는 것을 좋아하는 문인들

먼저 1950년대 중반 시절의 이야기로부터 엮어나가보기로 한다. 장소는 태평로에 있던 신태양사 사무실이다. 그 당시 신태양사는 지금의 프라자 호텔 바로 옆에 있었는데 태평로 길가 쪽 목조 2층 건물이었다. 『신태양』은 읽을 거리가 많은 최고 인기 종합지이고 동시에 대중잡지 『명랑』도 발행하고 있었다.

그러고 보니 기억나는 일이 하나 있다. 나는 『현대문학』에 평론으로 데뷔하고 꼭 1년 만에 처음으로 데뷔 인사차 1962년도에 부산에서 서울로 올라온 적이 있다. 첫길이라 찾아가기가 아리송해 먼저 약도를 알기 위해 그 당시 『신태양』 편집장을 맡고 있던 삼촌의 친구인 소설가 최근덕 선배(성균관 관장 역임)를 찾아갔다. 그것이 물론 나에겐 첫 방문인데 태평로에 있던 목조 건물이라 역시 나무 계단을 밟고 올라갔던 기억도 난다. 또 약도 안내를 받고 나오는 길에 소설가 유주현 주간이 열심히 글을 쓰고 있던 모습도 보였다.

말하자면 이 최 선배는 홍성유 편집장 후임인 셈인데, 그 이전인 1950년대 중반에는 홍성유가 편집장이었고, 소설가 유주현이 역시 주간이었다. 그 당시 이곳에서 더러 섯다판이 벌어졌다. 홍성유로 보면 1958년도에 장편소설 『비극은 없다』가 『한국일보』에 당선되었으니 그때는 작가 지망생 겸 편집장이었는데 섯다를 좋아하다 보니 필자 문인들이 토요일 오후나 월급 받는 날이면 제법 몰려들곤 했다. 간혹 주간인 유주현도 일단 직원들과는 상하 관계를 떠나 어울렸고, 신태양사 기자들은 물론 외부인으로 시인 김시철도 어울렸다. 모인 사람 대부분이 1921년생인 유주현을 제외하곤 미혼에다 20대 때이다 보니 때때로 밤샘을 하고 나면 아침에 무교동이나 청진동으로 나가 몇 잔의 막걸리에다 해장국으로 요기를 하곤 했는데, 상대적으로 월급 수입이 좋았던 홍성유가 물주가 되곤 했다는 것이다.

그리고 1950년대 말쯤에는 이른바 한때나마 홍제동 문화촌이라 불리던 곳에서 간혹 섯다판이 벌어지곤 했다. 개인 집에서였다. 당시 홍제동은 서울의 변두리로서 화장장이 자리하고 있었던 낙후 지역이었다. 간혹 사무실로 잘못 걸려온 전화에 기분이 나빨라치면 퉁명스럽게 '홍제동 화장장이요' 하고 뚝 끊어버리는 일까지 있었을 정도였다.

그런데 자유당의 실권자인 이기붕이 서대문구의 국회의원 출마를 염두에 두고 문화예술인들에게 환심을 사기 위해 정부 융자에다 파격적인 혜택을 주며 이곳에다 국민주택 규모로 단지를 만들어 '문화촌'이라 했던 것이다. 여기 입주한 문화예술인 중 문인에는 소설가 김광주, 김송, 윤금숙, 김이석, 박순녀, 전병순, 박기원, 시나리오 작가 이진섭, 아동문학가 박화목 등이 있었다.

그들은 같은 문화촌 내에 산다는 공동체 의식도 있고 해서 자주 만나 어울렸다. 심심하면 섯다판도 벌였는데, 그 본부 아닌 본부가 바로 김이석과 박순녀 내외가 살고 있는 집이었다. 단지 내에서 어울리는 단골은 김송이었다. 그는 그 당시 월간『자유문학』지의 주간을 맡고 있었다. 그리고 외부에서 원정 오는 놀이꾼은 여성으로서 소설가 최정희가 있고, 남자 소설가로는 박연희, 최현식, 김중희가 있었으며 그곳에서 조금 떨어진 곳에 신혼 살림을 차려놓고 있던 시인 김시철도 있었다.

특히 김시철은『자유문학』주간 김송 밑에서 편집장을 맡고 있었을 뿐만 아니라 그 부부의 주선으로 결혼까지 한 처지라 우선 호불호는 차치하고 김송이 김이석 집에서 호출하면 부득불 끼지 않을 수 없는 입장이었다. 이 멤버들은 모두가 이북 출신들이라 평소에도 끈끈한 유대감을 느끼고 있는 터라 이렇게 섯다판에도 자연스럽게 형제 자매처럼 어울리곤 했다.

물론 이런 섯다판의 손님 접대나 뒤처리는 집주인 박순녀 여사의 몫이었다. 술상을 차려주고 심지어 밑천이 떨어진 사람이 애걸하면 임시 은행 역할도 했다. 빌려주고 떼인 돈도 비록 소액이긴 하지만 제법 된다 했다. 그리고 대체로 이런 섯다판에서 돈을 따는 쪽은 최정희 여사라 했는데 돈만 따면 감추려는 듯 입고 있는 치마 밑으로 쏙쏙 들어갔다. 치마 밑이 바로 아무도 손을 댈 수 없는 비밀 금고였다고도 했다. 돈 따는 재주는 아마도 남자들의 약점을 잘 간파하고 또 눈치가 빨랐기 때문이라 한다.

시인협회에서 벌어진 포커판

이제는 포커판 이야기를 해보자. 이 포커판은 1970년대 초부터 시인 박목월이 창간한 월간 시지 『심상』지 사무실에서 벌어졌다. 그 당시 그 사무실은 관철동 한국기원 옆 건물에 있었는데, 마침 목월이 한국시인협회 회장직도 맡고 있었기에 그 연락 사무실이기도 했다. 더러 오후 퇴근 시간만 되면 사람들이 모여들었는데, 주로 한국시협 회원들로서 그 주변에 일터가 있는 사람들이었다. 삼성출판사 편집국장이었던 성춘복이 그렇고, 특수인쇄소 시대문화사를 연 김시철이 그러하며, 삼일빌딩 외환은행 본점 조사부에 있던 김광림과 김영태가 그러하고, 한국기원을 드나들고 『동아일보』에 바둑 기사를 쓰며 시협 사무국장을 맡고 있던 박재삼에겐 자기 집이나 다름없었고,

멀지 않은 곳에서 출판사를 경영하던 김종해도 그랬다. 여기에 이형기, 이근배도 자주 끼었다. 말하자면 이들이 바로 시협 사무실 포커판의 주 고객이요 단골들이었다, 정한모는 그 당시 서울대 교수였는데 하도 포커를 좋아해 포커판이 벌어지는 날이면 강의가 끝나기 무섭게 달려와서 빠짐없이 참석했다.

이 포커판의 승자는 늘 성춘복과 김영태였는데, 실력이 가히 전문 도박사 못지않을 정도로 고수였다 하며, 늘 피를 보는 쪽은 정한모, 이형기, 박재삼, 김종해였다 한다. 그리고 판이 끝나 손을 털고 일어서는 몇 사람의 표정을 김시철이 어느 글에서 재미있게 표현한 적이 있는데 간단히 소개해보면 이렇다. 정한모는 비록 돈은 잃었지만 히죽이 웃으며 내색을 않으려는 '양반형', 박재삼은 돈을 잃어 편치 않다는 표정의 '불만형', 김광림은 안절부절 속상해하는 '후회형', 김영태는 특유의 덧니를 드러내보이며 '다 그런 거지'라는 양 웃어 보이는 '얌체형', 성춘복은 다 평소 실력에 따라 나온 결과라는 듯한 표정의 '당연지사형'이었다는 것이다. 평소 그들의 성격이나 성품 그리고 표정을 익히 알고 있는 내 입장에서 보아도 가히 족집게 관찰이요 그 명명이 아닌가 싶다.

끝으로 1973년도에 청진동 골목에 김동리 선생이 창간한『한국문학』사무실로 가보겠다. 제자 이문구가 편집을 맡고 있었는데 주로 중견과 신인들이 많이 드나들었다. 오후 늦게 이호철을 비롯하여 후배 문인들이 모여 소줏값 정도의 섯다판을 종종 벌였다.

이런 글을 쓰고 있는 나의 입장도 한번 밝혀본다. 나는 원래 기박에는 아예 소질이 없는 사람이다. 1960년대 중반, 월간『세대』시절에 처음으로 섯다판에 어울려보았다. 1965년도 정초 어느 일요일, 성춘복 시인이 연락하여 돈암동에 살던 시인 이성교 집에 박재삼, 송영택, 나까지 포함해 다섯 명이 판을 벌인 일이 있다. 나는 완전 초짜였다. 옆 사람에게서 레슨을 받아가며 어울렸으니 돈 잃기는 불문가지다. 그 후 고등학교 교사 시절에 일직이나 숙직이 걸리면 교사들끼리 심심해서 몇 사람이 모여 섯다판을 두세 번 벌여보긴 했다. 그러나 별반 흥미를 못 느껴 그 이후론 아예 손을 씻고 지금껏 살아오고 있다. 섯다판이 됐건, 포커판이 됐건 그것보다는 차라리 술 한잔이 낫다는 것이 나의 지론이다. 돈은 포켓으로 들어가면 그만이지만, 술이란 '가는 정 오는 정'이라고, 설사 오늘 내가 한잔 샀다 한들 다음번에는 돌아올 수 있는 투자란 것을 지론 중의 지론으로 삼고 있다.

문인들의 다양한 취미생활 들여다보기

취미는 없는 것보다 있는 것이 훨씬 좋다. 없으면 상대적으로 생활이 삭막해지고 드라이해진다. 취미는 생활의 긴장을 풀어주고 마음의 여유를 갖게 하며 또 여가 선용으로도 좋다.

우리 문인들의 취미라면 뭐니 뭐니 해도 그 첫 번째로 올 수 있는 것은 일반화되어 있는 바둑, 낚시, 수석 정도가 아닐까 한다. 그다음이 예부터 문사라면 시서화란 말이 있듯 서예나 사군자 치기 그리고 그림 그리기다. 더 나아가보면 다양한 수집 취미를 비롯해 꽃이나 난 가꾸기 내지 감상도 있다. 취미 수준이 아니라 전문가 못지않은 분도 더러 있고 또 문학 쪽보다는 그쪽이 더 전문인 분도 있지만 일단 문학을 위주로 한 만큼 편의상 취미라고 분류해본다.

그리고 이 책에서는 바둑, 낚시, 수석은 이미 언급할 기회가 있었기에 제외하고 다른 취미활동이나 취미생활이 과연 무엇인지 작고 문인, 현역 문인을 막론하고 한번 알아보자. 먼저 서예, 사군자 치기, 그림 그리기를 알아보고 그다음 실로 다양할 수 있는 수집 취미 그리고 기타 등을 알아보기로 한다.

시서화를 즐겼던 선비의 후예들

서예라면 우선 작고 문인 중에서 아동문학가 이주홍, 작가 김동리와 송지영, 시인으로는 김구용과 정상구, 근년에 작고한 최절로, 수필가로는 김사달이 떠오른다. 이분들의 실력이야말로 전문가 못지않았거나 그 이상이었다.

김동리는 생존 시 서예의 달인이라 소문이 자자했다. 그러기에 몇 차례 서예전을 연 적도 있고 또 많은 후배 문인이나 제자 문인에게 인심 좋게 선물도 자주 했다. 나의 경우를 말해보면 특별히 청을 넣어 우리 집 가훈을 얻어내기도 했다.

김구용은 글씨 솜씨가 뛰어난 관계로 후배들의 청을 받아 시집의 제자를 제법 많이 써주었으며, 최절로는 한글 서예에 능했다.

정상구는 한국서화예술인협회장을 맡을 정도로 실력이 인정되었는데, 기념 삼아 나는 인생의 좌우명이 될 만한 한문 글귀에다 표구가 된 족자를 받아다 두었다. 내가 받아 지금 보관하고 있는 김동리와 정상구의 서예 작품은 훗날 나의 유품으로 남을 것이다.

김사달은 수필집을 다섯 권 낸 의사였다. 서예는 취미로 시작한 것인데 점점 서예가로 명망을 얻어 국전 초대작가의 반열에 오르기도 했다. 충북 단양 구인사 법당의 기둥, 즉 주련(柱聯)에 붙인 한문 글씨가 그의 실력을 뽐내고도 있다.

현역 문인으로 서예에 일가견이 있는 사람은 작가 김용철, 수필가 고임순, 정병철, 최무순 그리고 시인 장성연, 김보태, 김종태, 이필우이다. 특히 김용철은 1983년도 대한민국미술대전 서예 부문에서 입선도 한 실력인데, 이를 계기로 뒤에 국전 초대작가가 되기도 했다. 장성연과 정병철은 서예학원도 운영하고 있고, 김보태도 서예협회전에 초대작가가 된 정도의 실력이며. 김종태는 해외 대학에서 서예를 지도한 경력도 있다. 이필우는 서예학원을 운영한 적도 있고. 한국서화작가협회 회원으로도 활동하고 있다. 이분들 중에는 문학쪽보다도 서예가 더 뛰어난 분도 있다.

사군자 치기의 취미에는 작고한 아동문학가 어효선, 현존 문인 중에는 시조시인 이상범, 수필가 김시원, 고임순이 있다. 특히 김시원은 사군자에 능해 공모전이나 예술제에서 특선이나 대상을 받기도 했고 수차례 그림전도 가졌다.

화가 못지않았던 문인들

그림 그리기로는 작고 문인 중에서 작가 한무숙, 시인으로 조병화, 최절로, 김영태 등이 있다. 한무숙은 학창 시절부터 그림에 조예가 있었는데 그가 그린 동양화 연꽃, 해바라기, 호박은 그의 작품집의 표지화로 쓰이기도 했다. 혜화동 그의 문학관에 가면 평소 그의 취미활동으로 남겨둔 작품들을 구경할 수도 있다. 조병화는 개인전도 많이 가졌고 또 세계 곳곳을 여행하면서 그린 그림을 추려 엮은 소묘집『그때 그곳』을 펴낸 바도 있다. 최절로는 궁핍했던 일제하에서 귀하게 여겼던 보리가 들판에서 사라지자 이를 그림으로 남겨두겠다는 생각에서 그 보리 그림을 쭉 그렸고 또 액자, 족자, 부채 등에도 보리를 그리고 글씨를 써넣어 사람들에게 선물도 했다. 김영태는 아예 홍익대 미대 출신이기에 시인 겸 미술가라 칭할 수 있다.

현존 문인으로서 그림 그리기에는 평론가 김우종, 시인으로 성춘복, 장윤우, 이향아, 김종, 김철기, 조성아, 윤향기, 박찬현, 고혜련, 정정순이 있고, 시조시인으로 전규태, 이상범, 민병도, 신순애, 신희숙이 있으며 또 작가 송숙영과 윤후명, 수필가로는 강나루, 양태석, 김문원, 손광성, 반윤희, 정태영 등이 있다.

이 중 성춘복은 다른 문인들의 표지화를 더러 그렸고 삽화도 그려주었고 지금도 그려주고 있는데, 2009년도에는 세계일보사 주최로 '시가 있는 그림전'을 뉴욕에서 열 정도로 어떤 경지에 이르러 있다. 장윤우는 본령이 금속공예지만 그림에도 능하다. 그의 그림 한 점을 받아 나의 대학 정년 기념문집에 넣은 바 있다. 이향아는 소품전을 연 적이 있으며, 이상범은 펜 그림으로 시작하여 더 나아가 우리 산하의 풍경이나 풍물을 그려 2004년도에는 『시인의 감성화첩』을 펴내기도 했다. 민병도는 20여 회 이상 전시회를 연 바 있고, 대한민국미술대전의 심사위원과 운영위원을 맡았다. 조성아는 개인전 3회에다 수많은 국내외 단체전에도 참여했다. 신순애는 주로 꽃 그림을 그려 시화집을 낸 바 있다. 김우종은 1970년대 중반부터 그림을 시작하여 그동안 몇 번 전시회를 열었고, 2005년도에는 10호 크기의 유화 52점으로 '현대문학 백년 대표작 시화전'을 연 바 있다. 이 유화전에서는 윤동주를 비롯해 신세훈까지 각 시인의 시 작품을 비평적으로 해석해본 느낌을 그림으로 나타내보였다. 송숙영은 1990년대에는 소설보다 그림에 몰입했다. 그동안 몇 번의 수상 경력도 있는데 몇 년 전에 불우 문인 돕기 전시회도 연 바 있다. 윤후명은 몇 차례의 전시회를 열 정도로 열성이었다. 시인 정정순은 전시회를 무려 15여 차례 연 바 있으며, 특선과 대상 수상 경력도 있다. 수필가 양태석은 수필가가 되기 이전부터 전문 미술인으로 국전 심사위원도 맡았는데 나의 대학 정년 기념문집에 그의 그림이 한 점 들어가 있기도 하다. 역시 수필가 김문원은 본명이 김규현인데 문학 쪽보다는 미술계에 이 이름으로 더 알려져 있다. 대한민국미술대전에서 특선을 한 바도 있고, 다른 수상 경력도 더러 있다. 우연한 인연으로 근래에 시골 풍경 좋은 그림 한 점을 선물로 받았는데 지금 나의 집 거실에 걸어두고 감상하곤 한다. 손광성은 50세의 늦은 나이에 미술 공부를 시작하여 두 번의 개인전을 열었다. 정태영은 나의 진주고 1년 후배로서 대학 미술과 출신인 만큼 개인전 6회를 열었는데 현재 부산에 살고 있다. 참고로 도예 쪽으로는 수필가요 도예가인 심상옥이 있는데, 수필가이기 이전부터 도예가였으며 대학에서 도예 강의를 한 바도 있다.

수집에 빠진 문인들

이제는 수집 취미 쪽으로 가보자. 작고 문인 중에서 골동품 수집가로 널리 알려졌던 분에는 김상옥, 오영수, 유주현이 있다. 이 중에서 김상옥은 한때 거의 광적일 정도라고 소문도 났었다. 여기에 얽힌 두 가지 에피소드를 소개해보겠다. 인사동에서 표구점 겸 골동품점을 열고 있었던 1960년대 중반이었다. 어느 날 그곳 어느 가게에서 백자 연적을 보았다. 마음이 들긴 했지만 그 당시의 형편으로는 엄청난 액수라 살 돈은 없고 며칠을 끙끙 앓고 있는데 이를 보다 못한 부인이 전셋집 주인에게 통사정을 해 돈을 빌려 샀다는 것이다. 또 하나는 1970년대 초쯤의 이야기다. 오영수 집으로 골동품 구경을 갔다가 진품 백자 연적이 하도 탐이 나 그만 슬쩍 집어넣고 왔다. 이 일로 두 사람 사이에는 공개 장소에서 시비가 붙었는데 오영수 입에서 '도둑놈'이란 막말까지 나왔다. 결국 이실직고하여 주인에게 돌려주는 것으로 해결이 났는데 사죄한다는 뜻으로 추사 글씨 한 점을 끼워주었다 한다. 유주현도 골동품 수집이라면 남에게 지지 않을 정도였다. 현재 경기도 여주에 세워져 있는 그의 문학관에 가면 취미 삼아 모아두었던 흥선대원군의 간찰, 허련의 병풍, 조선 백자와 분청사기 등등을 구경할 수 있다.

이제부터는 현역 문인들의 기타 다른 수집 취미를 알아본다. 시인 김남조의 국내외 각양각색의 초, 김후란의 다양한 종류의 전통 부채, 이근배의 벼루, 이동순의 음반, 시인 박정구와 여해룡 그리고 수필가 윤범식의 우표, 수필가 윤재천의 파이프, 지연희의 전각, 우희정의 소형 자전거, 작가 김주영의 저울추, 이재인의 인장 등도 각자 각각의 수집 품목이다.

이 중에서 네 사람의 경우를 좀더 알아본다. 이근배는 200여 점이 넘는 벼루를 소장하고 있는데 이 중에는 추사 김정희에게 가장 큰 영향을 준 청나라의 대학자 완원(阮元)이 사용했던 값나가는 것도 있다 한다. 시인 이동순은 영남대 교수이기도 한데 대중가요 음반을 천여 장 모았다. 이를 계기로 음반 관련 글을 여러 잡지에 쓴 것을 모아 『번지 없는 주막』이란 책도 냈다. 김주영은 시골 출신이라 어릴 때부터 장 구경을 많이 했고 또 대표작『객주』를 비롯해 장터와 장꾼을 소개한 것이 많아 자연히 장터에서 쓰이던 재래식 저울추를 50여 개 수집해두고 있다. 이재인은 오영수로부터 흥선대원군 인장을 선물로 받은 것이 결정적 계기가 되어 작고, 현역 가릴 것 없이 600여 점의 인장을 모았다. 막도장에서 고급스런 것까지 현재 충남 예산에 있는 한국문인인장박물관에 전시해두고 있다.

그리고 수필가 윤형두의 문인 저서 사인본, 평론가 강인숙의 문인 육필 편지, 시인 김후란과 시조시인 황순구의 원고지 육필 원고, 작가 김일주의 문인 친필 사인 500여 점과 1톤 분량의 육필 원고, 아동문학가 옥미조의 아동문학가 육필 원고 등등이 각각의 수집품 물목으로 알려져 있다. 현재 영인문학관 관장인 강인숙은 이광수, 노천명의 편지를 비롯해 49편을 모아 2011년도에『편지로 읽는 슬픔과 기쁨』이란 책을 펴낸 바도 있다. 그리고 또 학자로서였겠지만 수필가 이상보와 시조시인 황순구의 고서 수집 취미도 있다. 특히 이상보는 한때 영남지방 한글 내방가사를 수집하기도 했다.

글만큼이나 다채로운 문인들의 취미생활

그 외에도 작가 김일주와 시인 이종봉의 문인 사진 찍기, 아동문학가 임원재와 작고 최절로의 전각 새기기, 작가 김용만의 해외 각국 문학관 기행 때의 관련 자료 수집, 수필가 박춘근의 재래종 무궁화 품종 수집과 보급 등도 있다. 김일주는 40년 이상 크고 작은 문단이나 문인 행사에 참여하여 문인 사진만 무려 8만 장을 찍어두었다

하는데 처음은 취미를 겸해서였지만 이제는 이 방면의 유일한 전문가가 되어 있다. 그런 활동을 기념하는 일환으로 2007년도에 '작고 문인 102인전'을 열기도 했다.

말이 나온 김에 좀 보충을 해두면, 나는 임원재의 전각 새기기 소문을 듣고 수년 전에 도서인용 낙관 한 세트를 청하여 받아두었는데 필요할 때마다 잘 쓰고 있다. 최절로는 글씨와 그림에도 일가견이 있기에 그 나름의 독특한 전각 글씨를 개발해 차별성을 뽐내기도 했다. 김용만이 여러 외국 문학관을 탐방하며 모은 수집품은 양평군 서종면에 있는 잔아문학박물관에 전시되어 있다. 수필가 박춘근은 나라사랑의 일환으로 국내 재래종 무궁화 품종 수집 및 육성과 보급에 심혈을 기울이고 있는데 근래에 나는 그가 연 무궁화 사진전에 간 것이 계기가 되어 덕분에 표구된 사진 한 점이 생기는 횡재수도 만났다.

작고 문인으로서 난 키우기나 감상에 유달랐던 사람은 오영수, 어효선, 작가 정을병이 있고, 현존 문인으로는 시인 김해성이 있다. 오영수의 아호가 난계(蘭溪)이고, 어효선의 아호가 난정(蘭丁)인 것만 보아도 쉽게 짐작이 가리라. 정을병은 희귀한 한국 야생란 수집 전문가였는데, 그런 취미로 한국자생란보존협회를 창립하여 회장을 맡기도 했다.

문인으로서 취미활동이 되었건 전문이 되었건 문학 외에 다른 활동을 하는 것은 참 좋은 일이다. 여가 선용이나 다른 부문의 재능 발휘, 망중한의 여유로운 감상, 수집품의 개인적 장기 보존도 된다. 어쩌다 보면 수집품 중에서라면 횡재수도 만날 수 있지 않겠는가. 근래에 〈TV 진품명품〉 프로그램에 등장한 정도전 저술의 『조선경국전』이 감정가 10억 원이 나가고 또 더 오래전에는 명필 한석봉의 『석봉서첩』이 7억 원을 호가했다는 소식을 들었기에 문득 그런 생각이 떠오른다.

문인들의 묘한 술버릇 이모저모

문인들은 술을 좋아하고 술을 사랑한다. 술은 친구다. 그래서 주선(酒仙)도 많고, 주호(酒豪)도 많으며 주광(酒狂)도 많다.

역사 속의 주선들

먼저 중국을 생각해보면 이백과 두보가 1차로 떠오른다. 그들은 열한 살 나이차로 성당(盛唐) 시대에 같이 살았던 시선(詩仙)이요 시성(詩聖)으로서 다 같은 주선이 아니었던가.

여기에다 나는 송나라 때의 석만경이란 인물을 한 사람 더 끼워넣고 싶다. 비록 앞의 두 사람만큼은 알려지지 않았지만 이 사람도 술이라면 가히 주선급이다. 원래는 관리인데 본명이 석연년이다. 당송팔대가의 한 사람인 구양수가 제문을 지었을 정도의 인물이었다. 술 세계로 보면 정말 기이한 사람이다. 어느 날 술을 먹다 보니 좀 모자라 이를 어쩌나 하고 탈기를 하고 있는 차에 바로 눈앞에 배 한 척이 보였다. 혹시나 하고 배 있는 곳으로 가서 배 안을 살펴보니 무엇이 있었다. 한 말쯤 되는 식초였다. 에라 모르겠다, 어차피 식초도 뱃속에 들어가 있다 보면 곧 술이 될 테니 좌우지간 들고 나와 마셔보자며 가지고 나와 다 마셔버렸다는 일화가 전해지고 있다.

비단 이런 이야기만이 아니다. 그가 창안해낸 술 마시기의 기묘한 방법들은 정말 포복절도할 지경이다. 그중 하나는 죄수처럼 머리를 산발한 채 목에 일부러 형틀을 걸고 술을 마셔보면 긴장과 이완을 동시에 경험할 수 있어 술맛이 절로 더 난다고 이를 직접 실습해본 것이다. 주선일 뿐만 아니라 그만큼 주걸(酒傑)이기도 했다.

어디 이런 주선, 주호, 주걸 이야기가 중국에만 있을쏘냐. 우리나라에서는 우선 고려조의 백운거사 이규보가 떠오른다. 시와 거문고와 술을 너무 좋아했기에 삼혹호(三惑好) 선생이라 불렸던 그는 이백과 종종 견주어지는 명문장가에다 주선이다. 조선조로 와보면 송강 정철이 떠오른다. 율곡 이이와 동갑내기이며 물론 서인의 거두로서 정여립의 난이란 기축옥사를 빌미로 수많은 정적들을 모조리 단칼에 작살 낸 장본인이란 오명은 있다. 그러나 글과 술로만 보면 그는 명문장가에다 가히 주성이요 주선이다.

이제는 이런 맥을 이어 근대나 현대로 와보자. 주선이나 주호급으로 정평이 나 있었던 사람은 소설가 염상섭, 소설가 현진건, 시인 변영로, 시인 조지훈, 소설가 김동리, 아동문학가 마해송 등등이다. 염상섭과 변영로, 오상순이 좀 젊었던 시절 어느 여름날, 지금의 성균관대 뒤인 명륜동 약수터에서 술을 마시고는 대취해 있는데 마침 비가 쏟아지자 모두 입었던 옷을 몽땅 벗어버린 채 그곳에 있던 소를 타고 민가까지 내려왔다는 이야기는 이미 널리 알려져 있는데, 이는 술버릇이 아니라 즉흥적 해프닝이다.

문인들의 웃지 못할 음주 행각

술버릇이라면 먼저 염상섭의 경우가 떠오르는데 적어도 세 가지쯤은 된다. 먼저 떠돌이식 음주 행각이다. 서울역에서 한 집 한 집 술집을 거쳐 왕십리까지 철야 음주 행각을 벌인 것이 그중 백미급이다. 위에서 술 문만 열렸다 하면 두주불사의 대주가로서 하룻밤에 백 잔의 술을 마시고도 잘 취하지 않았다던 그인지라 쉽게 상상이 된다. 그리고 술만 취하면 고래고래 고함치는 버릇도 있었다. 마지막은 술 먹으러 가기 전이나 처음 앉은 자리에서는 일견 짠돌이 행세지만 술이 좀 오르면 원고료건 월급이건 에라 모르겠다식으로 돈을 썼다. 이런 버릇을 잘 아는 양주동은 일본 도쿄에서 같이 하숙을 할 때 보리 밥풀로 잉어 낚듯 처음은 그를 꼬드겨 술집으로 데려가 술을 사준 후 결국은 그의 돈을 여러 번 털어먹은 적이 있다고 글에서 실토했다. 그 뒤 우리나라에 돌아와서도 염상섭의 이런 취약한 버릇을 이미 알고 있기에 양주동은 안수길과 다른 후배들과 작당하여 처음은 미끼 삼아 자기네 돈으로 입가심 정도로 횡보에게 술을 사 먹인 뒤 결국 비싼 술을 여러 번 얻어 먹었다 한다.

현진건도 마치 염상섭처럼 술만 취하면 고래고래 소리치는 고함형이었다. 『동아일보』 사회부 부장 시절, 요정에 가면 미남에다 팁을 잘 주니 기생들에게 인기는 있었지만 의외에도 외도는 안 하는 편이었는데, 대신 밖으로만 나서면 고함은 여전했다. 창의문 밖에 살 때의 이야기다. 사흘이 멀다 하고 술에 취해 소리를 고래고래 지르며 창의문 고개를 넘어오면 그곳의 촌민들은 '또 동아일보 현 선생이 술에 취해 돌아오는군' 했다고 한다. 참고로 두주불사인 그가 하루는 술에 떡이 되어 직장인 동아일보사로 들어오다 우연히 사장 인촌 김성수와 복도에서 마주치게 되었는데 자기 앞을 가로막는다고 대뜸 인촌의 뺨을 후려쳤다. 이는 버릇이 아니라 인사불성으로 대취했기에 일어난 해프닝이다.

조지훈은 한때 '신출귀몰의 주선' '행동형 주걸'이라 불린 적이 있다. 통금은 안중에 없고 야밤에 술벗의 집을 습격하여 대작하다가 새벽에 귀가하기가 예사였기에 붙여진 별명 아닌 별명이었다.

술이야 누구건 마실 수 있는데 어떤 특이한 버릇이나 해프닝도 없이 그저 색시처럼 조용히 드시는 분들도 있었다. 시인 구상, 소설가 이무영, 시인 조병화, 시인 정한모, 시인 전봉건 등이다. 이에 반해 요란스럽고 떠들썩했던 사람도 많았다. 1차에서 끝장을 보기도 하고, 2차, 3차로 이어지는 경우도 많다. 대개 습관성 과음형인 셈이다. 소설가로는 최인욱, 김진수, 박연희, 정한숙, 박경수, 하근찬, 강용준, 김용운이 그렇고, 시인으로는 김관식, 김수영, 구경서, 천상병, 황명, 고은, 장윤우가 그렇다. 극작가 이근삼과 평론가 신동한도 그랬다. 이 중에는 많이 취했다 싶으면 습관적으로 험구와 폭언을 쏟아내는 사람도 더러 있었다. 같이 자리를 하기엔 조심스러워 좀 영리한 사람들은 처음에는 예의상 자리를 같이하다가 눈치껏 화장실에 가는 체하며 삼십육계 줄행랑도 쳤다.

이런 과음형 문인 중 몇 사람의 버릇만을 소개해보겠다. 김관식은 술만 마셨다 하면 안하무인이 되어 대선배에게도 '군' '자네'라는 호칭을 마구 썼다. 김용운도 알코올기가 머리끝까지 오르고 수틀리면 막무가내로 돌변하여 위아래가 없었다. 처음에는 '형님' '당신' 하다가 거칠어지면 '이놈' '이 새끼'로 변하기 일쑤고, 다음 차례의 욕은 '염병할 놈' '이 씨팔놈아'이다. 가장 화젯거리가 된 사건이 김동리가 문협 이사장을 맡고 있을 1980년대 중반쯤에 있었던 일인데, 이사회가 끝난 후 저녁 회식 자리에서 김동리가 수모를 당했다. 무언가 동리에게 불만이 있던 그가 술에 취해 동리를 보고 다짜고짜로 '야, 이 새끼야, 너 같은 놈은 빨리 뒈져버려야 해' 하며 소동을 벌인 것이다. 뒤에 알고 보니 무슨 문학상 심사에서 후보로 천거된 그를 김동리가 완강히 반대했던 일이 있었다는데 그런 불만의 폭발도 알고 보면 그의 평소 술버릇과 무관치는 않다. 나는 좀 젊은 시절에 그와 여러 명이 합석하는 자리나 아니면 단둘이 여러 번 어울려보았는데 한번도 화를 당한 적은 없다. 소설 월평 시 그의 작품을 두세 번 아주 좋게 평했던 적이 있는데, 그런 좋은 인상의 잔영이 설사 술이 취해 있다 하더라도 무의식 속에 살아 있었기 때문이 아니었을까 하고 그때나 지금이나 그렇게 해석하고 있다. 김수영은 금니를 끼고 다녔는데 술이 좀 취해 말하기가 불편하다 싶으면 그것을 빼 물잔에 넣어둔다고 하는 것을 몽롱한 기분에 종종 술주전자에 넣곤 해, 아무것도 모르는 주객들이 그의 금이빨이 우러난 술을 마시는 사태가 더러 일어났다. 하근찬은 어쩌다가 원고료가 생겨 주당들과 어울리기만 하면 술값으로 다 날려버리곤 했다. 깨고 나면 아깝기야 했겠지만 술판의 기분파는 기분파였다. 강용준은 이북내기답게 간혹 박치기가 느닷없이 튀어나올 때가 있어 상당수의 문인들이 치과 신세를 지는 날벼락을 맞기도 했다.

술잔에 시상을 담아

이외에도 별의별 버릇을 보인 사람들이 더러 있다. 시인에다 점잖은 대학교수였던 이하윤은 화장실 가기가 귀찮아서 아무 데나 소변을 내리갈겼는데 아마도 방범대원이나 순찰 순경에게 몇 번쯤은 주의를 받았거나, 재수가 없었다면 노상방뇨죄로 파출소 신세도 졌을 듯하다. 소설가 최인호는 옆에 있는 사람 아무나 붙잡고 키스하는 버릇이 있었고, 역시 소설가 박태순은 술상을 간혹 뒤집어엎는 버릇이 있었다. 시인 조태일은 한자리에 앉아 생맥주 열 잔을 마셔도 좀체 화장실에 가지 않았다니 아마도 그의 오줌보는 다른 사람들의 두세 배쯤은 되었으리라. 그리고 나보다는 훨씬 아래 세대로서 시인 겸 평론가인 전기철은 한때 생맥줏집에서 어울려 술을 파하고 나올 때쯤 잔에 맥주가 반쯤 남아 있으면 잔 값을 치르고 가지고 나와 길거리에서건 지하철에서건 홀짝이며 마시던 버릇이 있었다 한다. 생전의 시인 기형도는 술은 약했지만 대신 그림 솜씨가 있어 사인펜으로 참석 문인들의 얼굴을 스케치하거나 혹시 시의 영감이라도 떠오르면 종이에 메모하는 습관이 있었다. 시인 함민복은 술에 취해 종종 소지품을 몽땅 잊어버리는 습관성 망각증이 있었다 하며, 역시 시인 이윤학은 평소 조용하고 말수가 적었으나 취했다 하면 장광설을 거침없이 쏟아냈다는 것이다.

지금껏 작고나 현역의 갖가지 술좌석 버릇을 조사하는 과정에서 느낀 점이 꼭 하나 있다면 의외에도 '고함형'이 많았다는 사실이다. 앞에 언급한 바 있는 염상섭, 현진건은 물론 소설가 최인욱과 김진수, 시인 김종문과 박봉우가 더욱 그랬다. 문인들은 감수성이 예민하고 생각도 많아 평소 응어리진 일이나 불만과 불평을 참았다가 술김에 고함으로 카타르시스한 게 아닌가 싶다. 일종의 배설 행위다. 남이야 뭐라든 개인의 정신 건강에는 좋으리라 본다. '임금의 귀는 당나귀 귀'라는 전설처럼 맺힌 건 풀면 좋다.

끝으로 나의 버릇을 소개하고자 한다. 나는 애주가도 아니고 금주가도 아니다. 집에 있을 때는 설사 한 달이 되건 두 달이 되건 한 방울도 마시지 않는다. 그러나 좋은 벗들과 어울리면 좀 기분파다. 누가 한잔 샀다 하면 즉석에서 갚아야겠다는 생각이 고정관념화되어 있다 보니 자연 2차행이다. 뒤에 한잔 사도 될 일을 무엇이 그렇게 급하다고 꼭 그날 갚아야겠다고 생각하는지 나도 잘 모르겠다. 물론 칭찬받을 만한 일은 아니지만 늘 얻어마시거나 대접만 받길 좋아하는 짠돌이 근성이나 거지 근성에 비하면 빚은 지고 살지 않았으니 한결 좋지 않았나 하고 자위를 한다.

문인들 단골 다방 족보를 알아보며

다방 전성시대의 무대였던 명동

뭐니 뭐니 해도 문인들의 단골 다방의 황금기요 전성기는 1950년을 전후로 해서 1970년을 전후로 한 약 20년간이었다. 그 주무대는 물론 명동이다. 이 시기를 흔히 '명동 시대'라 부르기도 하고 또 그 단골손님을 '명동파'라 부르곤 했다. 물론 이 명동 아닌 주변의 외곽 지역에도 두세 곳이 더 있었다. 충무로의 '비엔나', 소공동의 '플라워', 남대문로 2가의 '문예쌀롱' 등이다.

'문예쌀롱'은 문예빌딩이란 건물에 들어 있었는데 바로 그 건물에서 문예잡지 『문예』를 발간했기에 자연 필자들이 많이 모여들었다. 이 잡지는 1949년 8월에 모윤숙을 발행인으로 창간되어 처음에는 김동리가 편집인이었다가, 5호부터는 조연현이 편집인이 되어 1954년 3월 통권 21호로 종간했다. 그동안 역량 있는 신인들을 제법 배출하다 보니 그런 신인들도 부정기적인 단골로 자주 드나들었다. 소설에 강신재, 장용학, 곽학송, 최일남, 손창섭, 시에 이동주, 전봉건, 이형기, 박재삼, 황금찬 등이 그 면면이다.

충무로의 '비엔나'는 소공동에서 '하루삥'이라는 다방을 경영하던 시인 장만영이 6 · 25 전에 충무로로 옮겨와 상호를 바꾸어 새로 시작한 다방이다. 여기에는 시인 김기림, 조병화, 김용호, 김경린, 소설가 선우휘 등이 드나들었다. 소공동의 '플라워'는 6 · 25 전까지는 이른바 '순수파 문인'들의 아지트였다. 소설가 김동리, 평론가 조연현, 평론가 곽종원, 시인 박목월, 조지훈, 이한직 등이 단골이다.

이런 곳을 제외하면 명동에 예닐곱 곳이 집중적으로 모여 있었다. 문인들이 가장 많이 모여들고 인기 있었던 곳은 6 · 25 전에 있었던 '마돈나'와 6 · 25 이후 1950년대 후반에 생긴 '갈채'와 그리고 '동방쌀롱'이었다. '마돈나'는 1948년도부터 명동 초입에 30대 초반의 소설가 손소희, 수필가 전숙희, 두 미인이 열었는데 제법 많은 단골 문인이 드나들었다. 그리고 전남편과의 사이에서 낳은 아이 넷을 두고 혼자 살고 있던 소설가 윤금숙이 얼굴마담으로 도와주고 있었다. 이곳의 단골이 시인 정지용, 김영랑, 소설가 김동리, 평론가 조연현, 소설가 김광주, 월북 전의 시인 이용악 등이다. 특히 김송과 김동리는 다른 꿍심이 있어 자주 들렀다. 김송은 윤금숙에게, 김동리는 손소희에게 혹했다. 김송으로 보면 세 번째 여자인데 결국 부부로 동거하게 되었다. 김동리로 보면 조강지처가 있었으니 이런 인연으로 결국 손소희를 두 번째 부인으로 맞이하게 된다. 김동리와 손소희가 더욱 가까워지게 된 결정적인 사건은 바로 6 · 25다. 물론 그 이전부터 소설 쓰는 데 따른 지도나 조언도 다방에 앉아 간혹 해주었기에 각별했지만, 북한군이 서울에 입성하자 피난도 못 가 자칫하면 반동으로 몰려 잡혀갈 처지였던 김동리를 손소희가 구해주었다. 자기 집

안방 다락에다 석 달 동안 숨겨준 것이다. 그 뒤 1·4후퇴 때 김동리와 그 가족 그리고 손소희도 부산으로 피난을 가게 되었는데, 본가 가족 피난 거처와는 따로 손소희와 별도로 동거를 시작했고, 이로 인해 후에 결국은 본처와 이혼을 하고 재혼하게 된 것이다.

'갈채'는 1950년대 후반 명동 한복판에 있었다. 미모의 할리우드 배우 그레이스 켈리가 주연했던 영화 제목에서 상호를 따왔는데, 이곳은 『현대문학』 창간과 거의 맥을 같이하고 있다. 이 월간지의 편집인이나 신인 추천위원들의 집합소라 많은 필자들이 찾아오고 또 신인 추천을 받고자 하는 문학 지망생도 모여들던 곳이다. 여기에는 박종화, 양주동, 김동리, 서정주, 조연현, 박목월, 최정희, 손소희, 데뷔 신인 시절의 박경리가 드나들었다.

'동방쌀롱'은 1955년에 청년 실업가 김동근이 문화예술인을 위해 내준 동방문화회관의 1층에 연 다방이다. 김광섭을 중심으로 한 이른바 '자유문학파'의 모윤숙, 이헌구, 안수길, 백철 등은 물론 시인 박인환, 김수영, 화가 천경자 등 비교적 젊은 예술가들이 자주 찾던 곳이다.

그다음 역시 명동에 있었던 곳으로 언급해둘 만한 다방은 '휘가로' '모나리자' '청동다방'이다. '휘가로'는 충무로 '비엔나' 맞은편 명동 쪽 골목에 있었다. 시인 이진섭의 누님이 경영하던 부산의 '피가로'를 그곳으로 옮겼는데 조풍연, 김광주, 김수영, 뒤에 부산 피난지에서 자살한 전봉건의 형 시인 전봉래, 이봉구, 이진섭, 박인환 등이 드나들었다. 이곳을 드나들던 이진섭과 박인환은 1956년 2월 어느 날, 이곳에서 옆 골목의 막걸리집 '경상도집'으로 자리를 옮긴다. 거기에 마침 가수 나애심이 와 있기에 술기운도 오른 김에 노래를 한 곡 들려주면 좋겠다는 청을 넣어보았다. 묵묵부답이다. 그러자 박인환이 주머니에서 종이를 꺼내 단숨에 후에 '명동의 샹송'이라 불리게 된 〈세월이 가면〉을 작사했고, 음악에 조예가 깊었던 이진섭이 즉석에서 곡을 붙여 나애심에게 건넸다. 그리하여 즉석 1차 신곡 발표회(?)가 개최되었고, 나애심이 가고 우연히 곧 테너 임만섭이 들어오게 되어 2차 발표회까지 열렸다. 얼마나 우렁차게 불렀는지 지나는 사람들조차 기웃거렸다는 이야기가 전해지고 있다. 그리고 그 가사를 마치 생전의 마지막 유작인 양 남겨두고 1주일쯤 지나 박인환은 저세상 사람이 되고 만다.

'모나리자'는 상호의 상징인 모나리자 사진을 벽면에 걸어두고 있었고, 주로 이봉구가 진을 치고 있으며 이봉래도 들렀다.

'청동다방'은 사보이호텔 뒤에 있었는데 무엇보다도 시인 오상순으로 유명해진 곳이다. 서울 환도 이후 이곳에 나타난 그는 매일 오후만 되면 출근하다시피 했다. 늘 묵상하는 자세로 마치 향불을 피우듯 생불인 양 담배 연기만 피워올린 그는 찾아온 사람에게 노상 '청동산맥'이란 낙서첩을 내밀었다. 1963년 타계 시까지 10여 년에 걸쳐 그 분량이 195권에 달한다니 문화재가 따로 없다. 그 낙서첩에 남겨진 두 사람의 글을 맛보기로 소개해본다. 노산 이은상은 '오고 싶지 않은 곳으로 온 공초여, 가고 싶은 곳도 없는 공초여'라고 그의 도인 같은 삶의 일면을 축약해놓고 있으며, 소설가 박경리는 공초의 삶을 염두에 두고 '자학의 합리화가 종교이며, 자학을 벗어난 경지에서 신이 존재한다'는 의미심장한 말을 남겨놓았다.

한마디로 이 시절의 다방은 단순히 차나 한잔 마시는 곳이 아니다. 문화예술인들의 만남과 정보 교류가 이루어지는 곳이요, 연락처며, 사랑방이요, 집 밖의 원고 집필실 구실도 했다. 때론 출판기념회나, 시화전, 낭송회를 여는 곳이기도 하다. 그런가 하면 신문사나 잡지사 문학 담당 기자들로부터 청탁도 받고 또 원고료를 받기도 했다. 누가 혹시 원고료라도 생기면 그 누구건 어려운 시절이라 술 한잔을 얻어마시며 시름을 달래는 횡재수도 생겼다.

다방 문화의 퇴조와 변천

결국 세월과 함께 이런 명동의 다방 문화의 풍속도 점점 달라지기 시작했다. 전성기는 역시 약 20여 년간이었다. 1970년대에 들어와서는 문을 닫는 곳도 생기고 또 장소 이동도 현저해졌다. 가령 한때 명동을 뻔질나게 드나들던 이른바 '명동파' 문인들도 차츰 나이도 있고 해서 집에 들어앉기 시작했다. 특히 1970년대 이후 도시 개발로 많은 술집과 다방이 다른 곳으로 자리를 옮겼고, 명동예술극장마저 문을 닫자 명동은 패션과 유행의 공간으로 또 증권의 거리로 바뀌었다. 그나마 '명동백작' 이봉구가 떠나기 전에 「명동 20년」(1966), 「명동」(1967), 「명동에 비 내리다」(1978)를 남겨주었으니 천만다행이다. 지난날 곤궁했던 삶의 편린을, 정이 넘치던 시절을, 그리고 오로지 문학에서 한 줄기 빛 같은 위안을 찾던 시절을 추체험케 해주고 있다.

명동의 다방 문화가 이렇게 변하자 그다음 세대들은 새로운 곳에서 만남의 장소를 찾기 시작한다. 즉 1970년대에 들어와서는 광화문, 인사동, 종로에 새로운 둥지를 튼 것이다. 광화문에서 가장 대표적인 곳이라면 '아리스다방'이다. 조선일보사 옆 골목길에 있던 곳으로 이병주, 송지영, 김종삼, 박연희, 김수영, 이흥우, 박봉우, 김요섭, 이유식 등이 드나들었다. 이 '아리스다방'과 지척에 있던 '초원' '귀거래' 그리고 '월계'도 자주 이용하는 곳이었다. 그리고 인사동 쪽으로 보면 종로2가 쪽 그 초입에 있었던 '디즈니'에도 제법 문인들이 모여들었다. 특히 종로1가 의사빌딩에 있던 한국문인협회가 1976년 6월 인사동 구 종로구청 자리로 옮겨와 약 10년간 있다 보니 자연 그 지하 다방인 '디즈니'가 문인협회 회원들의 단골 다방이 되었다. 또 종로로 보면 '멕시코', '서라벌', '비너스'도 단골이었다.

옛 다방의 추억을 회억하며

이런 문인들의 다방 문화도 결국은 1980년대에 들어와서부터는 차츰 쇠락의 길을 걷는다. 집집마다 전화가 없는 집이 없고 또 다방 업종의 변신과 새로운 만남 공간의 형성 그리고 종전에 비해 문학도 힘을 잃어가는 세상의 변화와 서로 맞물려 추세가 변화한 것이다.

이제는 너무 많은 세월이 흘렀고, 종전의 다방 문화라는 것이 아예 사라졌다. 지난날에는 개인 전화가 없었기에 연락 장소로 또 원고 전달의 약속 공간으로 이용되었지만 이젠 아예 그럴 필요가 없는 세상이다. 방 안이나 사무실에서 모든 것이 처리된다. 그러나 이렇게 편리한 세상은 되었지만 만남의 스킨 터치가 점점 아쉬운 세상으로 변한 것은 사실이다. 기껏 오랜만에 일부러 만나 술이나 한잔하는 정도로 아쉽게 세상이 변한 것이다. 역설 같지만 비록 가난했어도 지난날 명동 시대와 같은 낭만이나 풍류가 그립다. 개인주의적이고 더욱 정도 메말라가는 세상이다 보니 더욱 그렇다.

지금 이 순간 나는 지난날 자주 들렀던 몇몇 다방의 그윽한 다향을 코끝에 재생시켜보고, 그 시절을 다시금 회억해보며 '지금 그 사람 이름은 잊었지만 그 눈동자 입술은 내 가슴에 있네'로 시작하는 박인환의 시를 추억처럼 마음속으로 읊조려보고 있다.

문인들의 단골 술집

문인들은 술을 좋아하고 즐긴다. 농담이지만 주선 이태백의 유전자를 받아서일까. 나는 사실 집에서는 한 달이 되건 두 달이 되건 자작 술을 한 잔도 하지 않는 사람이다. 그런데 오랜만에 정이 통할 만한 문인들을 만나면 결코 일부러 자리를 피하진 않는다. 오히려 기분이 나면 내가 선수를 친다. 문정에 약하다고나 할까.

술좌석에 앉아보면 우선 즐겁다. 청담이 있고, 재담이나 농담이 나오고, 제 마음대로의 방담도 섞여 나온다. 또 그동안 글을 구상하고 쓰는 데서 받은 스트레스도 해소된다. 청마 유치환의 표현을 빌리면 '마음의 세탁'도 된다. 아니 이뿐이 아니다. 남의 이야기를 듣고 있노라면 생각지도 않던 글감의 아이디어도 떠오른다.

이는 물론 내 개인의 경험이지만, 약간 정도의 차이는 있을지 몰라도 서로 비슷할 것이다. 그래서 문인들은 술좌석을 좋아한다.

이래서 필시 과거에서부터 지금까지 끼리끼리 모여드는 문인들의 고정 단골집이 생겨났으리라. 가령 1950년대 남대문로2가에 있었던 찻집 '문예쌀롱'에서 멀지 않은 곳에 '명천옥'이란 술집이 있었다.

이른바 '김동리 사단'의 문인들이 자주 모였던 집이다. 한두 번이라면 몰라도 어느 개인이 노상 부담할 수 없어 김동리가 직접 수금하여 술값 충당을 할 정도로 술자리가 잦았는데, 이는 곧 술자리가 즐겁고 유쾌했기 때문임은 불문가지다.

양주는 포엠, 막걸리는 은성

1960년대를 돌이키면 뭐니 뭐니 해도 우선 퇴계로에 있던 술집 '포엠'과 1950년대 후반에 탤런트 최불암의 어머니가 명동극장 옆 골목에 문을 연 '은성'이 떠오른다. 이 두 집을 두고 보면 술의 취향에 따라 찾는 곳이 달라진다. 양주나 맥주라면 '포엠'이고, 막걸리라면 '은성'이다.

'포엠'은 국산 리베라 위스키 시험장으로 문을 열었는데 곁들여 맥주도 팔았다. 일부의 문인, 신문기자 그리고 호기심 있는 젊은 문학청년들도 찾곤 했다. 단골 문사는 이진섭, 이봉래, 김수영, 박계주, 송지영, 정한숙, 선우휘, 평론가 임긍재, 마해송이고, 가끔은 술은 못하지만 '청동다방'에 노상 앉아 있기가 지루했던 오상순이 외출하는 기분으로 그 분위기에라도 젖어볼까 하여 '포엠'에 들르곤 했다. 마담은 공초가 일부러 찾아준 관심이 고마워 꼭 담배 두 갑씩을 선물했다는 일화가 있다.

'은성'의 터줏대감은 역시 이봉구이고, 변영로, 김광균, 김수영, 천상병, 전혜린 등이 단골이다. 나는 1961년도에 『현대문학』으로 데뷔해서 꼭 1년 만에 데뷔 인사차 부산에서 서울 첫 출행을 해보았다.

그 당시 현대문학사에서 편집을 맡고 있던 박재삼과 어울려 그곳에 가본 것이 처음이다. 아닌 게 아니라 소문대로 한쪽 구석 자리에서 말없이 술만 드는 이봉구를 보았고 또 박재삼을 통해 첫 인사도 했는데 그것이 벌써 50년이 넘은 옛일이라 생각하니 어차피 나도 늙었구나 싶다.

문인들 발걸음에 명소가 된 술집들

이제는 명동을 벗어나 종로 바람을 쐬어보기로 하자. 말하자면 1970년대의 종로 쪽 단골 술집 구경이다. 청진동에 민음사와 한국문학사가 들어 있던 건물 아래층에 '가락지'라는 대형 맥주홀이 있었다. 100석이 좀 넘는 이 홀은 문인들로 붐볐다. 주로 자유실천문인협의회의 회원들이 고객이었다. 교보빌딩 뒤 '참파래'에는 김동리, 박연희, 박화목, 김영일, 성기조가 단골이었다. 종로2가 '삼미'에는 이원섭, 김종문, 원형갑이 단골이다. 또 종로3가 세운상가 뒷골목에 '항아리집'이란 곳이 있었다. 그 일대 니나노집 중의 하나인데 황순원의 단골집이 되자 편집장 김수명, 김국태도 자주 드나들게 되어 자연 소설가들의 단골집이 되다시피 했다. 나는 그 당시 소설 비평에만 전념하던 시절이라 자연스럽게 그곳 출입 소설가들과 어울리며 깊은 친교를 맺었다. 첫 방문은 1971년도 1월 말쯤이다. 김국태로부터 오늘 현대문학상 평론 부문이 결정되었다는 소식을 받고 그가 지금 퇴근 후 '항아리집'에서 전화를 한다기에 기쁜 마음으로 곧장 찾아갔다. 가서 보니 박연희, 이범선 그리고 기타 한두 분이 더 동석하고 있었다. 그분들과는 자연스런 만남이지만 그날 나는 그분들에게 자축하는 뜻에서 한턱 쏘지 않을 수 없었다. 상금이 금년부터 파격적으로 두 배로 올랐다는 소식도 들은지라 약간의 호기도 부려보았다. 그 후 그곳에 간혹 들르곤 했는데 특히 '작단' 동인이었던 유재용, 김원일, 김문수, 김용운, 전상국, 김용성 등과도 더러 어울렸다. 가끔은 소설가는 아니지만 시인 강우식, 신중신도 드나들었다.

1980년대로 오면 종로에 산재해 있던 술집 중 10여 곳이 단골 술집으로 새롭게 입에 오르내리게 된다. 종로2가의 한 건물 2층에 있던 맥주홀 '낭만', 송지영, 이병주, 조병화가 단골인 관철동의 '사슴', 인사동의 '사천집', '귀천', 빈대떡과 굴전으로 유명한 교보문고 바로 뒷골목 피맛골 들머리에 있던 '열차집', 소설가 김주영과 시인 기형도가 자주 이용했던 인사동 초입의 '이화', 1983년에 문을 연 '시인학교', 1980년 초 종로1가 피맛길에 처음 문을 연 '시인통신', 그 주변 막다른 골목에 있던 '소문난집' 등등이다.

특히 이 중에서 나와도 깊은 연관이 있는 곳만 골라 보충 설명을 해보겠다. '귀천'은 천상병의 부인 목순옥 여사가 생계 수단으로 연 곳이라 천상병이 1960년대 초반쯤에 부산에 낙향해 형님 댁에 있을 때 서로 자주 만난 인연이 있고 해서 그를 만날 겸 더러 들렀던 곳이다. 거기서 서로 알 만한 문인들도 만나곤 했다. '사천집'은 나의 진주고 선배로 트럼펫의 황제라 지칭되던 이봉조의 누님이 경영하던 집이라 나의 단골집이 되었다.

'시인통신'은 1980년대 초에 문을 열었는데 처음은 탁자 두 개에 의자 예닐곱이 전부였다. 그러다가 1984년에 뒤에 시인이 되고 소설가도 된 한귀남 여사가 마흔 살의 이혼녀로서 인수받아 운영했다. 이후 1992년 5월에 그 주변에 있는 좀 넓은 장소로 옮겼다. 1층 10평, 2층 20평이라 전에 비하면 가히 대궐이었는데 이곳에서 약 10여 년간 자리를 지켰다. '시인통신'이란 이름으로 처음 문을 연 시기까지를 합산해보면 무려 20년이 훨씬 넘다 보니 문인 단골도 많이 생겨 가히 명소가 되었다. 드나들던 문인들 이름 대기가 벅찰 정도다. 시에 권일송, 민영, 이근배, 정공채, 허유, 진을주, 신세훈, 이수화, 이탄, 서벌, 장윤우, 이상범, 정근옥 등이었고, 소설에 구인환, 이호철, 이동희, 정을병, 안장환, 오인문, 전상국, 유재용, 윤후명, 이외수, 정건섭, 천금성, 표성흠 등이며, 평론에 신동한, 윤병로, 장백일, 이유식, 최동호 등이고, 수필에 박춘근, 희곡에 유보상이었다.

그다음 '시인통신'과 지척의 거리에 있었던 '소문난집'은 삼각형 비슷하게 생긴 세 평 정도의 협소한 공간이다. 때때론 '시인통신'의 단골이 이 집 단골이 되고, 반대로는 이 집 단골이 '시인통신' 단골이 되기도 했다. 나도 단골손님 중의 한 사람이었는데 이곳에서 정공채, 허유, 이수화, 오인문, 신세훈, 유보상 등을 우연히 자주 만날 수 있었다.

1990년대로 보면, 탑골공원 옆에 있던 술집 '탑골'을 들지 않을 수 없다. 이 집은 사실 1980년대 중반에 문을 열었기 때문에 처음에는 자유실천문인협의회에 속한 반체제 문인들과 그들을 따르는 젊은 문인들이 자주 찾게 되었고, 1990년대 말경에는 문을 닫고 말았다. 그곳의 단골로서 때론 술자리의 좌장 역할을 하는 고은, 신경림, 황석영, 이시영, 송기원 등의 얼굴이 자주 보였다.

2000년대의 인사동에는 좀 특이한 이름의 두 술집이 생겼다. 이름하여 '시인' '소설'이다. 문학인들을 상대하는 전문 술집임을 내세웠기에 문학인이나 문학청년들이 단골로 자주 찾곤 했다.

문학이 있기에 술이 있고

문득 아일랜드 출신의 시인 예이츠의 「술노래」 한 구절이 생각난다. '술은 입으로 흘러들고/사랑은 눈으로 온다'고 했다던가. 문학이 있었기에 술이 살아 있었고, 술이 있었기에 문학이 살아 있었던 시절의 이야기다. 이제는 문인들도 변해버린 세월 탓인지 너무 드라이해져 지난날의 이른바 술집 낭만 같은 것을 찾으려야 찾을 길이 없는 세상이 되고 말았다. 지나고 보면 과거의 모든 일들은 한 폭의 그림 같은 아름다운 추억으로만 포장되는 것일까.

염문을 뿌린 이 땅의 남성 문인들

문학과 자유연애주의

이광수와 허영숙의 사랑은 1910년대 후반을 장식했던 염문이었다. 이광수는 1915년에 일본 도쿄 와세다대학에 편입했다. 이때에 의학전문학교에 유학 중이던 허영숙을 만나 연애를 한다. 그리고 또 미술학교 유학생인 나혜석과도 연애를 한다. 이때 그는 이미 애정 없는 봉건적 구제도의 중매결혼에 반기를 들고 자유연애주의자가 되어 있었기에 어쩌면 퍽 자연스런 행위일 수도 있었다. 물론 고향에는 부인이 있는 유부남이었다. 두 여인 중 그가 결혼을 바랐던 상대는 나혜석이었지만, 오빠의 반대로 무산되고 보니 허영숙과 더욱 가까워질 수밖에 없다. 이광수가 국내에 돌아와 문필 활동을 할 1918년에 평소에 앓던 폐결핵이 재발하여 여의사인 허영숙의 헌신적 간호로 회복하다 보니 결혼 약속을 한다. 본부인과는 구두로 이혼에 합의한 후 그들은 그해 10월에 제물포항에서 일종의 애정 도피 여행을 떠나 세인의 입에 오르내리는 염문이 되었다. 드디어 1923년에 허영숙과 정식 결혼을 올려 한때의 염문이 결과적으로는 결혼으로 귀착되었다. 유교적 봉건 도덕과 윤리관을 비판하였던 이광수 자신으로 보면 당연하고 자연스런 선택이었다 할 수 있다.

1920대 중반 전후로 또 두 건의 염문이 있었다. 하나가 수류탄급이었다면, 다른 하나는 폭탄급이었다. 수류탄급은 양주동과 작가로 입신하기 전인 문학소녀였던 강경애와의 사랑이다. 두 사람은 다 같은 황해도 장연 태생으로 나이 차는 네 살이었다. 1923년도에 양주동이 도쿄 유학에서 잠시 고향에 돌아와 있을 때, 두 사람은 어느 문학강연회에서 만나 연애를 하게 되었다. 마침 강경애는 그 전해에 평양 숭의여전 3학년 재학 중 동맹휴학에 가담한 관계로 퇴학 처분을 받고 고향에 내려와 있을 때다. 두 사람은 모두 서울로 내려와 강경애는 동덕여학교 4학년에 편입했고 양주동은 시 잡지『금성』지를 창간하게 된다. 그때 양주동의 나이는 21세였고 강경애는 17세였다. 드디어 두 청춘남녀는『금성』잡지사가 있던 청진동 근처에서 동거를 시작한다. 좁은 문단 사회에서 대번에 소문이 났다. 그러나 이 사실을 안 형부가 찾아와 철없는 불장난이라며 뺨까지 때리는 일이 벌어지고 가족과 이웃의 비난이 쏟아지자 반년 만에 결국은 헤어지고 말았다. 이런 인연으로 강경애는 1924년도에『금성』지에 '강가마'라는 필명으로 시 한 편을 발표하기도 했다. 그리고 고향 장연으로 돌아갔다. 이 연애 사건으로 한동안 중앙 문단으로부터 외면당하는 불이익을 받기도 했고 또 고향에서 가족이나 이웃의 눈총을 받기도 하다가 1931년에는 결혼을 해서 드디어 만주로 떠났고 이를 계기로 중앙 문단에 소설을 꾸준히 발표해 하층민의 생활을 사실적으로 잘 그려낸 작가라는 평가를 받게 된다.

그런데 사랑, 동거, 헤어짐 이후에는 두 사람 사이에 연연한 정 같은 것은 없었던 것 같다. 강경애가 1931년 2월 11일자 『조선일보』에 발표한 「양주동 군의 신춘 평론—반박을 위한 반박」은 옛 애인의 글에 대한 비판 글인데 사귀던 중 보아왔던 그의 잘남 의식에 대한 실망을 간접화법으로 은연중 내비치고 있음이 이를 말해준다.

뭐니 뭐니 해도 폭탄급 염문은 극작가요 연극인이며 평론가이기도 한 김우진과 당대의 최초 성악가로 유명했던 윤심덕의 정사(情死) 사건이다. 김우진과 윤심덕은 1897년생 동갑이다. 김우진이 호남 대지주의 아들로 도쿄 와세다대학을 다닐 때 윤심덕을 만나 서로 사랑하게 된다. 이때 김우진은 이미 고향에 아내와 1남 1녀를 두고 있는 유부남이었다. 그러니 국내에 돌아와서는 외고 펴고 사랑을 할 수 없는 큰 장벽이 아닐 수 없어 서로 고민한다. 그러다가 1926년 7월에 윤심덕은 레코드 재취입을 위해 도쿄에 갔다가 운명처럼 김우진을 공교롭게도 다시 만나게 된다. 그리고 보름 후인 8월 5일자 『조선일보』에 두 사람의 현해탄 투신 정사 기사가 대문짝만 하게 소개되어 만인이 알게 되었으니, 가장 큰 연애 사건에다 정사 사건이 된다. 특히 그 시절, 루마니아의 작곡가 이바노비치의 곡 〈도나우강의 잔물결〉에다 윤심덕이 직접 가사를 붙인 〈사(死)의 찬미〉가 염세와 허무주의로 감수성이 예민했던 젊은이의 마음을 과연 그 얼마나 흔들어놓았을까. 이 세상에서 이룰 수 없는 사랑이기에 죽어서 저세상에서나 이루어보려 한 정사였으니, 아마도 그들이 남긴 배의 승객 명부의 가명처럼 현해탄 그 어디쯤에 김은 '수산(水山)'이, 윤은 '수선(水仙)'이 되어 있을 듯도 싶다.

문단의 화제가 된 연애 사건

1930년대로 가보자. 백철과 송계월의 염문이다. 백철은 1931년 도쿄고등사범학교 영문과를 졸업하고 이듬해 귀국해 신진 평론가로 활동하다 가을에 개벽사에 입사한다. 거기서 스태프 중 먼저 입사한 홍일점인 송계월 기자를 만난다. 그때 백철은 스물다섯 살이고, 송 기자는 스물세 살이었으니 서로 청춘 남녀간이라 쉽게 가까워진다. 송 기자는 미인으로 국내의 언론계에서 인기 있는 기자인 데다가 근우회의 허정숙의 영향으로 사회주의 여성해방론에 경도되어 있을 때인지라 서로 퇴근 시간에 만나 가까이하다 보니 백철의 좌파적 문학론에도 서로 뜻이 통해 드디어 사내 연애로 발전한다. 그리고 문단 화젯거리가 된다. 그러나 그들의 사랑은 마치 유행가의 노랫말처럼 나팔꽃 같은 속절 없는 짧은 사랑으로 끝나고 만다. 송계월이 기자로서 또 작가로서 채 꽃도 피워보지 못하고 폐병으로 저세상에 갔기 때문이다. 훗날 백철은 그 시절을 회고한 글에서 그것이 젊은 날의 아련한 추억의 한 토막임을 밝혔다. 그리고 그 뒤 원래 자유연애를 신봉하고 있는 입장이다 보니 당시 인텔리 여성으로서 뒤에 사회지도층 인사가 된 송금선과도 염문을 뿌렸는데 평론가 임화와 잠시 삼각관계에 놓인 일도 있었다.

또 1930년대 사랑이라면 임화와 지하련의 사랑도 빼놓을 수 없다. 임화는 원래 미남에다 행동가요 실천가다. '조선의 발렌티노'란 별명이 붙을 정도였으니 짐작은 가리라. 사춘기 시절인 보성고등보통학교 시절부터 벌써 이웃 학교 숙명고녀 여학생으로부터 '연애박사'

란 별명을 얻었으니 그 이후는 가히 불문가지라 치부할 수 있다. 첫 번째 아내는 이귀례라는, 카프 도쿄 지부를 이끌던 이북만의 여동생인데 한때 도쿄에서 그 집의 식객 노릇을 할 때 정을 나눈 여인이다. 1931년 봄에 같이 귀국하여 서울 혜화동에 살림을 차렸다. 그런데 결국 두 번째 아내를 맞게 되었는데 그 여인이 바로 지하련이다. 본명은 이현욱인데 임화보다는 네 살 아래로 경남 마산에서 자랐고 도쿄에서 공부를 한 인텔리 신여성이었다. 1935년, 즉 임화가 스물여덟 살 때 폐병을 다스리기 위해 마산으로 내려가 있다 만나 결국은 연애로 발전해 세인의 관심사가 되었다. 지하련은 1940년에『문장』지에 단편을 발표해 촉망을 받기도 한 여성 작가였다. 임화는 그녀의 애틋한 사랑에 감화되어 결혼까지 했다. 1947년 가을에 임화와 함께 월북했는데 결국 6·25 이후 얼마 있지 않아 임화가 숙청을 당하자 각자 비극적 인생을 마감한 것으로 모든 것이 끝나버리고 말았다. 6·25 때 얘기인데 임화가 별을 달고 서울에 입성해 전 부인과 자식을 찾아보았으나 끝내 나타나지 않았다 한다. 상세한 사실은 알 수 없지만 설사 전 부인이 이 사실을 알았다 하더라도 지하련을 데리고 월북한 그가 괘씸해서 그냥 숨어 있을 수도 있었지 않았나 싶기도 하다.

시인 백석의 나타샤

그다음 시인 백석과 김영한, 아니 백석이 지어주었다는 자야(子夜)라는 이름의 그 여인과의 사랑은 보기 드문 순애보라 언급해보지 않을 수 없다. 백석이 함흥 영생고보 교사로 있을 때 교사들의 회식 장소에 기생으로 불려나온 것이 만남의 첫 인연이었다. 그 뒤 백석은 부모의 강요로 두 번이나 혼례를 치르긴 했으나 뿌리치고 서울로 와 자야와 3년간 동거 생활을 한다. 1930년대 후반이다. 그러나 결국은 태평양전쟁이 일어날 무렵에 직장을 찾아 만주로 떠난 것이 영원한 생이별이 되고 만다. 요정을 경영하면서 그를 평생 잊지 못해 거의 혼자 살아왔다는 그녀의 순애보야말로 매우 감동적이다. 1천억이 넘는 요정 대원각의 재산을 길상사에 내주며 그 재산보다는 백석의 시 한 줄이 더 값지다는 그녀의 순애보는 다른 남성 문인들의 부러움을 넘어 질투심까지도 자극했지 않았던가.

그래서 백석의 시 「나와 나타샤와 흰 당나귀」 4연 중 1, 2연을 소개해본다.

> 가난한 내가
> 아름다운 나타샤를 사랑해서
> 오늘밤 눈이 푹푹 나린다.
>
> 나타샤를 사랑을 하고
> 눈은 푹푹 날리고
> 나는 혼자 쓸쓸히 앉아 소주를 마신다
> 소주를 마시며 생각한다
> 나타샤와 나는
> 눈이 푹푹 쌓이는 밤 흰 당나귀 타고
> 산골로 가자 출출히 우는 깊은 산골로 가 가마리에 살자.

'눈'과 '흰 당나귀'는 둘 사이의 순백의 사랑을 암시하고 강조하는 은유다. 그리고 더러운 병든 도시를 떠나 조용하고 깨끗한 산골에 가 살고 싶은 것이 백석의 꿈이고 소망인데 결국 운명이 허락치 않아 혼자 '흰 당나귀'가 아니라 '검은 당나귀' 기차를 타고 만주로 가고 말았다.

마지막으로 자주 만나지는 못했지만 거의 평생을 서로 사랑을 주고받은 청마 유치환과 시조시인 이영도와의 사랑도 좀 특이하다. 거의 순애에 가깝다. 그래서 청마 사후에 청마에게서 받은 편지 중 200여 통을 간추려 엮은 서간집 『사랑하였으므로 행복하였네라』를 펴내기도 하지 않았던가.

물론 이외에도 많은 러브스토리가 있다. 원래 문인에게는 어떤 틀에 얽매이길 싫어하는 기질이나 충동이 강하다. 자유와 일탈에서 문학적 에너지를 보충받고자 하는 유혹을 수시로 느낀다. 그리고 또한 시대를 앞서 바라본다는 선각자 의식도 은연중 있어 기성 윤리나 도덕을 무시하려는 경향도 강하다. 그러다 보면 간혹 염문도 생기기 마련이다. 그러나 오늘은 맛보기 정도에서 끝내기로 한다.

자유연애 바람에 희생양이 된 여성 문인들

그것은 질풍노도였다. 젊은이의 마음을 들뜨게 한 거센 바람이었고, 젊은이의 마음을 뒤흔들어놓은 거센 파도였다. 그것이 바로 1920년대 전후로 불어닥친 이른바 자유연애의 바람이요 파도였다. 신식 공부를 한 신여성들에겐 자유의 이상이었고 꿈이었다.

광풍처럼 불어온 새로운 연애론

이런 바람, 이런 파도가 개화기 때만 해도 실바람처럼 솔솔 잔잔하게 일기 시작했다. 그러다가 1920년대에 들어와선 신여성 즉 모던 걸(Modern girl)들, 머리채를 과감히 자르고 다녔기에 '모단(毛斷) 걸'이라 불려졌던 여성들이 거리를 여봐란 듯이 활보한 시절에는 가히 광풍을 만난 듯했다. 연애는 젊은이의 특권이요 자유의 구가였다. 그런 관심은 곧 시인 노자영이 1923년도에 남녀 연애 서간을 모아 펴낸『사랑의 불꽃』이 불티나게 팔려나간 것만 봐도 알 수 있다. 청춘남녀들이 주고 받는 서간문집이 일시에 수천 부가 팔려나간 것이다.

결국 이런 바람의 유입은 남의 나라로부터였다. 입센의 『인형의 집』을 통해서는 남편과 자식을 과감히 버리고 집을 뛰쳐나간 노라의 여성해방 선언을 보았다. 여기에다 스웨덴의 여성운동가 엘렌 케이 여사(1849~1926)가 낸 『연애와 결혼』이란 책을 통해서는 영육일치의 연애론과 일치가 없다면 이혼도 가능하다는 자유이혼론도 알게 되었다. 일본으로부터는 두 사람을 통해 큰 영향을 받았다. 여성해방운동의 여성 선구자로 통했던 히라쓰카 라이초(平塚雷鳥, 1886~1971)가 1911년에 창간한 『세이토(靑踏)』란 일본 최초 여성지를 통해서는 여성해방이 무엇인가를 알기 시작했고 또 다이쇼 시대의 영문학자요 문학평론가인 구리야가와 하쿠손(廚川白村, 1880~1923)이 펴낸 『근대의 연애관』(1922)이란 책을 통해서는 연애 없는 결혼은 무의미하다는 연애지상주의도 알게 되었다. 그리고 색깔은 조금 차이가 나지만 러시아 출신의 사회주의 여성 정치가요 여성운동가인 알렉산드라 콜론타이(1872~1952)의 소설 「붉은 연애」를 통해서는 남녀가 서로 마음이 맞으면 연애할 수 있고 그렇지 않다면 헤어질 수 있다는 동지애적 연애관도 소개되었다. 여기에다 이광수의 『무정』이 신문 연재가 끝난 그 다음 해인 1918년에 단행본으로 나와 청춘남녀의 심금을 울리면서 자유연애의 숭고성을 한껏 세뇌했다.

이러한 시대적 흐름에 발맞추기라도 하듯 세 여성 문인이 우리 문단에 얼굴을 내민다. 화가요 소설가이며 수필가인 정월 나혜석(1896~1948), 시인이요 수필가인 일엽 김원주(1896~1971), 시인이요 소설가인 탄실 김명순(1896~1951)이다. 여성 문인이 밥에 뉘처럼 귀한 시절에 이들이 나타났으니 관심과 호기심의 대상이 아닐 수 없었다. 그들에게는 운명인 것처럼 세 가지 공통점이 있다. 나이가 꼭 같으며 도쿄 유학파요 또 불행했거나 비극적 최후를 맞이했다는 사실이다. 한 가지 차이가 있다면 나혜석은 좋은 집안에서 태어나 성장했지만 두 사람은 불행한 결혼이거나 불행한 출신 성분이었다. 그러나 뭐니 뭐니 해도 그들의 인생을 불행하게 만든 것은 그들의 자유연애 바람이었다. 올바른 자유연애가 아니라 가히 고삐 풀린 자유연애였다. 바람직한 자유에는 책임과 의무가 따르기 마련인데 이것을 무시하다 보니 탈선이 되었다.

화려한 연애, 비극적 결말

나혜석은 일본 도쿄 여자미술전문학교 유학 시절에 같은 유학생인 이광수를 만나 연애를 한다. 서로가 결혼을 원하긴 했지만 이광수의 친구이기도 한 오빠 나경석이 반대해 무산되고 만다. 고향에 이미 부인이 있는 데다 뒤에 부인이 된 허영숙과 사귀고 있기 때문이었다. 그다음 게이오의숙 학생인 최승구와 연애를 하고 약혼까지 한다. 최승구는 일찍 결혼을 해 국내에 아내가 있는 몸인데 불행하게도 약혼한 그해(1916)에 병사하고 만다. 그다음 서울로 돌아온 지 2년 후인 1920년에는 김우영과 결혼한다. 오빠의 소개로 알게 된 김우영은 열 살 위였고 3년 전 아내와 사별한 독신이었다. 3 · 1만세운동에 참가해서 옥고를 치르고 있을 때 그가 변호를 맡아주어 더욱 가까워진 사연이 있다. 그 후 결혼 생활 6, 7년간은 조용했으나 또 일이 생긴다. 1927년도 파리에 머물고 있을 무렵에 외교관 최린을 만나 염문을 뿌린다. 결국 이 일로 이혼을 당한다. 그는 이제 고립무원이다. 최린에게서 버림을 받았고 또 전 남편 김우영에게서 불행하게도 죽어갈 때까지 철저히 버림받는 신세가 되었다.

김일엽은 세 여성들 중 남성 편력이 가장 화려하다. 첫 출발이 어느 재산가 청년과의 파혼이었다. 몇 년이 지난 1918년, 미국 유학파로서 연희전문 교수로 있던 40세의 이노익과 결혼한다. 외할머니에게 얹혀살다 보니 부담을 덜어주기 위해 서둘러 한 결혼이기에 행복할 리 없다. 더욱이 다리가 하나 없는 불구자에다 이혼남인 데다 나이 차가 스물두 살이나 나니 그 결혼생활이 어땠을지 쉽게 짐작이 갈 것이다. 그러던 중 이화여전을 졸업하고 일본 유학을 간다. 거기서 때를 만난 듯 시인 노월 임장화를 만난다. 둘 다 아내가 있고 남편이 있는 몸이라 세인의 입에 오르내리게 되자 이혼을 당한다. 그리고 또 1921년에는 일본 청년 오타 세이조를 만나 사귀던 중 임신하여 아이가 태어난다. 귀국 후엔 더욱 고삐 풀린 암말이었다. 일본에서 사귄 임장화와 동거를 다시 시작하다 본처와 자녀가 찾아와 난리를 피우는 통에 결별한다. 방인근과 사귀어 스캔들을 일으켰고 『동아일보』 정치부 기자 국기열을 만나 동거하다 헤어진다. 곧 이광수를 만나 사랑에 빠졌으나 이광수가 아내가 있는 몸이라 지속적인 사랑을 거절한다. 그다음 1926년경에 철학자이며 불교학자인 백성욱을 만나 동거하다 7~8개월 만에 헤어진다. 그는 승려의 길을 택했다. 마지막이 1929년 이름난 강사로 평판이 있던 대처승 하윤실과의 결혼이었다. 드디어 그의 수필집 제목처럼 '청춘을 불사르고' 1933년에 업보를 속죄하기라도 하듯 불교에 귀의해 비구니가 되어 일체 속세와의 인연을 끊고 수도 정진했다.

소설가 김명순은 우리나라 최초의 근대 여성 소설가이다. 1917년에 평양의 부호 화백인 김우방의 도움으로 이화학당을 다닌 것이 계기가 되어 문학소녀였던 그는 경성에서 동거를 시작했다. 1919년에는 역시 동거남의 도움으로 도쿄여자전문학교에 입학한다. 여기서 사달이 벌어졌다. 여러 유학생들과 자유롭고 거침없는 연애를 한다. 화가인 김찬영과 또 그와 결별한 후 그의 친구 임장화와 연애를 한다. 국내에 돌아와서도 숱한 염문을 뿌렸다. 그의 무절제한 생활을 보다 못해 동료 문인으로서 평론가 김기진이 1924년에 발표한 글, 즉 「김명순 씨에 대한 공개장」이 바로 저간의 사정을 말해주는 좋은 자료다. 아니 이것만이 아니다. 그는 뒤에 두 작가의 소설 모델도 되었다. 김동인이 1940년도에 발표한 「김연실전」의 모델인데 동인은 그의 삶을 조롱조로 희화화시켰다. 그리고 전영택은 1955년에 「김탄실과 그 아들」이란 소설을 쓰기도 했다. 사실 조선 땅에서는 그를 반겨줄 사람이 없다는 것을 미리 안 그는 1939년에 일본 도쿄로 건너갔다. 얼마 후 가난과 정신병에 시달리며 셋방에서 살았고, 종국에는 누군가가 행려병자로 신고해 도쿄도의 아오야마 뇌병원에 수용되어 생활하던 중 1951년에 병사했다. 그러고 보면 김동인의 작품은 그의 생전에 나왔고, 전영택의 작품은 사후에 나온 셈이다.

자유연애인가 연애유희인가

이것이 바로 우리나라 신문학 초창기 세 여성 문인이 자유연애란 것을 잘못 받아들여 인생이 파탄난 자초지종이다. 좋게 말해 아니 동정적으로 보아 그들은 신여성으로서 자유연애의 파고에 휘말려 좌초된 희생양이다. 주어진 조건이나 환경에서 좀더 이성적으로 판단하고 행동했다면 결코 그들이 자초한 불행한 인생은 되지 않았으리라. 자유연애를 구가했다고 해서 여성해방론자나 선각자라고 칭하고 있는 근년의 그들에 대한 평가가 극히 낯간지럽다. 진정한 자유연애란 남녀가 서로 만나 사귀다 뜻이 맞으면 결혼하는 것이 궁극의 이상이 아닌가. 여왕벌처럼 이 남자 저 남자를 거느리고 산다든지 아니면 이 남자 품에 저 남자 품에 안기는 것이 자유연애의 본질은 아니다. 남자도 '바람돌이'가 있듯 이 세 여인들도 결국은 '바람순이'란 딱지는 지울 수 없으리라. '인생의 연애는 예술이요, 남녀간의 예술은 연애'라고 설파한 이광수의 책임도 조금은 있다. 그는 한때 나혜석과 김일엽의 연인이었고, 김명순의 후원자이기도 한데, 특히 나혜석과 김일엽이 자유연애로 지탄을 받을 때 옹호해준 책임도 있다. 그들에 비하면 나이도 네 살 위에다 사회지도층 인사로서 이성적 행동을 하도록 붙잡아주는 역할을 했어야 마땅했다. 아무튼 그들이 연출한 사랑은 이른바 '연애유희론'에 가깝다. 죽을 줄도 모르고 불 속에 날아드는 불나비요 불새였다.

나는 여기서 일본 여성해방운동의 상징인 히라쓰카 라이초를 다시 한 번 생각해본다. 자신의 습작 소설을 높이 평가해준 25세의 유부남 모리타 쇼헤이와 사랑에 빠져 그의 권유로 마치 연극처럼 동반 자살을 시도했는데 결국은 실패한 촌극으로 끝났다. 그후 약 10여 년 후 다섯 살 연하의 젊은 화가를 만나 1남 1녀를 두고 꾸준히 평생을 여성해방운동에 헌신한 그에 비하면, 우리 문단의 세 여성은 처음은 일본 유학 시절에 신여성이나 여성해방운동가를 롤모델로 삼긴 했지만 너무 불행하다. 이성적 판단으로 남자를 선택하고 이성적 판단으로 결혼을 하여 평생을 글로써 강연으로써 여성해방운동을 펼쳤다면 명실상부한 선각자로 존경을 받고 있을 것이다. 다 팔자소관이 아닌가 싶다.

문단인의 신년 세배 풍속 점묘

새해가 되면 웃어른들께 새배를 다니는 것은 우리의 전통적 미풍양속 중의 하나였다. 지난날 우리 문단인들도 예외는 아니었다. 대학의 은사나 문단에 내보내주신 분이라면 거의 예외가 없었다. 또 직간접의 연관이 없다 할지라도 때때로 존경받을 만한 원로 문인들도 찾아뵈었다. 혼자 가거나 아니면 삼삼오오로 모여 갔다.

나는 1964년도에 서울로 올라왔다. 등단한 지 3년 안팎의 새까만 신출내기 시절이라 2~3년간 그럴 만한 분들만 골라 인사를 다녀봤다. 그 당시는『현대문학』지가 거의 유일한 문예지인 동시에 많은 사람들이 그 지면을 통해 데뷔했기에 자연 그 문예지의 추천 심사위원댁으로 많은 사람들이 세배를 다녔다. 당시의 심사위원 면면을 한번 보자. 시 부문에는 김현승, 박두진, 박목월, 서정주, 신석초, 유치환, 조지훈이었다. 참고로 청마는 1967년도, 지훈은 1968년도에 각각 작고했다. 소설 부문에는 김동리, 박영준, 박종화, 안수길, 오영수, 최정희, 황순원이고, 평론 부문에서는 곽종원, 정태용, 조연현이고, 희곡에는 오영진, 유치진, 이광래였다.

말하자면 이런 분들의 댁으로 직접적인 어떤 인연이 있어서건 아니면 연비연비로건 인사를 다닌 것이다. 그리고 이런 위원들에게는 대학에서 직접 가르친 제자 문인들도 많았다. 서라벌예대의 김동리, 연세대의 박두진과 박영준, 경희대의 황순원, 한양대의 박목월, 숙대의 곽종원, 동국대의 서정주, 조연현, 숭실대의 김현승 등이 그런 분들이었다.

특히 상대적으로 세배객이 많았던 분은 김동리, 서정주, 조연현이었다. 김동리는 문단의 어른으로서 마당발인 데다 손소희가 있었기 때문이고, 서정주는 그 누구보다도 많은 시인을 문단에 내보내서 그랬으며, 조연현은 막강한『현대문학』의 주간이었기에 더욱 그랬다. 안수길 선생 댁에는 작가 박용숙, 남정현, 최인훈, 평론가 신동한이 단골 세배객이고, 김현승 선생 댁에는 광주 조선대와 숭실대 출신의 제자가 주를 이루었다.

그 옛날 문단골 세배 행렬

1965년도 새해에 동대문구 휘경동에 있는 조연현 선생 댁으로 난생처음 인사를 갔다. 평단의 제자로서 첫 세배 인사길이었는데, 길을 몰라 같은 금호동에 살고 있는 박재삼과 동행하여 가보았다. 11시경에 도착하고 보니 제법 많은 세배객이 와 있었다. 이미 한쪽 판에는 섯다판이, 한쪽에는 술판이 벌어져 있었고 또 한쪽에서는 바둑을 두고 있었다. 거기서 나는 시인 이형기와 이탄과 처음으로 인사를 나누었다. 이형기는 진주 동향의 선배라 더욱 반가웠고, 이탄은 같은 신인 시절에다 나이가 비슷해 초면이었지만 쉽게 동류 의식을 느꼈다.

오후에는 역시 박재삼과 같이 충신동 박종화 선생 댁으로 갔다. 인사를 드리고 보니 시인 김구용이 와 있었다. 그리고 평론가 윤병로가 부지런히 집사 노릇도 하고 있었는데, 월탄이 제자 윤병로를 마치 아버지처럼 보살펴주고 있다는 이야기를 이미 들은지라 어쩌면 당연한 은사 모시기구나 싶었다. 우리 자리에 온 그는 우리가 조연현 선생 댁에서 곧바로 왔다는 것을 몰랐기에 석재(조연현) 선생이 아침 일찍 제1착으로 다녀갔다는 귀띔을 해주었다. 뒤에 들은 이야기지만 석재가 문단에서 유일하게 매년 세배를 다니는 분이 바로 월탄이다. 월탄은 1901년생이고, 석재는 1920년생이니 벌써 나이 차이가 20여 세에다 문단 생활의 버팀목 역할을 알게 모르게 해주었기에 평소에도 마치 아버지처럼 모신다 했다.

그다음, 나는 나 혼자라도 이왕 나선 김에 한 곳 더 가보기로 했다. 평론가 정태용 선생 댁이다. 제자뻘이나 다름없는 졸때기 평단 후배가 진주 동향 출신의 대선배를 찾아뵙는 것이 예의라 싶어서였다. 들은 바대로 혼자 적적히 살고 계셨다. 사람 수가 적은 평론 쪽이고 또 이렇다 할 대학 제자도 거의 없다 보니 세배객이 없었다. 진주 쪽 이야기를 서로 좀 나누고 내가 서너 달 전에 서울에 올라와 『세대』사 기자 생활을 하고 있다는 근황만 알려드리고 나왔다.

그 이튿날은 작가 오영수 댁을 가기로 했다. 그것은 신년 세배의 경우로 보아 나로서는 첫 서울 생활의 신고식이기도 했다. 내가 데뷔한 『현대문학』의 편집장에다 경남 출신이란 친근감도 있었는데 물론 데뷔하고 1년 후인 1962년도 말에 데뷔 첫 인사차 부산에서 서울로 올라와 현대문학사에서 한 번 인사를 드린 일은 있지만 신년 세배 인사로는 초행길이었다. 물어 물어 우이동으로 찾아가보니 들은 바대로 들판 가운데 100여 평쯤 되는 대지에 덩그러니 안채와 사랑채를 새로이 지어놓고 사셨다. 사랑채에 들어가 인사를 드리고 나니 마침 그 자리에는 바로 앞해에 데뷔한 시인 김초혜와 신혼이나 다름없었던 시절의 조정래 부부가 와 있었다. 초면이라 서로 첫인사를 나누었는데 나중에 알고 보니 이것이 계기가 되어 조정래는 1969년도에 오영수의 추천으로 문단에 나오게 되었다.

그 이듬해 1966년도 새해에는 지금껏 세배를 못 갔던 분들을 찾아보기로 했다. 나의 비평 활동 중 작품론이나 시인론으로 인연이 생긴 신당동의 김동리 댁과 신촌의 박두진 댁을 찾아갔다. 오전에 김동리 댁을 갔더니 제법 많은 세배객이 거실에 차려놓은 상 앞에서 환담을 나누고 있었다. 역시 들은 대로 세배객이 많다는 것을 확인할 수 있었는데 부부가 모두 작가인지라 거개가 작가들이고 더러 여성 작가들도 보였다. 평소 아는 작가들도 있었지만 여성 작가로서 처음으로 손장순, 최미나, 김녕희와 인사를 나누었다. 일설에 의하면 김동리에겐 누가 세배를 다녀갔는지를 체크해두는 기록 수첩이 있었다고 했다. 이런 습관은 그후 집을 청담동으로 옮기고도 계속되었는데 아마도 세배객들에겐 알게 모르게 세배 출석부(?)가 되었지 않았나 싶다.

오후에는 박두진 댁 행이었다. 가서 보니 연대의 제자인 정공채와 유경환이 와 있었고, 평소 우리는 아는 사이라 덕담을 주고받으며 모과주 대접을 받았다.

그 이튿날은 사당동 예술인마을에 있는 서정주 선생 댁으로 갔다. 전날 많이 다녀가서 그런지 세배객이 몇 사람밖에 보이지 않았고 그 중에 작가 오유권과 처음으로 인사를 나누었다.

그런데 어쩌다 보니, 물론 이렇다 할 인연은 없었지만 그래도 세배 인사 한 번쯤은 가봄직한 박목월, 조지훈, 황순원, 안수길 선생의 경우는 영원히 그런 기회를 놓치고 말았다. 만약 1960년대의 나의 비평 활동에서 이분들에 대한 시인론이나 작가론을 쓸 수 있는 기회가 있었다면, 아마 사정은 달라졌으리라 본다. 만사가 인연이요, 관심이며, 또 팔은 안으로 굽는다는 말이 맞다 싶다.

세배 문화에 피어나는 문정, 인정

비록 내가 세배 인사차 댁 방문은 못 했지만 뒤에 들었던 이야기들은 있다. 성북동에 있었던 조지훈 선생 댁에는 물론 고대 제자나 시 분야의 일부 제자들이 들렀겠지만 유별난 괴짜 시인 김관식이 동서이기도 한 서정주 선생과 조지훈 선생에게만은 꼭 세배를 갔다 하니 은연중 안하무인인 그가 지훈 선생에게만은 예가 깍듯했다 한다. 이에 얽힌 재미있는 일화가 하나 있다. 어느 해 눈이 내리는 날, 지훈 선생에게 세배를 가려고 시인 신경림과 시발택시를 타고 가 택시에서 내릴 때 일이다. 술을 한잔 걸친 탓인지 택시 문의 문턱을 방으로 들어가는 문턱으로 순간 착각하고 구두를 택시에 벗고 내렸다는 것이다. 그리고 많은 세월이 지난 1990년대의 이야기인데, 황순원

선생이 사당동 대림아파트에 살 때 김원일, 전상국, 김용성, 조해일, 고원정 등 다수의 작가들이 매년 세배를 간다는 이야기를 들은 적이 있다.

아무튼 지난 시절의 이런 세배 풍속은 참 아름답다. 제자와 스승 간의 정도 넘치고, 문단의 어른들에 대한 존경감의 발로라 칭찬도 받아 마땅하다. 그러나 세월이 흐름에 따라 이런 풍속은 점점 사라지고 있다. 소수의 문인이 어느새 대단위로 불어나 너도 문인, 나도 문인이다 보니 희소가치가 떨어져서 그런지 문단 어른에 대한 존경심도 없어져가고 있으며, 등단도 과거에 비하면 누워서 떡 먹기 식이다 보니 추천이나 심사를 해준 선생도 영원한 선생이 아니라 일회성 소모품 선생이나 다름없이 되어가고 있는 것이 못내 안타깝다. 지난날에 비하면 정이 메말라가는 세상이라고나 할까.

어디 이런 것뿐이랴. 그나마 세배 문제가 행복한 투정으로 여겨질 만큼 지금은 심지어 문단 선후배 간의 예절이나 예의도 없는 세상으로 변해가고 있다는 개탄의 소리도 높다. 학교에도 선후배 간의 질서가 있고, 군대나 공무원 사회는 더 말할 것도 없는데 문인 사회만은 어느새 너도 문인, 나도 문인 식으로 문인이 대량생산되다 보니 막말로 모두가 제 잘난 맛에 살고, 제 잘난 맛에 행동하는 세상이 된 것이다. 우리 모두 반성해보았으면 한다. 돈도 권력도 생기지 않는 문학에 매달리고 있는 우리로서는 타 사회에서 볼 수 없는 문정과 인정이 넘치는 사회를 만들어야 하지 않을까.

문학 세미나 풍속과 나의 몇 가지 체험담

문학 세미나는 크고 작은 문학단체의 연중 행사 중 하나다. 대개 1박 2일 일정으로 서울을 떠난 외지에서 주로 6월 말경이나 7월 방학을 맞이한 시기에 연다. 시기적으로 문단에서 이슈화되고 있거나 앞으로 될 만한 문제를 다 같이 생각해보는 자리도 되고 동시에 주최측인 해당 단체로 보면 결속력을 강화하는 계기도 된다. 또 참가자 개인에게는 만남과 친교의 좋은 기회도 된다.

특히 행사가 끝나고 여러 문인들과 어울려보는 재미도 여간 즐겁지 않다. 그래서 세미나를 재담으로 '재미나'라고도 한다. 어떤 사람은 제사(행사)보다도 젯밥(친교의 어울림)이 더 좋아 참여한다고도 했다. 전국에서 모여든 남녀 참가자들이 삼삼오오 모여 이야기도 나누고 또 술도 마시며 흥겹게 노래도 하고 또 그러다가 더 흥이 나면 노래방으로 나가 노래 실력을 겨루어보거나 춤솜씨를 선보이기도 하고 아니면 단란주점으로 가 디스코춤으로 온몸운동을 해보다 보면 정말 즐겁다. 말하자면 하룻밤 집을 떠난 유쾌한 외출이요 외박이 아닐 수 없다. 초면이라면 사교의 좋은 기회요, 구면이라면 더욱 친교를 두텁게 할 수 있다.

생각해보면 그동안 나는 50년이 훨씬 넘어선 문단 생활 중에서 이런 세미나 행사에 다른 사람들에 비해 제법 많이 참가했지 않았나 싶다. 평론가이기에 주로 주제 발표나 아니면 사회 겸 진행의 좌장으로 참여할 수 있는 기회가 예외적으로 많았다. 자료를 한번 찾아보니 발표가 약 40여 회이고, 좌장을 맡은 것이 약 20여 회가 되는 듯하다. 불과 2, 3개월이란 기간 내에 집중적으로 4, 5차례나 발표를 했던 해가 있는가 하면 좌장을 네 번이나 맡았던 해가 있다. 가장 많이 참여했던 단체는 한국수필문학가협회의 행사였다. 발표는 2회이지만 좌장을 맡은 것이 10여 회가 되는데 이러다 보니 그 단체의 회원들과는 한 가족이 된 듯한 친밀감도 생겼던 기억도 난다.

각설하고 그럼 이제부터는 내가 세미나 주제 발표자로 참가하여 경험했던 직접적인 체험담을 순서별로 몇 가지 풀어내볼까 한다. 물론 듣고 보고 했던 해프닝이나 흥미로운 이야기가 없는 것은 아니지만 지면 관계상 나의 직접 체험담에만 한정한다.

지례창작예술촌의 깊고 푸른 밤

그 첫 번째 이야기는 시인 김원길 씨가 촌장으로 있는 안동의 산속에 있는 지례창작예술촌에서부터 시작된다. 개촌 기념으로 처음으로 초청된 1989년도 자유시협 세미나 때였다. 주제발표 후 곧 저녁식사를 마치고 여름이라 마당에서 모닥불을 피워놓고 장기자랑이다 노래다 하여 흥겨운 판이 벌어졌다. 내 개인적 경험으로는 시인들만의 세미나에 참석해본 것이 처음이라 약간 마음도 들떴다. 또 나이도 50을 갓 넘은 시절이라 그런대로 기나 흥이 살아 있었고 거기에다 얄량한 교수 체면에다 평론가 체면으로 문사다운 자유분방이 아니라 약간은 경직된 생활을 해왔기에 '에라 모르겠다' 며 마음껏 어울려보았다. 밤새껏 이야기를 나누며 앞강에서 잡아온 민물고기 매운탕을 별미 안주로 삼아 술도 마셔댔다. 달빛에 취하고 모닥불빛에 취하고 또 문정에 취하고 술에 취해본, 명실상부 '깊고 푸른 밤' 이었다. 점잖을 줄 알았던 교수 평론가가 밤새 술에 '바람난 평론가' 가 되었으니 그 이튿날 화제가 되지 않을 수 없었다.

결과적으로 그날 밤의 술타령은 '약점의 인간학'이란 말이 있듯 나의 인간적인 면을 유감없이 보여주어 같이 어울린 일행과는 보이지 않은 벽을 허무는 데에는 상당히 도움이 되었다. 그리고 조지훈의 「주도유단」이란 글을 보면 1단에서 9단까지 정말 화려한 유단자가 나오는데 나는 그중 어느 단에 들진 못하고 겨우 주도 초급인 '주졸'급에 속하는데도 그만 한동안 실속 없이 팔자에 없는 그 2단의 '주객'이란 유단자 칭호를 하나 얻어 걸친 것이다. 나는 원래 술을 탐하지는 않는다. 집에서는 두세 달이 가도 한 방울도 하지 않았고 지금도 그렇다. 밖에서건 집에서건 노상 술타령이었다면 이렇다 할 양의 글 생산은 물론 벌써 저세상 사람이 되어 있을 것이다. 단, 밖에서는 정에 약하고 분위기에 약하고 또 여기에다 딱딱하게 느껴지는 평론가란 옷도 한번 벗어보고픈 충동도 있어 더러 문우들과 어울리긴 했다. 그런데 그만 그 일로 한동안 '주객'이란 소리를 들었으니 얼떨결에 우리 문단의 위대한(?) 주객 반열에 올랐구나 싶어 기분은 좋았다. 그러나 사실은 속사정이 그렇지 않기에 한동안 필요하다 싶으면 그것을 설명하고 해명하느라 입이 좀 고생을 한 적이 있다.

그렇지만 그 이후도 약간의 체면만은 세워가며 이런 세미나의 술판에 더러 어울려도 보았고 또 그 덕도 좀 보았다. 사실 평론가는 그 숫자가 극히 소수라 문단 선거 때 출마를 해도 장르상 매우 불리하다. 그나마 문학지라도 하나 가지고 있다면 별도로 친분을 쌓을 기회를 얻을 수는 있다. 그런 처지도 아니어서 그 이후 세미나에 참석하면 그런 기회라도 이용해 친분이라도 두텁게 해두어야겠다는 생각에서 의식적으로 더러 술판에 어울려도 보았다. 지난 시절 내가 부이사장에 출마해 한 번 당선이 되고 또 이사장 출마 시엔 2등은 해보았는데 거기엔 이런 어울림의 덕도 분명 있었다고 자평해보고 있다. 세상사나 인생사란 원래 과가 있으면 실이 있다고나 할까.

4시간 만에 진도에서 서울까지

두 번째 이야기는 공교롭게도 두 차례의 세미나 사이에 일어났던 일인데 지금 생각해보면 마치 '007 위기탈출' 같은 일이었구나 싶다. 1992년 7월 17일 진도에서 열렸던 수필문학사 주관의 제1회 한국수필문학가협회 세미나 때였다. 주제 발표를 마치고 늦은 저녁을 먹기 위해 음식이 마련되어 있는 바닷가로 나가 화기애애한 분위기에서 식사를 하고 있는데 느닷없이 집에서 모시던 조모님 별세 소식이 전해졌다. 맏상주 노릇을 해야 할 장손인지라 다급해지기 시작했다. 밤이라 대절택시 외에는 속수무책이라 우왕좌왕하고 있는데 마침 그 행사에 참여했던 그곳 유지 한 분이 구세주처럼 나타났다. 자기 고향을 찾아준 분에 대한 예의라며 직접 자기 차로 모시겠다는 것이었다. 밤길이라 교대로 차를 몰기 위해 택시 기사도 별도로 한 사람 불렀다. 전날 11시에 출발하여 다음날 새벽 3시에 도착했으니 가히 날아온 것이다. 버스로 7, 8시간 걸리는 거리를 거의 반으로 단축시켰으니 지금 생각해도 아찔하고 사고가 없었던 게 천만다행이었다. 그리고 장례는 무사히 치렀다.

그런데 또 곧 주제 발표자로 참가할 세미나가 기다리고 있었다. 장례를 치른 지 5일 만에 모스크바행 비행기에 몸을 실었다. 한국문협 주최의 해외 한국문학 심포지엄이 열리는 카자흐스탄의 수도 알마아타(알마티)에 가기 위해서였다. 비행기에 몸을 싣고 안도의 숨을 내쉬며 생각해보았다. 할머니가 도와주신 것이란 생각이 언뜻 들었다. 만약 할머니가 며칠 뒤에 돌아가셨다면 모든 것이 불발이 되었을 것 아닌가! 나 혼자였던 한국 측 주제 발표의 발제문을 대신 다른 사람이 읽어야 하는 촌극이 일어났지 않았겠는가.

5분 발표에 쏟아진 박수 세례

세 번째 이야기는 1990년도 국제 펜클럽 한국본부 세미나 때의 일이다. 주제 발표자는 이어령 당시 문화부장관과 모스크바대학교 아시아–아프리카대학의 유 마주르 교수, 그리고 나였다. 인쇄물에 나온 진행 순서에 따르면 첫 발표는 나였고 마지막이 이어령이었다. 그러나 이어령 측으로부터 갑자기 다른 모임에 갈 일이 생겼다며 한

20분간만 인사 겸 먼저 하고 갔으면 하는 청이 왔고 또 그렇게 진행되었다. 그런데 이게 웬일인가! 끝이 없었다. 원래 달변가로 소문이 나긴 했지만 해도 너무한다는 생각이 들었다. 두 사람 정도의 발표 시간을 독식해버렸다. 이어서 유 마주르 교수가 하고 나니 100여 분이 훨씬 지나버렸다. 그다음 내 차례가 되었다. 지루할 만한 시간에다 기분도 저기압이라서 대충 몇 가지만 말하고 인쇄물을 참고하라며 5분 만에 끝내버렸다. 오히려 다른 어느 발표자 때보다 박수가 더 많았다. 최소 30분 정도는 소요될 발표 시간을 달랑 5분 만에 끝낸 것은 시간을 너무 오래 끈 앞 발표자에 대한 무언의 항의였는데 말이다. 번갯불에 콩 구워 먹는 식의 '5분 발표'야말로 너스레를 떨어보면 세미나 사상 초유의 일이 아닐까 싶다.

문학 세미나인가 선거 유세인가

네 번째 이야기는 1981년도 한맥문학가협회 세미나 때의 일이다. 행선지는 춘천 근방이고, 출발지는 서대문 소재의 독립공원이었다. 버스 두 대가 대기하고 있는데 두 대의 허리에 매달려 있는 플래카드를 보는 순간 깜짝 놀랐다. 발표자인 내 이름이 대문짝만 하게 씌어져 있는게 아닌가! 마치 국회의원 선거 유세를 떠나는 차 같다고 농을 걸어오는 분들도 있어 한편 송구스런 마음이 들긴 했지만 속으로는 기분이 좋았던 하루였다. 그 농처럼 태어나 처음이자 마지막인 '이유식 유세차'를 타본 경험이었다고나 할까.

로키 산맥에서 들은 산악 모험담

다섯 번째 마지막 이야기는 1997년도 7월 캐나다 토론토에서 열렸던 한국문협 해외 심포지엄 때의 이야기다. 동국대 교수요 산악인이었던 시인 장호(김장호)와 내가 다 같이 주제 발표자로 참가했는데 행사가 끝나고 그와 나는 캐나다 로키 관광길의 일행이 되었다. 캘거리를 거쳐 밴프 지역에 도착한 첫날, 우리는 거기서 하룻밤 잤는데 그날 저녁 우리 일행 일부는 간이주점에서 시원한 맥주에 곁들여 그로부터 산악인 고상돈에 관한 이야기를 실감나게 들었다.

본인이 대한산악연맹의 기획이사로 있을 당시인 1977년도에 한국 에베레스트 원정 훈련대장을 맡아 설악산 눈밭에서 고상돈과 그 일행 팀을 훈련시켰던 일, 그 결과 한국 최초로 에베레스트 정상에 오르게 했던 그 감격스러움, 그리고 2년 뒤인 1979년도에 북미 알래스카산맥의 최고봉인 매킨리봉을 등정하고 하산하는 길에 불행히도 심한 강풍에 몸이 쏠리어 그만 30세의 아까운 나이에 추락사하고 만 불상사 등등을 소상히 들을 수 있었다. 연구실 아니면 내 집의 서재에 노상 틀어박혀 있있던 샌님 서생의 귀에는 두근거리는 모험담이었다.

그런데 참 세상 일이란 알 수 없었다. 평생을 산악인으로 단련된 건강이 바로 그 2년 후인 1999년도에 불과 만 70세에 그만 꺾이고 말았으니 말이다. 세기의 연인이었던 마릴린 먼로 주연의 영화 〈돌아오지 않는 강〉의 로케 장소로 유명한 보우강의 보우 폭포를 보며 서로 경쟁이라도 하듯 그녀의 그 유명한 엉덩이 걸음걸이를 흉내내면서 서로 웃던 일, 그리고 태고의 아사바스카 빙원에서 천년을 장수한다는 그 빙하약수를 마시며 서로 90세쯤 살고 보자는 덕담도 나누었는데 불과 2년 뒤에 돌아가고 말았다.

이런 일 말고도 여러 세미나의 갖가지 추억들도 떠오른다. 메뚜기도 한철이 있듯 이 모든 추억들도 결국은 한때의 일이었구나 싶고 또 특히 80 고개를 바라다보며 인생 사양기를 맞고 있는 지금 이 순간, 세상 모든 일도 결국은 꿈속만 같다. 이런저런 세미나의 갖가지 추억들도 이제는 세월과 함께 그야말로 '돌아오지 않는 강'을 향해 아스라이 떠내려가고 있는 듯싶다.

문단 풍속,
문인 풍경

• 풍속사로 본 한국문단 •